btb

JEAN-BAPTISTE ANDREA

VON TEUFELN UND HEILIGEN

Roman

Aus dem Französischen
von Thomas Brovot

btb

Adagio sostenuto

Si deve suonare tutto questo pezzo delicatissimamente e senza sordino

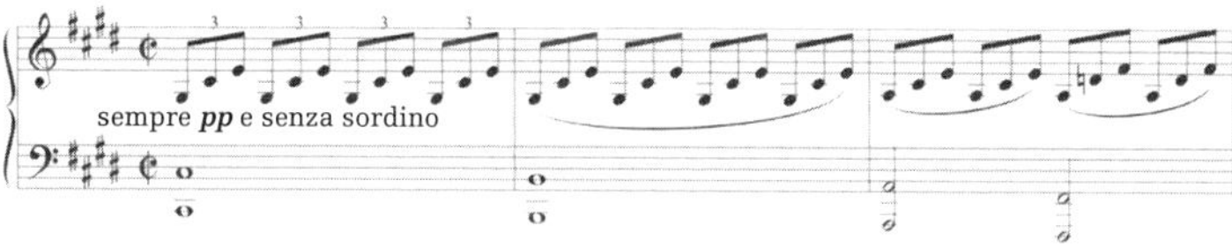

SIE KENNEN MICH. Denken Sie ein wenig nach, Sie erinnern sich bestimmt. Der ältere Herr, der auf diesen öffentlichen Klavieren spielt, an allen Orten, wo Menschen kommen und gehen. Donnerstags bin ich am Flughafen Orly, freitags in Roissy. Den Rest der Woche klappere ich die Bahnhöfe ab, andere Flughäfen, egal wo, Hauptsache, dort steht ein Klavier. Oft findet man mich an der Gare de Lyon, ich wohne gleich in der Nähe. Sie haben mich mehr als einmal gehört.

Irgendwann kommen Sie auf mich zu. Wenn Sie ein Mann sind, sagen Sie nichts. Sie tun so, als würden Sie sich den Schnürsenkel binden, dann können Sie unauffällig ein wenig zuhören. Wenn Sie eine Frau sind, zucke ich zusammen. Ich warte nämlich auf eine. Nein, nicht auf Sie, ich will Ihnen nicht zu nahe treten. Auf diese Frau warte ich seit fünfzig Jahren.

Sie haben tausend Gesichter. An jedes erinnere ich mich, ich vergesse nichts. Sie sind die junge Frau, die im grauen Morgen zwischen Stadt und Vorstadt pendelt. Sind der Mann im dunklen Anzug, bei dem ich dachte: »Wenn der Liebe macht, dann mit der Beflissenheit eines Beamten«, dabei geht mich das gar nichts an – Frauen sind ein schwieriges Thema, wer wüsste das besser als ich. Sie sind weiß, Sie sind blau, rot, grün, sind regenbogenbunt. Sie schleichen ratlos um meine Klaviere, weil ich nicht um Geld bitte. Also sprechen Sie mich an. Alle stellen dieselbe Frage:

»Was macht jemand wie Sie hier?«

Wie meinen Sie das, »jemand wie ich«? Und Sie antworten immer ungefähr so:

»Jemand wie Sie, der einen gepflegten Eindruck macht, auch wenn Sie vergessen haben, sich die linke Wange zu rasieren. Jemand, der sich so gut kleidet, auch wenn Ihre Krawatte ein wenig aus der Zeit gefallen ist. Anders gesagt, jemand, der so Klavier spielt wie Sie. Sie spielen wie ein Gott, spielen vielleicht gar für *ihn*? Ein solches Talent verschwendet man nicht auf Bahnhöfen oder Flughäfen. Sie spielen wie diese Pianisten, die in großen purpurnen Sälen die Menschen bezaubern. Hier dagegen bezaubern Sie nur feuchten Teer und klamme Filze.«

Richtig, meine Dame. Gut beobachtet, der Herr. Meine Bühnen riechen nach Gleisen, nach Kerosin. Meine Carnegie Hall und meine Scala heißen Montparnasse, Roissy-Charles de Gaulle, Union Station, John F. Kennedy Airport. Dafür gibt es einen guten Grund. Aber das ist eine lange Geschichte, ich will Sie nicht langweilen.

Sie gehen Ihres Weges, die allermeisten von Ihnen. Manchmal insistieren Sie. Bieten mir eine größere Summe, damit ich auf Ihrem Geburtstag spiele. Bei einem abendlichen Diner, einer Bar Mizwa – Sie sehen mein Zögern. Sie bieten an, mich Ihrem Mann vorzustellen, der in der Philharmonie eine wichtige Position innehat. Oder Ihrem Onkel, dem Künstleragenten. Ich lehne jedes Mal ab, vielen Dank, wirklich liebenswürdig von Ihnen. Aber ich wäre ein lausiger Gast. Ich mag nur offene Räume, der Wind muss wehen, die Türen müssen schlagen.

Gestern haben Sie mich gefragt:

»Sind Sie morgen auch da?«

Morgen ist nicht Donnerstag oder Freitag, also ja, ich werde da sein.

Zwischen der Abfahrt des 19 Uhr 03 nach Annecy und der Ankunft des 19 Uhr 04 aus Béziers lasse ich ein Cis ausklingen, bitte zurücktreten von der Bahnsteigkante. Sieh an, Sie kommen noch einmal wieder? Dann darf ich mich vorstellen. Ich bin Joe. Joe für Joseph, aber so nennt mich schon lange niemand mehr. Joseph ist der Name eines großen Musikers oder des Vaters eines Messias.

Sie möchten, dass ich spiele, klar, um mich auf die Probe zu stellen. Um zu verstehen. Vielleicht steckt ja irgendwas dahinter. Heute wünschen Sie Alban Berg. Oder Brahms.

Tut mir leid, ich spiele nur Beethoven.

Ich gehe Ihnen schon auf die Nerven, das sehe ich. Bitte um Verzeihung. Eine fünfzig Jahre alte Gewohnheit lässt sich nicht einfach ablegen.

»Dann spielen Sie den ersten Satz der Mondscheinsonate«, sagen Sie. »Auch wenn das recht … klassisch ist.«

Fast hätten Sie gesagt: *banal*, und Sie sind nicht der Erste. Sie werfen einen Blick auf die Uhr – nur ungern würden Sie dieses Abendessen in der Stadt verpassen, Ihre Freunde oder Kollegen rechnen mit Ihnen, die Vorspeisen werden schon gereicht. Mit erhobenen Händen warte ich auf den Rhythmus. Der Triebwagen eines TGV strandet an Gleis L und schnauft aus allen Löchern. Ein Wal unter Strom, der mit dreihundert Stundenkilometern aus Nizza herbeischwimmt, in seinem Bauch schwer verdauliche kleine Fische, die er auf den Bahnsteig spuckt, wirbelnd in einem schweren Brei aus geschmolzenem Glas. Körper, die sich auseinanderfalten und dem Schlaf entgegenhasten, dem Alkohol, dem Herzanfall, der Langeweile, was weiß ich. Alles ist da, Hoffnung, Einsamkeit. Sie hören das nicht.

Meine Finger greifen in die Tasten. Das furiose Arpeggio, die Akkorde, *presto agitato*. Dritter Satz, nicht der, um den Sie gebeten haben, ich mag das Vorhersehbare nicht. Ihre Lippen werden schmal. Ihre Pupillen weiten sich, ein Drogensüchtiger, der nach einer Injektion Adrenalin wieder atmet. Am Ende stehen Sie stumm da, lange Zeit.

Ein Tornado ist Ihnen ins Gesicht gefegt. Wie tausend anderen vor Ihnen. Er hat Sie in die Höhe gerissen, herumgeschleudert, wieder an Ihren Platz gestellt. Sie können nicht fassen, dass Sie noch leben. Sie werden nie wieder »banal« sagen. Ich weiß, was Sie empfinden. Es lässt einen nicht kalt, wenn man hört, wie ein Genie taub wird.

Sie sagen:

»Ein Musiker Ihres Formats wird in die Ehrenlegion aufgenommen, vor dem gerät man ins Stottern. Und wir ignorieren Sie den ganzen Tag. Haben Sie nicht mal daran gedacht, aufzutreten?«

Auftreten? Ich tu doch nichts anderes.

Sie haben diesen ungeduldigen Zug um den Mund, das ist mir nicht entgangen, diese geschürzten Lippen.

»Nein, auf der *Bühne* auftreten. Sie wären nicht der Erste, der seine Karriere spät beginnt. Dabei sind Sie noch jung.«

Danke, Madame, Monsieur. Ich muss hierbleiben. Ich möchte nicht den letzten Zug verpassen. Das letzte Flugzeug. Sparen Sie sich Ihre Legionen, Ihre Medaillen, alles nur Zierrat, der ins Herz sticht und betäubt.

»Sie könnten gut verdienen, Joseph. Sich ein eigenes Klavier kaufen.«

Joe, nicht Joseph. Ich brauche kein Geld. Ich habe alle Klaviere, die ich will. Und mit neunundsechzig bin ich nicht mehr jung. Sie werden widersprechen, das sehe ich an Ihren Augen. Ich komme Ihnen zuvor, nein, mit Koketterie hat das nichts zu tun. Was ich sage, stimmt. Ich bin schon lange nicht mehr jung. Ich weiß sogar noch die Uhrzeit, als es passiert ist.

Gehn wir zur Caféterrasse dort drüben, mit Blick auf die Gleise. Der Kaffee ist nicht gut, aber man sitzt bequem. Diesmal werde ich es Ihnen wohl erklären müssen.

Alles begann, als ich krank wurde. Eine unheilbare Krankheit. Nicht erschrecken, ich bin nicht ansteckend.

Sie traf mich aus heiterem Himmel, es war der 2. Mai 1969. Ich konnte nichts dafür. Alle, die es erwischt hat, werden Ihnen dasselbe sagen.

Meine Behinderung steht in keinem medizinischen Lexikon.

Sollte sie aber.

ZWEI DINGE BRAUCHT DER MENSCH, sagte mein Vater immer, ohne die kann er nicht leben: eine gute Matratze und ein gutes Paar Schuhe. Er verkaufte beides. Natürlich nicht zusammen. Die Matratzenfabrik hatte er von seiner Mutter geerbt, einer Engländerin wie aus dem Bilderbuch, oder fast, denn bei einem Frankreichurlaub kurz vor dem Krieg war sie schwanger geworden und geblieben. Die Schuhe kamen später. Als mein Vater, eine elegante Erscheinung, vom drohenden Bankrott seines bevorzugten Schuhfabrikanten erfuhr, kaufte er ihm den Betrieb kurzerhand ab.

Mein Vater glänzte in allem. Musik. Gartenarbeit. Sport. Er hätte Arzt oder Architekt werden können. Oder Priester, Rabbi, nur glaubte er nicht an Gott, und Jude war er auch nicht. Zumindest nicht ganz: Seine Mutter war keine Jüdin, er damit ebenfalls nicht und ich noch weniger. Seiner Meinung nach umso besser. Seine Lieferanten, gute Katholiken, warfen ihm schon vor, zu unnachgiebig bei den Preisen zu sein. Er wollte nicht, dass man ihn obendrein beschuldigte, ihren Heiland gemetzelt zu haben, zumal vor dem Hintergrund einer anschwellenden Konkurrenz aus Amerika. Als meine Mutter meinte, es sei vielleicht an der Zeit, mich mit diesem Teil meiner Geschichte vertraut zu machen, dass ich nämlich zu einem Viertel Jude war, reagierte er wütend. Wir sprachen nie wieder davon.

Für meine Eltern war ich ein Projekt, sie erzogen mich mit diktatorischem Eifer. Ihre Liebe zu mir entsprach der Hingabe zu einem Fünfjahresplan. Aber sie liebten mich. Ich war *ihr* Fünfjahresplan. Nur meine unausstehliche Schwester entkam der Tyrannei, denn sie war erst vier. Von ihren stolzen übertausend Tagen herab dachte Inès, sie könne sich alles erlauben. Sie durchwühlte mein Zimmer, ging an meine Schallplatten. Wenn ich sie anbrüllte, heulte sie Rotz und Wasser, und ich war mal wieder schuld. Unausstehlich.

Ein paar Tage vor meiner Krankheit, diesem Leiden, das wir alle unbewusst in uns trugen, rief mein Vater mich in sein Arbeitszimmer.

»Ich hatte Rothenberg am Apparat. Er sagt, dass dein letzter Unterricht ein unerfreuliches Ende genommen hat. Dass du faul wirst. Dass du mit der Musik nicht weiterkommst. Er denkt, du lässt dein Talent verkümmern. Hast du eine Erklärung?«

Die hatte ich. Statt Tonleitern zu üben, hatte ich mit meinem besten Freund Henri hinter dem Anwesen seiner Eltern Waldreben geraucht.

»Nein. Das verstehe ich nicht. Ich übe doch so viel.«

»Offenbar nicht genug. Dann fliegen deine Mutter, deine Schwester und ich am Wochenende ohne dich nach Rom. Du kannst derweil darüber nachdenken, was du mit deinem Leben anfangen willst.«

Ich flehte meinen Vater an. Flehte meine Mutter an, aber die stellte sich taub. Sie brummte mir sogar noch Hausaufgaben in Geschichte auf, dafür war sie Lehrerin am Gymnasium. Heute denke ich voller Zärtlichkeit an sie zurück, wegen dem, was danach passiert ist. Jahre des schwarzen Regens, der mir das Mark in den Knochen gefrieren ließ. Aber an diesem Tag konnte von Zärtlichkeit keine Rede sein. Ich habe meine Eltern gehasst.

Wir wohnten im Großraum Paris. Ich wurde bald sechzehn, und mir fehlte es an nichts. Mein Leben roch nach Leder und Orchideen, nach Parfüm von Dior, es war ein behütetes Leben in den Grenzen der Backsteinmauern unseres Grundstücks. Wenn es Nacht wurde, stellte ich mir vor, ich würde davonlaufen und die Welt verändern. Würde, Baskenmütze auf dem Kopf und Zigarre im Mund, meinen treuen Guerilleros lauthals Befehle auf Spanisch erteilen. Natürlich müsste ich erst Spanisch lernen. Also später, irgendwann. Und so erstarben meine revolutionären Träume mit jedem Frühstück, das man mir ans Bett brachte. Anders gesagt, ich war ein ganz normaler Junge. Ein wohlerzogener Jugendlicher, ein liebenswürdiger Trottel.

Dennoch bin ich nicht der Meinung, dass ich meine Krankheit verdient habe.

»Der Rhythmus!«, schimpfte Rothenberg. »Der Rhythmus!« Der alte Rothenberg gab mir Klavierunterricht. Er war zerknittert wie Papier, das Gesicht, der Hals, die Hände. Eine Blindenschrift aus Falten, dass einem schwindlig wurde. Wann immer ich ihn sah, hätte ich ihn am liebsten gebügelt.

Aber wenn er spielte.

Wenn er spielte, machten sich Weise aus dem Morgenland auf den Weg. Exotische Prinzessinnen vergingen vor Sehnsucht in ihren Palästen aus Sand. Selbst Madame Rothenberg, ein verblasster Schatten mit dem Duft von Blütenblättern und Mottenkugeln, wurde wieder zu jener Königin des Südens, die er sechzig Jahre zuvor unter einem blühenden Nussbaum verführt hatte.

Rothenberg unterrichtete nur Beethoven. In einer fernen Vergangenheit, über die er selten sprach, hatte ihm der große Meister – den er ausschließlich beim Vornamen nannte – das Leben gerettet. Ohne Instrument hatte Rothenberg Tag für Tag seine zweiunddreißig Klaviersonaten gespielt. Die Finger in der Luft, die Füße in Polens Staub. Er hatte gespielt, um nicht verrückt zu werden.

Einmal fragte ich ihn, ob wir nicht etwas anderes lernen könnten, und sofort brauste er auf.

»Du lernst *längst* etwas anderes, Dummkopf. Bei Ludwig gibt es alles. Das Vorher und das Nachher. Da ist Bach, ist Schubert. Ist Gabrieli, Mozart, Bruckner, und fast wäre da auch Varèse. Was willst du mehr?«

In dieser Woche, der Woche, als ich krank wurde, der Woche, als er meinen Vater anrief, hatte ich ihn zur Verzweiflung gebracht. Ich malträtierte den Rhythmus, und Rothenberg rang mit der Welt, raufte sich die Haare. Jedenfalls die paar wenigen, die ihm in dem rot gefärbten Kranz um seine gefleckte Schädelhaut geblieben waren. Der Kopf erinnerte an einen Leoparden in Flammen.

»Im Andante der Nr. 15 kommt es auf den Rhythmus an. Siehst du, wie die Sonate heißt?«

Ich beugte mich über die Noten.

»Äh, ›Pastorale‹.«

»Und worum geht's?«

»Wälder, Bäche ...?«

»*Schmegegge!* Wälder, Bäche, papperlapapp! Hörst du das Pulsieren der linken Hand? Da steigt jemand hinweg über deine Wälder. Klettert Bach auf die Schulter, um über die Wipfel der Bäume zu sehen. Und du spielst das wie ein *schmock*, der im Gras liegt und schläft, nachdem er sich den Bauch vollgeschlagen hat. Wie ein Trunkenbold, der sich im Bois de Boulogne eine Frau sucht! Meine Güte, rutsch mal, ich zeig's dir.«

»Beruhige dich, Alon«, rief Madame Rothenberg aus der Küche. »Was hat dir der Arzt gesagt?«

Er fiel über das Klavier her, ohne sich auch nur zu setzen. Und ich sah Dinge, die ich erst später verstand. Sah Riesen, die einen Tanz vollführten. Sah einen Adler herabstoßen und über dem Spiegel eines Sees einen blauen Saum weben. Als er fertig war, schrie ich, solche Angst hatte ich gehabt. Angst, ich würde zerquetscht. Angst, ich würde fortgerissen.

»Was bringt das? So werde ich nie spielen! Ich werde niemals so spielen wie Sie!«

Rothenberg schloss den Deckel des Klaviers. Und breitete ein Makramee-Deckchen darüber, drehte sich langsam zu mir um. Ich dachte, er würde mich ohrfeigen, aber seine papierne Hand legte sich sanft auf meine Wange.

»Nein, wie ich niemals, mein Junge. Aber wenn du so weitermachst, droht dir Schlimmeres. Du wirst niemals so spielen wie du.«

Ich ging hinaus, gepackt von einer Wut, wie sie der Jugend zufliegt, die Fäuste voller Blitze, geschleudert ohne Sinn und Verstand.

Dabei wusste ich nicht, dass ich Alon Rothenberg nie wiedersehen würde.

Wäre ich zu Hause geblieben, wäre nichts passiert. Kaum waren meine Eltern zu ihrem blöden Rom-Wochenende aufgebrochen, kaum war das Taxi am Ende der Allee verschwunden, flitzte ich zu Henri.

Henri Fournier war mein bester Freund – das hatten wir uns geschworen. Die Fourniers waren reich, noch reicher als wir. Auch er hatte eine unausstehliche Schwester, nur älter, was gewisse Vorteile bot, wenn sie sich duschte und vergessen hatte, die Tür abzuschließen. Der Vater hatte ein Vermögen mit Schrauben gemacht, Holzschrauben, Blechschrauben, Zugschrauben, Gewindeschrauben, Schrauben aller Art, die er aus Asien importierte. Henri und ich hörten oft Musik, unsere Eltern bezeichneten sie als »gestört«. An diesem Tag eine nagelneue LP, Henri hatte sie gerade erst aus Paris mitgebracht, von den Rolling Stones. Der Mann im Plattenladen hatte für ihre absolute Gestörtheit die Hand ins Feuer gelegt, und das stimmte. Wir hüpften und sprangen auf Henris Bett und schüttelten unsere imaginären Mähnen.

Platte umgedreht. Der Diamant senkte sich. Knatterlaute, Stammestrommeln, wild hervorgestoßene Schreie, Frauenlachen, Klavier! *Please allow me to introduce myself.* Ich hüpfte nicht länger. *I'm a man of wealth and taste.* Rothenberg hatte recht. Der Rhythmus. Diese Typen hatten ihn gefunden. Ein Rhythmus, der es schaffte, uns ans Ende der Welt mitzunehmen. Uns im Meer zu ertränken, eine ganze Generation, wenn ihnen danach zumute war. In der Diele brüllte jemand. *Spring!*, rief Henri. *Höher!* Ich war erstarrt. *Woo-woo*, diese Wilden riefen jetzt ihren Gott an, *woo-woo!* Und in der Diele immer noch Gebrüll.

»Henri. In der Diele schreit jemand.«

Henri hob den Tonarm an. Sein Vater kam gleichzeitig mit uns zur Haustür gerannt. Auf der Schwelle erwehrte sich Madame Fournier unter einer Wolke von Speicheltröpfchen eines Mannes, der in einer zu großen Jacke versank, unterm Arm eine Zeichenmappe.

»Was soll der Quatsch?«, fragte Monsieur Fournier. »Kann man in diesem Haus nicht mal in Ruhe Zeitung lesen?«

»Ich komme vom Herz-Jesu-Heim«, trug der Besucher vor. »Wir helfen bei der Wiedereingliederung ehemaliger Strafgefangener. Ich wollte Ihnen nur ein paar Bilder zeigen, na ja, zumindest eins, das letzte, das geblieben ist, dann ist mein Tag beendet. Geben Sie, was Sie möchten.«

»Wie sind Sie hier reingekommen?«

»Das habe ich ihn auch gefragt!«, rief Henris Mutter. »Er sagt, er hat das Tor aufgestoßen.«

»Das Tor ist abgeschlossen. Sie sind über die Mauer gestiegen, richtig?«

Der Mann zuckte die Achseln.

»Nein, das Tor war auf. Nur fünf Minuten, sehen Sie sich an, was wir machen, und geben Sie, was Sie möchten, oder auch nichts, wenn es Ihnen nicht gefällt. Ein paar Sous, um zu helfen.«

»Ach ja? Und wie ich Ihnen helfe, warten Sie.«

Fournier verschwand, und in weniger als dreißig Sekunden war er zurück, in der Hand ein Gewehr. Er besaß eine Waffensammlung, rührte sie aber niemals an. Henri und ich hatten einmal, als wir allein waren, eine Waffe geladen. Henri wollte die dicke rote Katze der Nachbarn abknallen, ich warf unsere Freundschaft in die Waagschale, die rote Katze oder ich, und am Ende knallten wir Flaschen ab. Ich mochte die Katze nicht besonders, aber es gab Grenzen.

Beim Anblick des Gewehrs wich der Mann zurück. Und nahm, als Fournier eine Patrone lud und einen Schuss in die Luft abgab, die Beine unter die Arme. Wir sahen, wie er in den Garten verschwand und über die Mauer sprang, das Tor war nämlich sehr wohl abgeschlossen. Henris Mutter bückte sich und griff nach der Mappe, die der Mann hatte fallen lassen. Darin war ein Gouache-Gemälde, nur das. Ein verzerrter Christus, Kopf auf der Schulter, ringsum ein Nebel aus Dornen. Alles war krumm und schief, der Mund, die Augen, die Schultern, das Kreuz, alles aus dem Lot bei dieser

Kreuzigung, genau wie an dem Tag, als es geschehen war. Selbst die Buchstaben ECCE HOMO unter dem Bild waren entstellt.

»Hat das ein Vierjähriger gemalt?«, mokierte sich Fournier. »Ha, seht euch das an ... Eine Homo-Geschichte oder was? Ist das ein Schwulenheim?«

Er brach in Gelächter aus. Seine Frau ebenfalls, dann Henri. Vor Freude kamen ihnen fast die Tränen. Ich sah mir den Verzerrten meinerseits an, und dann musste auch ich lachen, lauter noch als sie.

Wäre ich zu Hause geblieben, wäre nichts passiert. Die Krankheit wäre durch mich hindurchgegangen, ohne mir etwas anzuhaben. Sie hätte sich ein paar Straßen weiter einen anderen Trottel gesucht, an denen mangelte es in unserer Wohngegend nicht. Aber ich hatte rausgemusst. Hatte über irgendetwas *lachen* müssen. Wie Ahasver, dieser Schuhmacher, der nach der Legende Jesus auf seinem Kreuzweg verspottete. Ahasver war fortan zur ewigen Wanderschaft auf Erden verdammt.

Man lacht nicht ungestraft über das Elend eines Menschen.

Am nächsten Tag, es war der Tag der Rückkehr meiner Eltern, wachte ich mit einem merkwürdigen Gefühl auf. Ein vorzeitiges Symptom, unerklärlich. Ich schleppte mich nackt vor den Spiegel. Zunge normal. Wacher Blick. Keine körperlichen Anzeichen für mein Unwohlsein. Das Einzige, was nicht stimmte, war das Übliche: mein Schnurrbart, der partout nicht wachsen wollte, und, schlimmer noch, meine Hänflingsschultern. Dabei trainierte ich jeden Morgen nach einem Handbuch der Kalisthenie, das ich auf dem Postweg erworben hatte. Mit seinen zahlreichen Abbildungen versprach es, mich in weniger als neunzig Tagen – bei Nichtzufriedenheit Geld zurück – in einen Hünen zu verwandeln, der imstande sei, einem jeden Flegel, der am Strand eine Frau belästigte, mit lockerer Hand Manieren beizubringen. Die Frau auf dem letzten Bild sah sehr dankbar aus.

Im Anschluss an meine gymnastischen Übungen setzte ich mich ans Klavier. Ich suchte nach dem Rhythmus, den ich am Tag zuvor gehört hatte, dem Rhythmus der Stones. Alle waren der Meinung, ich spielte gut. Für die Abschlussfeiern in der Schule holte man mich gern auf die Bühne, die Mädchen warfen mir Blicke zu. Aber nicht alle hatten den alten Rothenberg gehört. Wenn er an den Tasten saß, erzählte er vom lieblichen Rhein an einem Frühlingsabend, von den Wiener und Heiligenstädter Nächten, vom Blau des Feuerwerks, vom Schwarz der Verzweiflung, von der herabfallenden Stille, von allem, was Ludwig ihm anvertraut hatte. Ich dagegen erzählte nur von meinem Mittelmaß.

Gegen fünf Uhr läutete Monsieur Albert. Der Sekretär meines Vaters hatte angeboten, meine Eltern in Le Bourget abzuholen, und mir vorgeschlagen, ihn zu begleiten. Wir kamen so rechtzeitig hin, dass wir uns unterm warmen Wind an den Rand der Landebahn stellen konnten, um dem Anflug der Sud Aviation Caravelle SE 210 zuzusehen. Wie alle Jugendlichen meines Alters hatte ich eine Leidenschaft für Flugzeuge. Ich schnurrte die technischen Daten herunter: »Triebwerk Rolls-Royce Avon,

Verdichtungsverhältnis 7,45 zu 1, Massenstrom 68 Kilogramm pro Sekunde.« Monsieur Albert nickte, er verstand nichts davon. Um ehrlich zu sein, ich auch nicht. Das Flugzeug schwenkte herein.

Mich überkam ein Unwohlsein. Durch nichts zu erklären. Ich hörte den zweiten Satz aus der Klaviersonate Nr. 8, das schwöre ich. Hörte sie, als würde Ludwig sie spielen, mit *Rhythmus*, so schön war die Caravelle im Glanz der untergehenden Sonne, sanft versinkend in einem Traum aus stählernen Nieten, während die Musik mich übers Geländer beugte, ich war schweißnass. Und ebenso sanft touchierte die Caravelle den Boden, brach entzwei, einfach so, ohne Grund, riss vor unseren Augen auseinander, der vordere Teil hier, der hintere da, und verwandelte sich in einen gigantischen Feuerball. Vollkommen rund, so rund, dass ich es noch heute spüre, wenn ich aufwache und mit den Händen eine Schale forme, um diese Kugel zu fassen, sie zu halten, denn ich weiß, dass genau in dem Moment, tief in ihr drin, meine Eltern und meine unausstehliche Schwester noch leben und dass ich die Kugel auf keinen Fall loslassen darf.

MEINE JUGEND ENDETE am 2. Mai 1969 um 18 Uhr 14 in einer Polka aus Flammen und Wind. »Ein zu hoher Anstellwinkel bei zu niedriger Fluggeschwindigkeit und starkem Seitenwind hat zu einem Strömungsabriss geführt.« Die Schlussfolgerung lernte ich auswendig, ich musste sie nur mit ernster Miene aufsagen, und schon war Schluss mit der Fragerei. Das funktionierte jedes Mal, außer bei dem Psychologen, zu dem man mich dreimal schickte und den die Sache zu interessieren schien.

»Hier Fournier, ja bitte?«

Der Tod meiner Eltern lehrte mich eines: Ich hatte sonst niemanden auf der Welt. Meine Mutter war Einzelkind. Und wenn mein Vater Halbjude war, war seine Familie in den Augen der wackeren Vichy-Beamten allemal jüdisch genug gewesen. Er selbst hatte, da man in jenen Jahren Halbes nicht sonderlich mochte, nur überlebt, weil sich ein Nachbar – kein halber Kerl, sondern ein ganzer und über jeden Verdacht erhaben – bereit erklärt hatte, ihn zu verstecken.

»Madame Fournier? Joe am Apparat. Joseph.«

Schmerzlos. Das war das Erste, was die Experten und

alle anderen sagten. Deine Eltern und deine Schwester haben nichts gespürt.

»Hallo, Madame Fournier? Sind Sie dran?«

»Ja. Guten Tag, Joseph. Tut mir leid, Henri ist nicht da.«

So wie die Experten auch sagten: Das ist nicht deine Schuld. Der Beweis, dass sie dummes Zeug redeten.

»Nicht da? Aber Sie hatten doch gesagt, ich soll heute anrufen. Wann kommt er wieder?«

»Das weiß ich nicht. Er kann ja zurückrufen.«

Henri. Mein bester Freund.

»Ich bin dauernd woanders. Außer in der ersten Woche, da war ich im selben Heim, aber er hat vergessen, mich anzurufen.«

Wir hatten es uns geschworen.

»Ja. Gut. Einverstanden. Dann also auf Wiedersehen, Joseph.«

Genau das war der Moment. Nicht, als das Flugzeug abstürzte. Nicht, als meine Eltern und Inès sich in Luft auflösten, Hand in Hand – ich hoffte, sie hatten sich an den Händen gehalten. Nicht, als ich zum ersten Mal bei fremden Leuten schlief. Erst als Madame Fournier einfach den Hörer auflegte, wurde es mir klar. Ich war krank. Von allen Flüchen der Propheten, von allen Seuchen, die über die Erde kommen, hatte ich erwischt, was das Schlimmste war. Ich war *verwaist*, so wie man aussätzig ist, schwindsüchtig, pestkrank. Unheilbar. Um die Gesunden vor meinen Ausdünstungen des Schmerzes zu schützen, musste man mich fernhalten. Rein prophylaktisch, falls die Sache ansteckend war.

Zwei Monate lang reichte man mich von Aufnahmeheim zu Aufnahmeheim, von Pflegefamilie zu Pflegefamilie. Auf diese Weise wurde ich schnell mit der für gewöhnliche Sterbliche unsichtbaren Hierarchie der großen Schar der einsamen Seelen vertraut. Zuerst waren da die echten Waisen, die Engel, deren Eltern tot waren, *kaputt, dead.* Dann die unechten: Kinder von Drogensüchtigen, Gewalttätigen oder Alkoholikern, die Eltern waren zwar nicht tot, aber unfähig, sie aufzuziehen.

Aber auch im Kreis der Engel waren wir nicht alle gleich. An der Spitze stand die Aristokratie der Waisenkinder, die Crème de la Crème: die Polizeiwaisen. Sie hatten ihre eigenen Heime, davon sprach man mit Bewunderung, im Flüsterton war die Rede von Kickertischen und Viererzimmern. Eine Stufe darunter: die Waisenkinder der Reichen. Meine Eltern waren zwar wohlhabend, aber unter solchen Umständen kommt es auf die Art des Reichtums an. Was zählte, war einzig das Gold mit Patina, wie es von Generation zu Generation weitergegeben wird. Neuere Vermögen wurden geduldet, sofern die Eltern sich um das Wohl der Nation verdient gemacht hatten. Namen mit Adelsprädikat und Kinder von Waffenhändlern oder hohen Beamten erhielten nach den Kindern von Polizisten die besten Plätze.

Dann kam der Rest. Ich. Mit unserem Wohlstand, der nach Schuhen und Matratzen roch, galt ich nicht viel, auch wenn sich mein Vater mehrmals gerühmt hatte, wie angetan irgendein Minister von seinen Fransen-Mokassins oder vom Härtegrad seiner Betten gewesen war. Ich gehörte zur breiten Masse. Zu den Waisen von Immobilienmaklern, den Waisen von Elektrikern, den Waisen mit dem herrgottsfrühen Weckerklingeln und der fehlenden Kreditwürdigkeit, den Waisen mit dem Geld, das schmutzig aussieht, weil es nicht die blaue Farbe des Blutes hat oder die Farbe der Kanonenrohre.

Wahrscheinlich hat man mich deshalb dort hingeschickt. Oder aus Versehen. Aus Trägheit. Ich habe es nie erfahren, aber was soll's, am Ende läuft es auf das Gleiche hinaus. Ich kam an einen Ort, von dem Sie noch nie gehört haben, weil er sich nicht auf der Erde befindet. An einen Ort, von dem Sie niemals hören werden. Er ist schon lange geschlossen.

Das Waisenhaus Confinium. Ich sage geschlossen, aber bei manchen blutet es noch heute.

DIE UHRZEIT HAT IHRE BEDEUTUNG. Das Wetter ebenfalls. Wir hatten den Zug von Paris nach Toulouse genommen, begleitet von einem höheren Angestellten der Fürsorge, einem Mann mit Glatze, der nach Blumenkohl roch und die Schweißflecken unter seinen Achseln nicht verbarg. Weiter ging es mit dem Bus, er hatte unterwegs eine Panne und kam erst um Mitternacht in Tarbes an. Dort übergab Blumenkohl uns zwei Gendarmen mit dem Auftrag, uns zum Confinium zu bringen.

Mit mir reiste ein Junge, den ich nicht kannte. Etwas älter als ich, vielleicht sechzehn. Sehr groß – fast eins achtzig –, sehr dünn, Bürstenschnitt, dazu ein sich andeutender Schnurrbart, ein schönes schwarzes Versprechen, das Bewunderung abnötigte. Der Junge war nicht stumm, aber in seinem ganzen Leben habe ich nur zwei Wörter aus seinem Mund gehört, und auch das erst viel später. Die Polizisten machten das internationale Zeichen, ein sich drehender Zeigefinger an der Schläfe, *plemplem*. Er hatte einen Koffer aus Kunstleder dabei, den sie ihm nicht hatten abnehmen können, weil er sofort losjammerte. Der Koffer nahm den gesamten hinteren Platz im R4 ein. Obendrauf, festgebunden mit einer Kordel und mehrmals umwickelt, hockte ein alter Plüschesel. Das Tier hauchte mit einem filzigen Röcheln seine Seele aus, die rote Zunge hing ihm aus dem Maul, durch eine Wunde im Bauch quollen die fasrigen Eingeweide. Aber er klammerte sich ans Leben und Momo an ihn.

Momo war der Name meines Reisegefährten, jemand hatte ihn auf ein Schildchen am Koffergriff gekritzelt. Nur das, Momo. Auf der Rückseite stand »Hotel Intercontinental Oran«. Momo ähnelte aufs Haar einem Jungen, der am Ende unserer Straße wohnte, in der Gegend war das die einzige Familie von Pieds-noirs, Algerienfranzosen. Sie waren immer fröhlich, immer traurig, immer laut, so schlicht und geradeheraus, dass es etwas Verlockendes hatte. Madame Fournier warf diesen »Schwarzfüßen« vor, die Quadratmeterpreise zu drücken.

Die Polizisten waren sehr freundlich. Kurz vor Lourdes hielten sie an einem Restaurant für Fernfahrer, das Tag und Nacht aufhatte, und holten für uns Pommes frites. Noch heute muss ich nur einen Gendarmen sehen, und sofort bekomme ich Lust auf Pommes frites und will ihn umarmen. Als wir uns wieder auf den Weg machten, brach ein Gewitter wie beim Weltuntergang los. Ein biblischer Zorn, gerichtet vielleicht gegen mich. Wir fuhren im Schritttempo. Die Gendarmen diskutierten, umkehren oder weiter. »Weiter.« Über Funk ließ ihnen ihr Chef keine Wahl, er wollte keine zwei Jugendlichen an der Backe haben. Ich schwieg. Momo zeigte mir ein ausgebleichtes Schildchen an seinem Esel, nahe der Bauchwunde: *Asinus*, das war gerade noch zu erkennen. Das Kuscheltier stank. Ein Geruch nach niemals gewaschener Traurigkeit, nach Frachtraum, nach Samstagen, die das Meer nicht mehr sehen sollten.

»Das ist nur übergangsweise«, hatte mir kurz vor der Abfahrt ein bärtiger Mann in seinem orangefarbenen Büro gesagt. »Du bleibst so lange dort, bis wir eine Familie für dich gefunden haben. Das geht schnell, wirst sehen.«

Die Nacht brodelte. Schwappte über die Berge, floss talwärts. Ab und zu fixierte ein Blitz eine silberhelle Welt. Die schwarzporigen Wände einer Schlucht. Einen bewaldeten Hang. Weiter im Schritttempo. Momo lächelte immerzu, er sah etwas Lustiges, für unsere Augen noch unsichtbar. Manchmal begegneten sich unsere Blicke. Dann schüttelte er den Kopf, als wollte er sagen: *Warte, nur noch ein bisschen, nach der Steigung, nach der Aufregung, nach dem Gewitter, dann siehst du es, wirst es verstehen, das ist wirklich lustig.* Ich bin jetzt neunundsechzig und warte immer noch, aber vielleicht bleiben mir ja noch ein paar Hänge hinauf.

Der Wagen hielt an – ein Steinschlag, die Straße war blockiert. Einer der Gendarmen stieg aus und räumte schimpfend den Weg frei. Der andere schaltete das Radio ein.

21. Juli 1969. Später erfuhr ich, so wie die ganze Welt, dass es 2 Uhr 56 Universalzeit war. Ein Nebel von Interferenzen. Dann eine Stimme auf Englisch, die verstand ich, weil mein Vater fließend Englisch sprach. Die Stimme von Neil Armstrong.

»Offenbar ist die Oberfläche sehr feinkörnig, fast wie Pulver«, übersetzte ein französischer Kommentator.

Apollo 11. Die Live-Übertragung auf dem ganzen Planeten. Ich hatte den Flugplan studiert, sogar Rothenberg davon erzählt. Mein Vater hatte mir versprochen, dass ich an dem Abend aufbleiben dürfte, die ganze Nacht. In dieser Nacht, in der wir unter Einsatz von Schubdüsen und Nachbrennern die Grenze der Finsternis hinausschieben würden.

»Monsieur, könnten Sie den Ton lauter stellen?«

»Sergent«, korrigierte mich der Polizist.

Aber er kam meiner Bitte nach, es interessierte ihn genauso wie mich. Sein Kollege war wieder zurück, mit einer Hundelaune. Er saß über das Lenkrad gebeugt und versuchte, uns nicht in den Graben zu befördern. Auf der Windschutzscheibe der strömende Regen, Fluten in Erwartung eines Moses. Der Mond war ihm schnuppe.

»I'm going to step off the LM now.« Ich hielt mich an der englischen Stimme fest. *Ich verlasse jetzt die Landefähre.* Stille, Knistern. Dann der Satz, der mir sagte, dass ich nicht allein war. *»That's one small step for a man«*, Pause, Neil dachte nach, oder er tat vielmehr so, da er seinen Spruch vorbereitet hatte, *»one giant leap for mankind.«* Ein kleiner Schritt für einen Menschen …

Der Fahrer schaltete das Radio aus.

»Nein!«

Ich hatte laut protestiert, alle sahen mich merkwürdig an. Selbst Momo, der kurz eingenickt war.

»Wir sind da«, verkündete der Fahrer. »Alle aussteigen.«

Wir waren sofort klatschnass. Weit vor uns ein Tor im Regen. Ohne irgendein Gebäude, ein blasses Rechteck in einem gewaltigen Wasserspektakel. Momo rannte los, schützte seinen Esel. Die Polizisten merkten, dass ich nicht hinter ihnen war. Der Sergent machte kehrt, triefend, wütend, bis zu den Knöcheln im Schlamm.

»Beweg dich, verdammt noch mal! Was stehst du im Regen rum wie der letzte Depp?«

Ich konnte ihm nicht sagen, wieso ich im Regen rumstand wie der letzte Depp. Konnte ihm nicht erklären, dass ich mich zurückhalten musste, um nicht zum Himmel zu schreien, über das Gewitter hinaus, aus Leibeskräften zu schreien und Armstrong zu fragen, ob er nicht zufällig am Rand eines Kraters meinen Eltern und meiner unausstehlichen Schwester begegnet war.

Ein grobschlächtiger Mann um die fünfzig, ohne Hals und mit weit auseinanderstehenden Augen, führte uns in die Tiefen des Hauses. Im Inneren roch es nach Lernen, nach Gebeten, an die Wände geklatscht und dort getrocknet und nie erhört. Vor mir, auf Momos Koffer, hüpfte Asinus. Sein ranziger Geruch stieg mir in die Kehle und vermischte sich mit dem Mief von Schweiß und Tabak unseres Führers. Alles drehte sich, beinahe hätte ich die Fritten auf den Gang gekotzt. Der Typ machte Licht mit einer Art Schlüsselanhänger, einem lächerlichen Spielzeug, das irgendwie von selbst leuchtete – die Sicherungen waren durchgebrannt.

Er brachte uns zu einem großen Schlafsaal, der Raum ähnelte einer Krypta und war in der Mitte geteilt von einem Vorhang aus Samt. Dutzende von Betten reihten sich wie Gräber aneinander, obenauf jeweils eine Grabfigur. Die Figuren schnarchten.

»Du hierhin«, sagte er zu Momo. »Und du dahin. Ich will keinen Ton hören.«

Momo legte sich aufs Bett, ohne seine Schuhe auszuziehen. Seine Füße ragten heraus.

»Worauf wartest du?«, brummte der Typ mich an. »Auf die Sintflut? Die ist schon da. Also ab ins Bett, sonst werden wir keine Freunde.«

Das Leuchtding verlosch, die Schritte entfernten sich. Ich erinnere mich noch gut an diese Nacht, an meine Ankunft im Confinium. Erinnere mich an das Geräusch, das fast ein Jahr lang den Rhythmus meines Lebens bestimmen sollte. Eine ferne, dumpfe Erschütterung, ein seltsames *Bum*, Überschallknall, alle dreißig Minuten grub es sich mir in die Brust, und mir war, als bekäme ich keine Luft mehr. Als hätte etwas die Atmosphäre zerrissen, die Luft aus der Welt gelassen wie aus einem Ballon. Man musste den Atem anhalten, und alles wurde wieder normal.

Ich schaute zu dem Bett neben mir. Es war leer. Zumindest lag niemand darauf. Eine Sekunde später sah ich, dass jemand *darunter* lag, fast verschluckt von der Dunkelheit, ein rothaariger Junge in meinem Alter mit einem länglichen Gesicht wie eine Amphore. Er legte den Finger an die Lippen, *pst*, und schlief wieder ein.

One giant leap for mankind.

Ein paar Tage später kehrten Neil Armstrong, Buzz Aldrin und der dritte Mann, dessen Namen die Welt vergessen hat – tatsächlich wird er oft so genannt, »der dritte Mann« –, als Helden zurück. Ein riesiger Sprung für die Menschheit, das ganz sicher, das klang gut. Konfettiregen, satte Tubaklänge, Frauen, die in Ohnmacht fielen. Und das amerikanische Lächeln der drei, ihre weißen Zähne, ihre Heldenmienen auf dem Rücksitz offener Wagen, die so lang waren, dass man sich bequem darin hinlegen konnte, wenn man nicht gerade erschossen wurde. Von mir sprach niemand.

Trotzdem steht mir ein Teil des Ruhms zu. Ich bin nämlich zum Mond geflogen an diesem 21. Juli 1969. Das schwöre ich. Ich bin zum Mond geflogen und noch viel weiter, und ich bin zurückgekommen. Das weiß nur niemand. Den Leuten ist das egal.

Niemand interessiert sich für die Menschheit, die mit kleinen Schritten daherkommt.

HEUTE MÜSSEN SIE ERST nach dem Weg fragen. In der Bar-Tabac zum Beispiel, wenn es die noch gibt. Dann verweist man Sie auf die Straße am Ende des Dorfs, es ist das letzte in diesem Pyrenäental. Sie kommen an ein paar Häusern vorbei, die Ihnen gleichgültig ihre gewölbte Stirn zeigen, und stellen fest, ja, die Straße geht weiter. Bestimmt denken Sie, wie unheimlich das in einer Gewitternacht sein muss. Dass man bei Regen besser nicht dort hochfährt, nicht, wenn man fünfzehn ist, nicht ohne die Eltern.

Wenn Sie neugierig sind, wenn es Sie nicht zufällig hierher verschlagen hat, werfen Sie vielleicht ein: *Trotzdem müssen es doch alle gewusst haben, wenn die Kinder an Weihnachten oder am 14. Juli ins Dorf herunterkamen. Das Elend war unmöglich zu übersehen.* Und die Dorfbewohner werden Ihnen, sofern sie sich erinnern, sofern die von damals noch leben, sagen, nein, das war nicht zu sehen, die Kinder machten einen glücklichen Eindruck hier im Dorf, sie haben sich sogar etwas von ihren Ersparnissen gekauft, aber das ist lange her, was stellen Sie so viele Fragen?

Sie fahren also die Straße hoch, etwa zehn Kilometer.

Von einem Schild werden Sie gestoppt. Trotz des sauren Regens und der Schrotschüsse ist noch die Aufschrift *Departementsdirektion für Ge…* zu erkennen, auf den Rest lauert schon der Rost. Dann das Wort *Confinium*, unversehrt, der Rost hat es probiert und wieder ausgespuckt.

Ab dem Schild ist die Straße mangels Instandhaltung nicht mehr passierbar. Es geht nur noch zu Fuß weiter zu dem ehemaligen Priorat, das einmal Saint-Michel-de-Geu hieß. Sobald Sie es erblicken, werden Sie sich fragen, wie man dort am Ende des Tals überhaupt bauen konnte. Alles stößt an eine hundert Meter hohe Wand: der Wind, die Straße, selbst das Land, denn dahinter liegt Spanien. Und Sie bewundern diesen Kraftakt, das Ausheben eines Raums, der groß genug ist, um ein solches Trumm von Haus den Bergen anzuvertrauen, noch dazu Ende des achtzehnten Jahrhunderts. Weniger Bewunderung werden Sie, sofern Sie Sinn für Ästhetik haben, dem Anbau von 1959 entgegenbringen, wo die Kinder Unterricht erhielten.

Und dann fragen Sie sich, welche Schuld die Erbauer dieses Gemäuers wohl auf sich geladen hatten. Man baut nicht ohne guten Grund so düster, so streng. Der Grund, hätten ebenjene erklärt, war ein splitternackter Mann in einem Garten und eine Geschichte mit einem Apfel. Wobei, wenn es dabei geblieben wäre, nur dieser Typ und der Apfel, es wäre nichts passiert. Aber da war noch ein Mädchen, ebenfalls splitternackt, und widersteh mal einer einem splitternackten Mädchen. Dann die hohen Fenster, die den Wind willkommen hießen.

Und der Schiefer mit seinen scharfen Kanten, die unendlichen Echos, die Kirche, eiskalt im Frühling, im Sommer, im Herbst, im Winter, eiskalt die ganze Nacht.

Neben dem ehemaligen Priorat versuchen sich ein paar stumpfe Terrassen an der Zähmung des Hangs. Der ehemalige Gemüsegarten ist noch zu erkennen. Tief unten zieht sich die letzte Terrasse an einem stillgelegten Bahngleis entlang, das schon unterm Gestrüpp verschwindet. Man müsste lediglich, wenn auch mit einigem Aufwand, die Brombeersträucher entfernen, die Schlehen, die Ginster, und zum Vorschein käme ein aufgegebener Tunnel. Ein Meisterwerk der Ingenieurskunst, fünf Kilometer, den Bergen zwischen Frankreich und Aragon abgetrotzt.

Sie wagen sich vielleicht ins Hauptgebäude hinein, ignorieren das Schild *Vorsicht, Asbest*. Aber dort werden Sie nichts finden. Oder nur, nahe der Eingangstür, ein hektografiertes Blatt, befestigt mit Reißzwecken unter einem Fenster mit gesprungener Scheibe. Unleserlich bis auf ein paar Wörter: »5 Uhr 45 ... gemeinsamen Spielen ... Heiligen Schrift ... Vercors ...«

Es ist ein ruhiges, bei Sonnenschein fast schönes Fleckchen Erde. Verblüffend ist die Stille im Haus. Eine Stille des Gebets und der Flure, die nie zweimal an denselben Ort führen. Ich weiß nicht, was Sie hier oben noch tun könnten, außer sich den Kopf am Granit zu stoßen. Am Ende schultern Sie Ihre Fragen, falls Sie welche hatten, und kehren um.

Alles steckt im Namen. Nach dem Confinium, der äußersten Grenze, kommt nichts mehr.

5 Uhr 45 – Aufstehen
6 Uhr – Waschen
6 Uhr 30 – Laudes (Morgenmesse)
7 Uhr – Frühstück
8–11 Uhr – Unterricht
11 Uhr – Pause (zu verbringen wahlweise mit: gemeinsamen Spielen in Ruhe, Lesen, Beten)
12–13 Uhr – Mittagessen
13–16 Uhr – Unterricht
16 Uhr – Zeit für sich (zu verbringen wahlweise mit: Lernen, Beten, Briefeschreiben oder, die Jüngsten, Mittagsschlaf)
17–19 Uhr – Dienste
19 Uhr – Abendessen und Lesen der Heiligen Schrift
20 Uhr – Danksagung
20 Uhr 30 – Nachtruhe

– *In der Ferienzeit finden anstelle des Unterrichts, sofern das Wetter es zulässt, schulische Aktivitäten im Freien statt, das Programm wird nebenstehend ausgehängt.*
– *Alle Schüler, die in den Sommerferien in das Freizeit-*

zentrum der Departementsdirektion (DDASS) im Vercors fahren möchten, sind aufgefordert, zu Beginn des Schuljahres einen Antrag zu stellen, da nur begrenzte Plätze zur Verfügung stehen.
- *Es ist verboten, auf dem Gelände der Anstalt zu rennen. Es ist verboten, ohne Erlaubnis und ohne Aufsicht durch einen Erwachsenen das Gelände der Anstalt zu verlassen. Grundsätzlich wird kein Verhalten geduldet, das geeignet ist, dem Ruf des Confiniums zu schaden. Angemessene Kleidung ist immer und überall Pflicht. Jeder Verstoß gegen die Vorschriften wird bestraft.*

Die Leitung des Confiniums, der Minister für Bildung und die Diözese wünschen Euch ein gesegnetes Schuljahr 1969/70.

MOMO UND ICH hatten bisher kein Wort miteinander gewechselt. Zum ersten Mal sprach ich ihn am Vormittag an, auf dem Hof des Waisenhauses.

»Hau ab.«

In der Nacht hatte ich praktisch kein Auge zugetan. Geweckt in aller Frühe durch einen Pfiff, machte ich es den anderen nach. Ich stellte mich neben das Bett und sah, wie der Mann, der uns empfangen hatte und Grenouille genannt wurde, »Frosch«, durch die Reihen ging, als würde er nach etwas suchen. Die Betten waren nummeriert, an den Holzrahmen hingen, fest angeschraubt, weiße Emailleschilder. Ich war die Nummer 54. Mein Koffer war verschwunden, Momos auch. Nur seinen Esel hatte man ihm gelassen.

»Alles, was ihr braucht, habt ihr da drin«, sagte Grenouille und deutete auf eine der Kisten am Fußende unserer Betten. »Seht zu, dass die Sachen halten.«

Er wusste nicht, dass ich nur für kurze Zeit dort war, ein *Übergangsweiser*. Zweiter Pfiff, zum Waschbecken gerannt. Nur die Ersten hatten warmes Wasser. Dicke gelbe Seifenstücke wie in einer Ferienkolonie, so welche, die auf einer Metallstange stecken und sich drehen lassen. Armenseife, ekelhaft. Lauwarmes Wasser im Gesicht. Wie die anderen hatte ich mir ein weißes Hemd und lächerliche Shorts aus der Kiste angezogen, dann die dazugehörigen klobigen Schuhe. Wenn ich so ins Gymnasium gekommen wäre, hätte ich Prügel kassiert.

»Wo haben sie die Klamotten denn her?« Ich musste kichern. »Aus dem neunzehnten Jahrhundert?«

Schweigen. Den ganzen Morgen sprach niemand ein Wort zu mir. Niemand sprach mit niemandem. Zum Frühstück ein Schokoladenbrei und Brot zum Hineintunken, dazu ein Blechbecher Kaffee selbst für die Kleinen. Wir waren etwa vierzig, zwischen fünf und siebzehn Jahre alt.

Pfiff. Raus aus dem Speisesaal. Momo folgte mir mit Asinus. Wieder ein Pfiff. »Singet dem Herrn ein neues Lied«, stimmte die Schar an. Die Lippen bewegen, damit es so aussah, als ob. »Denn er tut Wunder…« Die Gruppe war jetzt zweigeteilt, ich stellte mich zu den Älteren. Eine freundliche Nonne, Schwester Hélène, verkündete mit sanfter Stimme:

»Ich vertrete unseren guten Pater im Fach Französisch.«

Auf die Klassenarbeit, die über uns hereinbrach, war ich nicht vorbereitet. Momo schaute die ganze Stunde lächelnd auf sein Blatt, ohne etwas hinzuschreiben. Das Klassenzimmer für die Älteren hatte man unter dem Gewölbe des ehemaligen Kapitelsaals eingerichtet. Ein riesiger Raum mit schuppigem Putz, dreißig Tische verloren sich darin, krumm und schief, als hätte etwas sie durchgeschüttelt. Wir froren ständig. Ein gewaltiger Kamin saugte im Sommer die Wärme ab, im Winter spuckte er Schnee.

Den Grund für meine Unbeliebtheit begriff ich erst in der Pause. Ein langer Lulatsch trat an mich heran, Hände in den Taschen. Er schaute zu Momo, der mir mit seinem stinkenden Stofftier seit dem Morgen hinterherlief.

»Ist das dein Bruder?«

»Nein, keine Ahnung, wer das ist.«

»Mongole oder was? Lächelt der immer so debil?«

Momo lächelte.

»Klar«, antwortete ich im selben Ton, »der ist debil.«

»He, Jungs, seht euch das an, der Debile hat Flecken auf den Galoschen. Wie wär's mit Wichse.«

Der Kerl räusperte sich und ließ ein Spuckefädchen auf Momos Schuhe rinnen. Seine Kumpane taten es ihm nach. Momo drehte sich zu mir, die Augen ein Lärmen, voller Fragen, die ihm zwischen den Lippen klemmten und nicht herauskamen. Da die anderen auf etwas zu warten schienen, sabberte ich ebenfalls auf seine Schuhe. Und um den Jungs klarzumachen, dass ich einer von ihnen war, beugte ich mich zu Momo:

»Verzieh dich.«

Natürlich wusste ich, dass Momo nichts dafürkonnte, wenn er geblieben war. Fern von hier geblieben in einem Land des Jasmins, wo die Mädchen beim Anblick seiner Ockeraugen dahinsanken. Nichts dafür, dass er plötzlich hatte gehen müssen, ohne sich von seinen Freunden zu verabschieden. Schnell, schnell, weg hier, den Hefeteig in der Knetschüssel gelassen, jemand anderes würde die Mouna schon backen, schnell, schnell, die Koffer gepackt, Haus und Erinnerungen zurückgelassen, und erst später, zu spät, auf dem Schiff nach Marseille, fiel auf, dass man Momos Kopf in all der Eile vergessen hatte. Er selbst hatte um nichts gebeten, dieser kleine Schwarzfuß, der Seeigel fing.

Er rührte sich nicht, und ich sagte noch einmal:

»Verzieh dich!«

Diesmal verzog sich Momo. Wie vor Schmerz. Und fiel um, zuckend, steif. Ich hatte noch nie einen epileptischen Anfall gesehen. Grenouille, der in einer Ecke des Hofs hockte und uns überwachte, musste schon viele gesehen haben, denn er sprang auf, kam zu uns, warf sich Momo wie einen Sack über die Schulter und verschwand ins Haus.

Wegen des Anfalls hatte Momo aufgehört zu lächeln. Aber er hatte Asinus nicht losgelassen, nicht eine Sekunde. Selbst als Grenouille ihn vom Boden aufhob, klammerte er sich weiter an sein Königreich aus Plüsch.

»Hast du *Mary Poppins* gesehen?«

Der Bengel, der mich am Ärmel zupfte, war vielleicht acht oder neun. Ein Knirps, aber ich musste mit ihm vorliebnehmen. Wir waren im Hof und liefen im Kreis, in kleinen Gruppen oder allein, dreiundvierzig Jungen, die keine Schatten warfen. Einige spielten Fußball. Sie hatten mich nicht gefragt, ob ich mitspielen wollte in ihrer blöden Mannschaft, wo niemand wusste, wer der Gegner war. Umso besser. Wenn ich mir die Hand oder den Arm brach, konnte ich die Musik vergessen.

»Hast du *Mary Poppins* gesehen?«, fragte der Bengel noch einmal.

Ein komisches Gesicht, wie von einem geschrumpften Erwachsenen, eingezwängt zwischen den Henkeln seiner Ohren. Am linken Auge noch die Spur eines Veilchens. Die Vorderzähne so weit auseinanderstehend, dass die Kunstflugstaffel der französischen Luftwaffe bequem hindurchgepasst hätte.

»*Mary Poppins*? Nein.«

»Pff«, machte er.

»He, warte! Wie heißt du?«

Der Kleine reichte mir bis zum Bauchnabel, aber ich schwöre, er musterte mich von oben bis unten, ehe er mir gütigst seinen Namen verriet.

»Souzix.«

Er ging hinüber zu einer Gruppe der Großen. Sie bestand aus dem Burschen, der unter seinem Bett schlief, und zwei anderen Typen, der eine ein Klops, der andere ein Hering. Alle drei waren in meinem Alter. Ich dachte, sie würden ihn verjagen, würden sich lustig machen über diesen Rekruten, der nicht mal einen Dienstgrad besaß, über seine Dreistigkeit, in ihren Offizierskreis zu treten, wo der Schatten eines Schnurrbarts oder ein Aknepickel die Tresse ersetzten. Aber sie empfingen ihn wie einen der Ihren, beugten sich zu ihm hinunter und besprachen etwas, immer mit einem Auge in meine Richtung. Dann lachten sie schallend.

Als ich mich zu ihnen stellen wollte, drehten sie sich um und gingen.

Mit dem Lärm hatte es nicht aufgehört. Mit diesem Überschallknall, den ich bei meiner Ankunft gehört hatte, *bum*. Alle dreißig Minuten. Ich war der Einzige, der jedes Mal zusammenzuckte.

Neunzehn Uhr, Pfiff, mein erstes Abendessen im Confinium. Eine Scheibe Röstbrot, bestrichen mit ausgelassenem Mark und darauf grobes Salz. Fröhliche Gesichter. Für sie war das gut. Ich bekam so fettes Zeug nicht runter. In einer Ecke des großen Saals sagte ein kleiner Junge stockend eine Stelle aus der Heiligen Schrift auf, die anderen aßen und tuschelten. Plötzlich schlug die Atmosphäre um. Eine Tür hatte geknarrt. Der Vorleser straffte sich, sein Ton wurde fester. Die Köpfe über die Teller gebeugt, das Besteck abgelegt.

Bum, Überschall, weit weg.

Da sah ich ihn zum ersten Mal. Der Kiefer kräftig, glatt rasiert. Das Schläfenhaar noch schwarz, die untere Gesichtspartie etwas schwer, am Hals ein roter Streifen von der Soutane, den Kragen hätte man ihm weiter machen sollen. Er war sichtlich auf sein Äußeres bedacht, stellte sich bestimmt gern vor, er hätte noch die Figur eines Zwanzigjährigen. Alles schwieg, die Waisenkinder, die Gespenster, die blutenden Mönche, die in den Gängen spukten und ihre Ketten schwangen. Er nahm am Tischende Platz.

»Guten Abend, Kinder. Bischof Théas dankt euch für die Bilder«, er warf den Kleinen ein Lächeln zu, »und eure Briefe«, der Blick ging zu den Älteren. »Er sendet euch seinen Segen. Ihr könnt essen.«

Seine Stimme war sanft, eine unerwartete Altstimme

aus diesem Bariton von Mann. Ich schob meinen Stuhl zurück und ging schweigend den Tisch entlang. Ein Junge machte ein entgeistertes Gesicht. Zweiundvierzig Gabeln in der Luft.

Ich war Atheist, aber wohlerzogen. Ich wusste, wie man mit einem Priester spricht, egal wie einschüchternd er wirkte, egal ob in Soutane oder nicht. Ich wusste, wie man das »Pater« dort anbringt, wo es hingehört. Er schaute überrascht auf. »Guten Abend, Pater, da bin ich, gestern angekommen, ich bin ein Übergangsweiser, könnte ich vielleicht bitte ein getrenntes Zimmer haben, Pater, und wäre es möglich, als ersten Gang einen Salat zu bekommen, eine einfache, aber ausgewogene Kost?«

Grenouille machte einen Schritt auf mich zu. Der Pfarrer hob den Finger, der Aufseher blieb stehen.

»Möchtest du uns nicht aus der Heiligen Schrift vorlesen?«

Der Finger bewegte sich, der kleine Junge gab das Pult frei und setzte sich an den Tisch. Der Pfarrer sah mich lächelnd an. Aber seine Augen. Sie stöberten nach der Sünde. Der gefälschten Unterschrift meiner Eltern im Zeugnisheft. Den Geldscheinen, um die ich das Portemonnaie meiner Mutter erleichtert hatte. Ich gehorchte, nicht dass er alles andere auch noch entdeckte. Und las: »Stephanus aber, voll des Heiligen Geistes, blickte zum Himmel auf«, ich verstand kein Wort davon. Als ich mit der Seite fertig war, bedeutete mir der Pfarrer, weiterzulesen, und weiter, und als er sagte: »Jetzt ist gut«, war die Nachspeise vorbei und der Tisch abgeräumt. Ich hatte nichts gegessen.

Der Pfarrer stand auf und faltete die Hände. Vierundachtzig Hände taten es ihm nach, vierhundertzwanzig verflochtene Finger, um Dank zu sagen. Pfiff. Und Abmarsch in Richtung Schlafsaal, außer denen, die Spüldienst hatten.

»Du nicht«, sagte der Pfarrer zu mir.

Bum, Überschall, weit weg.

Er schlug die Bibel noch einmal auf. Von Nahem sah der Mann weniger groß aus, dafür schwärzer. Eine gepflegte Schwärze – er färbte sich die Haare. Tatsächlich war dieses alterslose Gesicht, dieses schöne Oval, dem der zu breite Unterkiefer kaum etwas anhaben konnte, das genaue Gegenteil von Rothenbergs Gesicht mit seinen Ecken und Falten. Trotzdem hatte sein Gesicht etwas Beunruhigendes, das von Rothenberg etwas Beruhigendes. Alles spielte sich in den Augen ab. Verwaschene Arglosigkeit im Blick des alten Meisters, der Blick des Priesters rasierklingengrau.

In dem leeren Speisesaal deutete er auf einen Stuhl.

»Weißt du, warum du hier bist, im Confinium?«

»Meine Eltern …«

»Ja?«

»Ich habe keine Eltern mehr.«

»Da irrst du dich.«

Er hielt mir seine Bibel unter die Nase und klopfte mit dem Finger auf eine Stelle.

»Lies. Psalm 68,6.«

»›Ein Vater der Waisen, ein Schützer der Witwen, dies ist Gott in seiner heiligen Wohnung‹ …«

»Weiter.«

»›Gott schaffet den Heimatlosen ein Heim, die Gefangenen führt er heraus in die Freiheit, im dürren Lande verbleiben nur die Empörer.‹«

Der Satz war mit Bleistift unterstrichen.

»Im dürren Lande verbleiben nur die Empörer«, murmelte der Priester.

Er seufzte, legte mir die Hand auf die Schulter.

»Ich nehme an, du hast jetzt Hunger?«

»Ja, Pater. Großen Hunger.«

»Gut. Nähre dich vom Herrn.«

An diesem Abend betete ich zum ersten Mal in meinem Leben. Ich ging zurück in meine Krypta, und nachdem ich mich auf das Bett Nummer 54 gelegt hatte, die Hände über der Brust gefaltet wie jede gute Grabfigur, sandte ich aus meinem feinkörnigen Reich, von meinem grauen Mond am Ende der Welt meinen Ruf hinauf. Und da meine Eltern mir keinen Gott gegeben hatten und ich mit Beethoven nicht sprechen konnte – für so wenig stört man ein Genie nicht –, wandte ich mich an einen anderen Helden, einen anderen Gott, dessen Job es vielleicht war, mir zuzuhören.

Hier Bett 54. Hier Bett 54.

Antworten Sie, Colonel Michael Collins.

Michael Collins, der dritte Mann. Dessen Namen sich niemand merken würde, der wahre Held von Apollo 11. Während die beiden anderen für die Fernsehkameras wie in Zeitlupe Luftsprünge machten und man in dreihundertvierundachtzigtausend Kilometer Entfernung schon das Konfetti stanzte, umkreiste Michael Collins an Bord der *Columbia* den Mond. Und wartete, in einem Kegel aus Metall und Kapton und dahinsausend mit 5700 Kilometern pro Stunde, auf den heikelsten Moment der Mission, von dem im Fernsehen keine Rede war: wenn er seine Kameraden zurückholen sollte, sobald sie von der Oberfläche wieder aufstiegen, an einem Punkt im Weltraum von der Größe eines Stecknadelkopfes. Der kleinste Fehler, ein Versagen der Nerven, ein Zweifel, eine falsche Berechnung, und die *Columbia* würde gegen die Mondlandefähre prallen oder sie verfehlen. Alles Konfettistanzen wäre umsonst gewesen.

Auf seiner Umkreisung verschwand Michael Collins jedes Mal für siebenundvierzig Minuten. Einfach weg, wie verschluckt. Er überflog die dunkle Seite des Mondes. Fünfundsiebzigtausend Milliarden Milliarden Tonnen graues Gestein zwischen der Erde und ihm. Siebenundvierzig Minuten ohne die geringste Möglichkeit, sich mit dem Rest der Welt in Verbindung zu setzen. Siebenundvierzig Minuten Stille, siebenundvierzig Minuten tintenschwarze Nacht. Seit Adam hatte kein Mensch eine solche Einsamkeit erlebt, wie die NASA am 24. Juli 1969 auf allen Kanälen der Welt erklären sollte.

Hier Bett 54. Hier Bett 54.

Antworten Sie, Michael Collins.

Michael Collins antwortete nicht. Nicht dieses Mal.

DAS PERSONAL, DIE HILFREICHEN HÄNDE, die Schatten. Die Bediensteten des Confiniums, die vielen Rädchen, die diese große Maschine am Laufen hielten, von ihrem infernalischen Heizkessel bis hinauf zu den Schieferschindeln – das waren wir, die Heiminsassen. Wischdienst, Wäschedienst, Küchendienst, Holzdienst. Unkrautjäten, Geschirrspülen, Bohnern. Alles war so organisiert, dass das Waisenhaus mit einem Minimum an externen Arbeitskräften auskam. Jedes Waisenkind hatte täglich einen Dienst zu verrichten. Zwei Stunden etwa, zwischen fünf und sieben, egal in welchem Alter.

Als Leiter der Anstalt übernahm Pater Sénac den größten Teil des Unterrichts. Und ohne zu murren, packte er mit an, solange sein geistliches Amt ihn nicht hinausrief, um eine Messe zu feiern oder einem armen Tropf, der unter seinen Traktor gekommen war, die Letzte Ölung zu spenden. Nicht selten sah man ihn, diesen noch rüstigen Sechziger, mit hochgekrempelten Soutanenärmeln hinterm Schuppen Holz hacken. Für ein paar Stunden oder Tage kamen regelmäßig Dominikanerinnen aus einem Kloster in der Nähe von

Lourdes herauf, eine Stunde entfernt. Drei von ihnen hatten ein festes Zimmer im Confinium. Schwester Hélène unterrichtete Mathematik. Schwester Albertine war zuständig für die Küche, Schwester Angélique für das Krankenzimmer. Wer einer von ihnen auf den Gängen begegnete, brummelte am besten ein »Guten Tag, Schwester«, die Nennung eines Namens war zu riskant. Unter ihrer schwarz-weißen Ordenstracht, aus der nur die Gesichter hervorschauten, waren sie leicht zu verwechseln. Manchmal erschien eine Novizin, die keiner je gesehen hatte, frisch bekehrt, vor Entsagung noch zitternd. Es dauerte nicht lange, und sie hatte diese Härte im Blick, aus der der Glaube spricht, der wahre Glaube. Einige Nonnen, Angélique zum Beispiel, waren freundlicher als andere. Aber man durfte sich nicht täuschen. Hätte Sénac ihnen gesagt, wir wären sämtlich vom Teufel besessen, die Schwestern hätten uns ohne ein Wimpernzucken mit Benzin übergossen und sich um die Streichhölzer gebalgt.

Nur drei Weltliche arbeiteten im Confinium: Grenouille, der Aufseher, Étienne, der Hausmeister, und Rachid, unser Lehrer für Leibeserziehung. Da die Zeit und die Entfernung meine Erinnerungen milder gestimmt haben, will ich nur sagen, dass Grenouille ein Drecksack ersten Ranges war, ein Mistkerl, ein Schweinehund. Étienne verlebte einen einsamen und knurrigen Ruhestand zwischen Gartenarbeit, Zäunereparieren, unverständlichem Gebrabbel und denkwürdigen Besäufnissen in seiner Bretterbude im hinteren Teil des Gartens. Rachid war ein guter Mensch, und das sage ich nicht, weil ich gesehen habe, wie er Grenouille eins in die Fresse gegeben hat. Oder vielleicht doch.

An meinem zweiten Morgen hatte ich den Tagesablauf verstanden. Die Pfiffe, die Kontrollen, den ganzen Zirkus. Momo war aus dem Krankenzimmer zurück, er wich meinem Blick aus. Das einzig Neue war, dass Grenouille, als er im Schlafsaal mit Schnüffelmiene durch die Reihen ging und hinter den Samtvorhang in den Bereich der Kleinen trat, einen Freudenschrei ausstieß. Er tauchte wieder auf, die eine Hand zog einen verängstigter Souzix am Ohr, die andere hielt mit spitzen Fingern ein gelb durchnässtes Bettlaken, seine Jagdtrophäe. Alle schauten zu Boden, ich zuerst.

Beim Frühstück folgte der Pfarrer der Köchin, die ihre Pampe austeilte. Und mit den Händen auf dem Rücken, in den Augen die Glut der Tugendhaftigkeit, suchte er nach dem verknöpften Kragen, der verrutschten Falte, dem vermaledeiten Fleck, der Verderbnis schlechthin. Als die Schwester auf meine Höhe kam, stoppte er ihre Kelle mit sanfter Hand.

»Für den nicht.«

Die Köchin ging an mir vorbei. Ich starb vor Hunger, schon die zweite Mahlzeit, die für mich ausfiel. Der Blick des Jungen, der unter seinem Bett schlief – genannt Fouine, »Marder« – begegnete meinem. *Lass sie gehen.*

Kaum war der Pfarrer weitergezogen, berührte mich jemand am Knie. Unterm Tisch gab mir mein Nachbar, ein Junge, den ich nicht kannte und auch nie kennenlernte, weil er das Heim einen Monat später verließ, die Hälfte seines Brots.

Eine der pädagogischen Maßnahmen, die am häufigsten zum Einsatz kamen und uns den rechten Weg weisen sollten, war unter den Älteren im Confinium als »Pissmantel« bekannt. Meinem ersten durfte ich zwei Tage nach meiner Ankunft durch das Fenster beiwohnen, an dem ich saß, während Schwester Hélène ein gleichgültiges Auditorium mit Pythagoras traktierte. Souzix ging auf den Hof hinaus, dahinter Grenouille. Der Junge war nackt, gehüllt in sein uringetränktes Laken. Er lief vor sich hin, die Lippen blau, ein Superheld auf halbmast. Es war früh am Morgen und kalt, tausend Meter über dem Meeresspiegel. Er würde noch lange seine Runden drehen, dieser bedripste Satan, bis der Umhang trocken war. Das wäre ihm eine Lehre, und sollte er es noch einmal tun, hätte er es wahrlich darauf angelegt. Dann hieße es hart durchgreifen.

Nach der Pause kam Souzix wieder in die Klasse, Blick geradeaus, über die Menge hinweg, das Gefeixe ignorierend, das ihm entgegenschlug, das »Pinkeline, Pullertrine!«, immer lauter, eine wilde Fuge, die erst verstummte, als der Pfarrer durch die Tür trat. Sénac gab die Klassenarbeiten vom Vortag zurück. Er blieb kurz bei Momo stehen, der irgendetwas zeichnete, und legte ihm wortlos sein leeres Blatt hin. Dann wandte er sich zu mir, gab mir meine Arbeit aber nicht zurück.

»Nach dem Unterricht. In meinem Büro.«

Er deutete auf Souzix.

»Du bringst ihn rauf.«

Der Unterricht ging weiter in drückender Stille. Ein paar Blicke suchten nach mir, nicht alle wohlwollend, aufgeladen mit dieser lauernden Neugier der Stierkampftage. Als die Glocke läutete, ging Souzix mir voraus, ausgreifenden Schrittes wie ein Leichenbestatter, bis wir an eine Tür im ersten Stock kamen. Er überprüfte seine Kleidung, spuckte in die Hand und strich sich das Haar glatt. Er wollte schon klopfen, aber dann fragte er mich:

»Und deine Eltern, was ist mit denen?«

»Sie sind tot.«

»Tot«, wiederholte er.

»Ja. *Kaputt. Dead.* Tot.«

»Wieso?«

»Ein zu hoher Anstellwinkel bei zu niedriger Fluggeschwindigkeit und starkem Seitenwind hat zu einem Strömungsabriss geführt.«

»Hä?«

»Sie sind explodiert. Frage ich dich vielleicht was?«

»Waren sie streng?«

»Ein bisschen.«

»Egal«, sagte Souzix und schüttelte den Kopf, »Eltern sollten nicht explodieren. Auch wenn sie ein bisschen streng sind.«

Er klopfte, der Türflügel knarrte in einen leeren Raum. Souzix stand sofort stramm.

»Wir müssen warten. Stellst du dieses Jahr einen Antrag für den Vercors?«

»Den Vercors?«

»Das ist die beste Ferienkolonie der DDASS. Glaube ich zumindest, ich bin nie genommen worden, so viele wollen dorthin. Sechzig Plätze für alle Waisenhäuser

Frankreichs. Offenbar gibt es da einen *Swimmingpool*, mit Schwimmreifen, die sind größer als man selbst, und gegenüber eine *Pizzeria*. Ich habe mich wieder fürs nächste Jahr angemeldet, und der Pfarrer, der *Herr* Pfarrer meinte, diesmal hätte ich eine Chance, wenn ich mich zusammenreiße … He, wo willst du hin?«

Am anderen Ende des Zimmers stand es, unter einem hohen Fenster. Seit zwei Monaten hatte ich keins mehr gesehen. Ein Klavier, ein altes, aus stumpfem Holz. Ein Klavier, das alles gehört hatte, Flüche, Wutanfälle, falsche Noten. Ein Klavier, das man zornig zugeknallt hatte, das man ignoriert hatte, in einen Umzugswagen geladen, gegen diese und jene Wand geschoben, das man verstimmt hatte, neu gestimmt, fast verschenkt, verschenkt. Ein Klavier. Ein echtes.

Ich hob den Deckel an. Kein Staub auf den Tasten.

»Nicht anfassen!«, flüsterte Souzix grimmig. »Das gehört dem Pfarrer! Dem *Herrn* Pfarrer«, korrigierte er sich und rollte erschrocken die Augen.

Meine Finger schwebten über dem Elfenbein. Ich wollte keinen Ärger. Ohne das Klavier anzufassen, spielte ich den kompletten zweiten Satz der Nr. 24, der Fingersatz war das Letzte, was Rothenberg mir aufgegeben hatte. Und o Wunder, ich hörte die Musik, klar, triumphierend, genauso wie Beethoven, ganz sicher.

»Bravo.«

Der Pfarrer stand neben Souzix, eine Hand auf der Schulter des erstarrten Jungen. Meine Finger steckten tief in den Tasten, der letzte Akkord hallte noch im Zimmer nach, so laut hatte ich gespielt. Ich schwöre, ich hatte die Tasten nicht anschlagen wollen. Ich erinnerte mich auch nicht, dass ich es getan hatte. Vom Erdgeschoss drang gedämpfter Beifall herauf.

»Ich hatte ihm gesagt, er soll es nicht anfassen …«

Der Pfarrer ging hinter seinen Schreibtisch.

»Du spielst sehr gut.«

»N-nein, offenbar nicht.«

»Wer sagt das?«

»Rothenberg, mein Klavierlehrer.«

»Rothenberg. Verstehe.«

Ich verstand nicht, was er verstand. Das ging mir oft so, die ganze Zeit in diesem Heim. Sénac zog meine Klassenarbeit aus der Tasche und überflog sie.

»Dein Aufsatz von gestern. ›Erzählt von eurer letzten Begegnung mit Gott.‹ Du hast einen Brief geschrieben, drei Seiten lang, an einen gewissen … *Collins*? Du fragst ihn, ob du ihn treffen kannst. Habe ich da etwas verpasst?«

»Das ist ein Astronaut.«

»Ah. Jetzt verstehe ich besser diese Anspielung auf … ›die dunkle Seite des Mondes‹ in deinem Brief. Interessant.«

Er legte meine Arbeit ab und tippte sich mit zwei Fingern an die Lippen.

»Du hältst dich für gottlos. Für einen Ketzer, einen Provokateur. Aber du suchst. Du *rufst*. Du bist genau wie der heilige Johannes vom Kreuz, kennst du ihn? Ein großer Mystiker. Auch er war auf der Suche. In den Tiefen seiner ›dunklen Nacht‹, wie er es nannte. Dunkle Nacht, dunkle Seite des Mondes, verstehst du, worauf ich hinauswill?«

Nein. Ich nickte.

»Ich habe mir deine Akte angesehen, Joseph. Ich denke, wir beide hatten keinen guten Start. Und da du nicht gerade zwei linke Hände hast, frage ich mich, ob wir uns dein Talent nicht zunutze machen sollten.«

»Ja, sicher, vielen Dank, Monsieur. Pater, meine ich. Ich spiele Klavier, und ich könnte auch ein bisschen Orgel spielen, wenn ich übe. Aber dafür müsste ich Noten haben und …«

Mit dem Kinn deutete der Pfarrer zu einer Kommode, eine schwere Schreibmaschine stand darauf. Der Schriftzug HERMES 3000 an dem grauen Deckel, das *3000* ein wenig schräg, kündete vor allem vom Tod des Federhalters und versprach ihren Benutzern eine strahlende Zukunft, eine Welt der fliegenden Wagen, die sich ohne Tintenflecken an den Fingerspitzen steuern ließen.

»Hast du auf so etwas schon mal geschrieben?«

»Noch nie.«

Er erklärte mir, wie die Maschine funktionierte. Dann schlug er eine lederne Bibel auf und diktierte mir den Anfang der Genesis. Meine Vertrautheit mit dem Klavier machte mich in weniger als einer Stunde zu einem leidlich versierten Sekretär.

»Ab heute bist du von den Diensten befreit. Du kommst jeden Abend zwischen fünf und sieben. Dann tippst du meine Korrespondenz. Ich stehe in ständigem Briefwechsel mit bedeutenden Spendern, der Diözese, den Behörden … Mit dir kann ich viel Zeit sparen. Aber außer der Schreibmaschine wird nichts angefasst, verstanden?«

»Auch nicht das Klavier?«

»Erst recht nicht das Klavier. Gib mir dein Wort.«

»Ich verspreche es. Aber warum?«

»Als Jesus Christus zum Tod am Kreuz verurteilt wurde, denkst du, er hat Pilatus gefragt, warum?«

Woher sollte ich wissen, was Christus gefragt hatte oder nicht. Nach dem, was mir von der Sache bekannt war, hätte ich ihm die Frage nicht krummgenommen. Vielleicht hätte man so erkannt, dass das ein Justizirrtum war, man hätte die Katastrophe verhindert und später bei einem guten Wein und vermehrtem Fisch darüber gelacht.

Der Pfarrer fuhr auf, als er sah, dass Souzix noch an der Tür stand, wie angewurzelt im Schatten eines Schranks.

»Du bist noch da?«

»Ja, Herr Pfarrer, ich wollte Ihnen nur sagen, dass das nicht meine Schuld ist, wenn Joseph Ihr Klavier angefasst hat.«

»Verschwinde. Und mach die Tür zu.«

»Wegen meiner Ferien, im Vercors ...«

»Verschwinde, habe ich gesagt!«

Souzix gehorchte. Der Pfarrer streckte die Hand aus, ich nahm sie, und er hielt die meine fest.

»Viele unserer Kinder kommen aus einem schwierigen Milieu. Sie sind aufsässig, bockig. Du bist anders, das sehe ich. Aber hüte dich vor der Sünde des Hochmuts. Die hat schon Größere zu Fall gebracht. Dass du mein Sekretär bist, stellt dich nicht über deine Kameraden. Im Gegenteil, dieses Privileg macht dich zum

Kleinsten unter den Kleinen. Erinnern wir uns an die Worte des Heilands: Wer sich selbst erhöht, der wird erniedrigt werden, und wer sich selbst erniedrigt, der wird erhöht werden.«

»Amen«, erklang die Stimme von Souzix hinter der Tür.

EINE VERWUNDETE TURTELTAUBE. Meine unausstehliche Schwester hatte sie im Wald gefunden, dort, wo die Jäger grölten, gleich hinter dem Wohnsitz der Fourniers. Inès hatte geschrien, Henri und ich hatten sie ignoriert. Als gute Revolutionäre hatten wir uns gerade eine Partagás angezündet, Henri hatte sie aus dem Vorrat seines Vaters stibitzt, und von der Revolution war uns erst schwindlig geworden und dann kotzübel. Als meine unausstehliche Schwester ein zweites Mal schrie, gingen wir notgedrungen nachsehen.

Die Taube war weitab von den anderen in lautloser Stille zu Boden gestürzt. Niemand hatte sie aufgesammelt. Die Jäger hatten ihre Umhängetaschen voll von diesen Tieren, mehr als sie essen konnten. Die Hunde kehrten schon zurück, die Allradwagen fuhren los. Der Wald roch nach Diesel und nach Wein. Der Vogel schaute zitternd zu uns auf. Ich wollte ihn anfassen, etwas tun, aber Inès hielt mich zurück.

»Deine Hände sind ganz dreckig.«

Sie hatte gelernt, dass man nichts Sauberes, Zartes anfassen durfte – die Tischdecke für Festtage, Mamas Dior-Kleider, die cremefarbenen Sitze des Autos –, ohne sich vorher die Hände zu waschen, wobei sie das große Stück Seife ausgiebig zwischen ihren Patschfingern drehte und wendete, bis das Wasser klar lief.

Ich hoffe, dass diejenigen, die Inès aufgesammelt haben, als sie ihre Flügel verlor, keine schmutzigen Hände hatten.

DER PFARRER DIKTIERTE MIR TÄGLICH seine Korrespondenz. Manchmal überzogen wir. Ich aß dann nach den anderen zu Abend, was mich zu einem Waisenkind der Premiumklasse machte. Noch immer sprach mich niemand an, aber zumindest bekam ich Antworten auf meine Fragen. Mein Status als Sekretär flößte ihnen einen Hauch von Respekt ein. Oder Angst – im Confinium dasselbe.

Eines Abends ertappte mich Sénac dabei, wie ich zum Klavier schaute, die Finger in der Schwebe über meiner Hermes 3000. Wenn mich das Klavier derart ablenke, erklärte er, werde er es abholen lassen. Ich sei nicht hier, um Musik zu machen.

»Ich habe nicht darum gebeten, hier zu sein«, sagte ich.

Er drehte sich langsam zu mir um. Seine Augen schlugen auf mich ein, verprügelten mich, ein winziges Zittern erfasste seine Hände. Aber er sprach mit ruhiger Stimme.

»Niemand hat darum gebeten, hier zu sein. Schreib. ›Nochmals vielen Dank für Ihre Großzügigkeit, werter Herr, auch im Namen der Kinder‹, unterzeichnet: ›Ihr Bruder in Christus‹, den Rest kennst du.«

Ich gab ihm den Brief, bebte vor Empörung. Er unterschrieb und entließ mich mit einer Handbewegung, ohne zu mir aufzuschauen.

»Joseph«, sagte er noch, als ich schon gehen wollte.

»Ja?«

Eine Augenbraue ging hoch.

»Ja, Herr Pfarrer?«

»Musik kann ein Schritt zu Gott sein. Der *letzte*, wenn man ihm bereits nahe ist. Für dich, der du weit weg bist, ist Musik eine Ablenkung. Eine Illusion, eine Versuchung.«

»Aber Beethoven …«

»Beethoven glaubte nur an sich. Und Gott, der weise ist, hat sich gesagt, ein Mann, der nicht auf mich hört, könnte am Ende genauso gut taub sein, was ändert das schon.«

Als das Wochenende kam, lernte ich Rachid kennen, den Sportlehrer, er war der letzte noch angestellte Lehrer im Confinium. Er lebte in einem Dorf in der Nähe, wo er und seine Frau einen alten Bauernhof übernommen hatten. 1959, mit achtzehn Jahren, hatte er an der ersten Amateur-Weltmeisterschaft im Bodybuilding teilgenommen. Er war ein Hüne, etwas untersetzt – was ihn auf den zweiundzwanzigsten Platz verwiesen hatte –, und unterrichtete uns dreimal in der Woche. Sonntags meldete er sich oft freiwillig für unseren wöchentlichen Ausflug. Wir gingen im Gänsemarsch die Straße hinunter, Sénac vorneweg, Grenouille hinterher, und sangen Psalmen. Nach drei Kilometern begrüßte uns ein verlockender Pfad. Wir stiegen durch den Wald hinauf zu einer Alm: einer Wiese in einem Kessel, umgeben von Granitwänden, genau wie das Confinium, aber offen, sonnig, und ich schwöre, dort oben verspürten wir so etwas wie Freude. Manchmal kam Rachids Frau Camille mit. Sie trug ihr Baby im Arm, ein Neugeborenes, das schon alles kannte, die marokkanische Heimat des Vaters, die bretonische der Mutter, die Himmel, die sich hinter dem sichtbaren Himmel türmten. Es kannte alles und vergaß es schon wieder.

Sénac war ein Naturliebhaber, nur extreme Wetterbedingungen konnten diese Ausflüge verhindern. Den Vögeln fühlte er sich mit der Zärtlichkeit eines Franziskus verbunden, und nicht selten sahen wir ihn eine Träne vergießen über einem Vögelchen, das aus dem Nest gefallen war und seine Verzweiflung hinauspiepste. Nur durften wir es nicht aufheben, denn »Gott hat es nicht umsonst fallen lassen«. Sénac ging nie ohne ein abgegriffenes Metallfernrohr, das er an einem Lederriemen um den Hals trug und mit dem er, irgendeinen barbarisch klingenden Namen auf den Lippen, unvermittelt mal hierhin, mal dorthin zeigte. Oder er beschrieb wortreich, das Auge an die Linse gedrückt, gefiederte Kunststücke, die uns nicht die Bohne interessierten. Tatsächlich waren das die einzigen Momente, in denen wir nichts auf ihn gaben und er sich nicht darum scherte.

An diesem Sonntag nun, eine Woche nach meiner Ankunft, legte Camille ihr Baby ins Gras. Zweiundvierzig Weise aus dem Morgenland bildeten einen Kreis. Camille trug ein geblümtes Kleid, aus dem ihre Beine hervorschauten, eine Brust voller Leben. So viel Leben, dass es fast zu viel war, das sagten mir die vor Glück errötenden Gesichter, sagte mir das Klopfen meines Herzens, das Blut, das an verbotenen Stellen wallte. Rachid sagte nichts, er wusste, dass wir Camille mit unseren Blicken nichts nehmen würden. Und sollte er sich irren, sollten wir ihr doch etwas nehmen, bliebe für ihn noch reichlich.

Ein jeder von uns dachte, dass er auch gern eins dieser seltsamen Geschöpfe hätte, ein Baby, irgendwann. Oder ein Mädchen wie Camille, um sie unterzuhaken. Oder Rachids Kraft. Die Alm war der einzige Ort, wo wir dachten: *morgen*. Ins Confinium drang die Zukunft nicht vor, die dicken Mauern hielten sie auf Distanz.

Souzix, dessen Faxen wir gewöhnlich zu schätzen wussten, blieb abseits und schmollte. Es kränkte ihn, dass ein sommerliches Christkind ihn ausgestochen hatte, eine Jungfrau, die keine war. Und zum ersten Mal seit langer Zeit fühlte ich mich wohl in dieser Weihnacht aus zweiter Hand. Mein Name war Joseph, hier war ich richtig.

Als der Pfarrer genug davon hatte, sich den Hals zum Himmel hin zu verrenken, klappte er, zack, sein Fernrohr zusammen. Grenouille hob Souzix mit einer Hand am Kragen hoch und schüttelte ihn, dabei zeigte er auf den Hosenboden seiner schmutzigen Shorts. Der Bengel ließ sich hängen wie ein Haufen Lumpen, wehrte sich nicht, eine Technik, die zu beherrschen ich bald lernte.

Und Schluss.

Die Kleinsten waren von dem Ausflug auf die Alm todmüde. Einige schliefen schon, als Grenouille kurz nach Zapfenstreich in den Schlafsaal kam. Er ließ seine auseinanderstehenden Augen und sein Lurchenmaul durchs Dämmerlicht wandern und suchte zwischen den Betten nach der Verfehlung: den nicht ordentlich hingestellten Schuhen, über die er stolpern würde, die nicht richtig verschlossene Kiste, das Kind, das weinte, vor Angst, vor Erschöpfung, vor irgendwas, ein Kind, das er aus dem Bett zerren würde, damit es einen Grund hätte, einen guten Grund zum Weinen.

Grenouilles Vergangenheit war Anlass für die unterschiedlichsten Spekulationen. Die Vampirtheorie, die Souzix in die Welt gesetzt hatte, war verworfen worden, als jemand vorbrachte, dass er im Spiegel zu sehen sei, dass er ein goldenes Kruzifix um den Hals trage und seine Körperfülle nicht recht zu einem Wesen passe, das sich von Blut ernähre, zumal vom Blut armer Waisenkinder. Andere sagten, der Pfarrer habe ihn in einem Gefängnis kennengelernt, wo er einmal Kaplan gewesen sei, und nach der Entlassung eingestellt. Und dass er Kinder zerstückele. Soweit ich weiß, hat Grenouille nie jemanden zerstückelt, zumindest nicht im Confinium. Das Leiden wäre ihm zu kurz gewesen, er wollte, dass es lange währte, dem Gaumen schmeichelte, ein Leiden für Feinschmecker, um die Lippen immer wieder darin zu baden, begleitet von einem verzückten Schnalzen mit der Zunge und dem befriedigenden Gefühl, dass einem nichts entgeht. Andere meinten, Grenouille sei ein Ehemaliger des Confiniums. Diese Theorie ist ganz sicher falsch. Später habe ich das Verzeichnis aller Kinder eingesehen, die man dort seit 1936, als das alte Kloster in ein Waisenhaus umgewandelt wurde, aufgenommen hat – sein Name war nicht dabei. Ein letztes Gerücht, das plausibelste, machte ihn zu einem ehemaligen Fremdenlegionär. Ein leichtes Hinken schien die These, er sei verwundet worden, zu bestätigen, ebenso das Soldatenlied, das er mich einmal mitzusingen zwang. Auch wusste er genau, wie man, ohne Spuren zu hinterlassen, zuschlägt, wo es wehtut. Ein kleiner Junge, der sich in sein Zimmer unterm Dach verlaufen hatte, behauptete, er habe dort nichts Seltsames gesehen, aber was kommt einem Kind, das an den Weihnachtsmann glaubt, schon seltsam vor. Eine bunte Reihe weiterer Legenden rankte sich um seine Person. Dass Grenouille unempfindlich gegen Schmerzen sei. Dass er einen schuppenbedeckten Rücken habe und unbekannte Sprachen spreche. Dass Grenouille eines Tages einen schwarz umrandeten Brief erhalten habe, woraufhin er zum Lesen in sein Zimmer gegangen und mit roten Augen wieder herausgekommen sei. Niemand nahm diesen Quatsch für bare Münze.

Bum. Überschall.

Ich hatte mich an den Lärm gewöhnt. Vielleicht kam er von einem Steinbruch oder einer Mine in der Ferne, auch wenn das nicht den Druck auf den Trommelfellen erklärte, den Druck auf meiner Brust, das Gefühl, dass sich für einen kurzen Moment ein Weg in eine andere Welt auftat. Ich konnte nicht ahnen, dass es tatsächlich so war.

Trotz angestrengten Suchens fand Grenouille nichts.

Er verließ den Schlafsaal mit seinem wiegenden Gang, hinter sich, zwischen unseren Betten, eine schwere Wolke von Schweiß und Enttäuschung. Neben mir glitt Fouine unter sein Bett. Er sah mich an, legte den Finger an die Lippen, *pst*, wie in meiner ersten Nacht vor einer Woche. An einem solchen Ort war eine Geste, die sich wiederholte, ein Ritual oder eine Drohung. Ich schloss die Augen.

Als ich sie wieder aufschlug, hatte der Mond sich bewegt. Er räumte eine volle Ladung Dunkelheit beiseite. Das Bett meines Nachbarn war leer, obendrauf, untendrunter. Dabei durften wir gar nicht aufstehen, sonst gab es irgendwas, keine Ahnung, etwas Schlimmes jedenfalls. Vier Gestalten – eine kleine, drei größere – schlichen an den Betten vorbei zur Tür. Ich musste an mich halten. Stellte mir tausend Arten von Misshandlung vor, bestraft, gefoltert unter den Händen von Grenouille, der nur darauf wartete, dass ich einen Fehler beging, vielleicht lauerte er ja im Dunkeln, um an mir ein Exempel zu statuieren. Die Neugier überwog, ich folgte ihnen.

»He, du, 54!«

Ein Kopf tauchte unter der Decke hervor, ich wollte gerade den Schlafsaal verlassen. Ein etwa zwölfjähriger Blondschopf, sein Blick trieb über ein fahles Meer.

»Leg dich besser wieder schlafen«, flüsterte er.

»Wohin gehen die?«

»Weiß ich nicht. Aber mit denen hast du nur Ärger.«

Der Kopf verschwand wieder unter der Decke. Und

 ich tat, was man mit fünfzehn tut, wenn man einen Ratschlag bekommt, erst recht, wenn es ein guter ist. Ich ignorierte ihn.

Im Flur war niemand, und geleitet von einem Luftzug, tastete ich mich voran zu einer spaltbreit geöffneten Tür. Im selben Moment kam Sénac um die Ecke. Er ging, nur einen Meter entfernt, an mir vorbei, ohne mich zu sehen, noch heute kann ich es mir nicht erklären, und dann verschwand er nach einer Drehung des Schlüssels hinter einer zweiten Tür. Einer eisernen Tür, die blaue Farbe blätterte schon ab, und sie war so anders als alle anderen Türen, dass ich ihm beinahe hinterhergegangen wäre. Aber der Türflügel aus Eichenholz, an dem ich lehnte, gab nach, und ich machte mich wieder an die Verfolgung meiner Gestalten, dabei konnte ich nicht ahnen, dass beide Türen in dieselbe Geschichte führten.

Eine Treppe wendelte sich hinauf, festgeschraubt an ein vergessenes Gemäuer. Der Luftzug wurde stärker. Oben eine gusseiserne Klappe. Ich stieß sie auf, vier verblüffte Gesichter starrten mich an: Souzix und die drei Großen in meinem Alter, mit denen er immer herumhing, bald kannte ich auch ihre Namen. Fouine, Edison, Sinatra. Sie saßen auf einer quadratischen Terrasse, ein ebener Protest in einer Welt der Schrägen. Um sie herum reckte das ehemalige Priorat seine Dampferschornsteine, schwankend in einem beeindruckenden Panorama aus schiefernen Decks, schwarz und glänzend und gesäumt von einer Reling aus Zink.

»Was hast du hier zu suchen, 54?«, fragte Fouine und

schaltete das kleine Transistorradio aus, über das sie sich gebeugt hatten, ein Telefunken.

»Ich bin Joe. Und ihr, was macht ihr?«

»Das geht dich einen Dreck an. Geh wieder ins Bett.«

Ich hievte mich auf die Terrasse. Mir wurde sofort schwindlig, über mir der Himmel, unermesslich, ich hätte umkippen können. Im Confinium reichte der Blick nie weit. Hier oben sah man andere Welten.

»Wo sind wir?«

»Bei der Wacht. Das ist eine Geheimgesellschaft, und du bist nicht Mitglied. Also zisch ab.«

»Eine Geheimgesellschaft? Seid ihr neun Jahre alt oder was?«

»Genau«, bestätigte Souzix mit ernster Miene.

»Und was macht ihr in eurer ›Geheimgesellschaft‹?«

»Wir überwachen die Welt. Wir beschützen das Confinium.«

»Wovor?«

»Vor den Russen«, erklärte Sinatra.

»Vor der Mafia«, Edison.

»Und Riesen«, Souzix.

»Das Waisenhaus wurde schon mal angegriffen von Russen, von der Mafia und von Riesen?« Ich kicherte.

Fouine stand auf und stellte sich vor mich.

»Eben nicht. Dank uns. Ich halte den Norden im Blick, Edison den Süden und Sinatra den Osten.«

»Ich bin dafür noch zu klein«, meinte Souzix. »Ich komme noch nicht über die Brüstung.«

»Und wer übernimmt dann den Westen?«

Die vier schlugen die Augen nieder.

»Das war Danny.«

»Und wo ist er, dieser Danny?«

»Er ist gestorben.«

»Wie gestorben?«

»Ist das vielleicht wichtig? Am Ende kommt es auf dasselbe raus, oder? Geh jetzt wieder ins Bett.«

»Grenouille lässt euch aus dem Schlafsaal?«

In dieser Nacht lernte ich mehr als in einem ganzen Leben im Confinium. Tatsächlich lernte ich danach nur noch wenig, abgesehen von der Existenz einer unendlichen Schlechtigkeit. Aber auch einer Zärtlichkeit, dass sich allein dafür alles ertragen ließ.

Fouine, der den Norden überwachte, war fünfzehn. Zehn Jahre zuvor hatte man ihn in Marseille aus den Trümmern eines Wohnhauses gezogen, das am hellichten Tag eingestürzt war. Mit einem Seufzer, in einer Wolke von abgeplatztem Putz, war es über dem Jungen zusammengesunken, nachdem es jahrelang der Schwerkraft, der Logik, der Verwahrlosung getrotzt hatte. Die Zeitungen hatten darüber berichtet. Fünfundvierzig Bewohner waren ums Leben gekommen, alle außer Fouine, den sein Vater, als die tragenden Teile des Hauses einknickten, noch unter ein Bett hatte werfen können. Jeden Monat erhielt Fouine ein Paket von wer weiß wem, von wer weiß wo – wir erfuhren es nie. Randvoll mit Süßigkeiten und allerlei Schnickschnack. Irgendwo hinterm Horizont linderte eine Tante oder ein entfernter Cousin die eigenen Schuldgefühle. Dieses monatliche Manna rückte Fouine ins Zentrum jeglicher geschäftlichen Tätigkeit im Waisenhaus. Er handelte, tauschte, verlieh, und das mit dem Eifer eines Wucherers. Wenn ein Schuldner für seine Dienste nicht zahlte oder eine Summe nicht rechtzeitig aufbringen konnte, bekam er von Sinatra Prügel. Den Hausmeister hatte Fouine so gut wie in der Tasche, denn er gab ihm die Früchte seiner Handelsaktivitäten: Geld. Im Gegenzug lud Étienne jeden Sonntagabend Grenouille zu sich ein, um fernzusehen, und die Wacht hatte freie Bahn. Bei Gefahr knipste Étienne in dem Toilettenverschlag hinter seiner Hütte mehrmals das Licht an und aus. In den letzten Jahren hatte es nur ein einziges Mal Alarm gegeben – *falscher* Alarm –, als Grenouille sich eines Abends, gepackt von einem heftigen Durchfall nach dem Genuss von Étiennes Essen, unter Krämpfen entleerte, die Hand auf dem Schalter.

Edison, vierzehn Jahre, war das Genie der Gruppe. Das Kofferradio, dem sie an diesem Abend lauschten, verdankten sie ihm. Bei einem der seltenen Ausflüge ins Dorf hatte er in einer Mülltonne einen alten kaputten Empfänger gefunden und wieder zusammengebaut. Das Radio funktionierte mit Batterien aus eigener Produktion, hergestellt mit alten Münzen, Essig und Plättchen aus Pappe und Alufolie. Die Welt wäre nicht dieselbe, wenn Edison länger gelebt hätte, da bin ich mir sicher. Und länger gelebt hätte er vielleicht, wäre er nicht mit Makeln behaftet gewesen, die ihn als Genie ausschlossen. Er war ein Waisenkind. Und vor allem war er nicht ganz und gar weiß, denn seine Mutter kam aus dem Senegal. Mehr als einmal hatte Grenouille sich einen Spaß daraus gemacht, ihn morgens zurück unter die Dusche zu schicken, weil er sich, wie man ja sehe, »nicht richtig gewaschen« habe. Zum Glück für Edison hatte Grenouille bereits einen anderen Prügelknaben. Pech für Souzix.

Souzix, neun Jahre, Wächter über nichts, der Dienstälteste, da er als Einziger von uns als Waise geboren wurde. Geboren »sous X«, anonym, was er so oft gehört hatte, dass er sich diesen Namen gab. Als Kind einer allzu kurzen Nacht klammerte er sich, gestärkt vom Ansehen des Doyens, an die Großen, und die akzeptierten ihn. Von den Kleinen, die er »die Wichtel« nannte, sprach Souzix nur mit Verachtung. Allein seine Begeisterung für *Mary Poppins* band ihn an sein Alter, ebenso die Nächte, in denen er aufwachte und den Tränen freien Lauf ließ, und nicht nur den Tränen. Am nächsten Tag war es der Pissmantel im Schnee, der Pissmantel in der Sonne, der Pissmantel bis zum Erbrechen, was ihn nicht daran hinderte, es wieder zu tun, und Grenouille juchzte.

Sinatra komplettierte die Wacht. Eine Naturgewalt, das attraktive Äußere gebettet in ein Fett, das er in Anbetracht der schmalen Alltagskost Gott weiß wo aufgetrieben haben musste. Mit seinen sechzehn Jahren sah er aus wie zwanzig. Er behauptete, ein Sohn des populären amerikanischen Sängers zu sein. Wie seine Mutter ihm erzählte, hatte der göttliche Frank sich auf einer Tournee durch Frankreich mit seiner Band verfahren, an einem Unwetterabend, einem Abend an den Ufern des Vergessens. Sie hatte die Leute bei sich aufgenommen, eins führte zum anderen, und so hatten sie gesungen, aneinandergeschmiegt am Feuer und zum Rhythmus des Regens – wieder dieser verdammte Rhythmus. Unser Sinatra war einer Stimme entsprungen, einem Gewitter, gar dem Wahn, denn als seine Mutter einmal nackt über den Dorfplatz tanzte, wies man sie in eine geschlossene Anstalt ein. Sobald er angesprochen wurde auf diese Episode oder auf die Tatsache, dass *The Voice* bestimmt nicht mit einer Krämerin aus Figeac geschlafen oder auch nur einen Fuß in die Region gesetzt hatte, war Schluss mit der Gemütsruhe unseres Freundes, und er bekam einen seiner unbändigen Wutanfälle. Sinatra schickte Briefe ins Irgendwo, fest davon überzeugt, dass sein Vater nach ihm suchte. Die Briefe mussten verloren gegangen sein, denn niemand kam. Dann würde er eines Tages eben selber gehen, sagte er. Nach Las Vegas.

»Und was machst du, wenn du dort bist?«, wollte Souzix immerzu wissen. »Goldgräber?«

»Gold ist in Amerika nichts wert. Davon haben die so viel, dass sie ihre Straßen damit pflastern.«

Worauf Souzix' Augen noch runder wurden, angefüllt mit leuchtenden Träumen.

Bum, Überschall. Lauter jetzt in dieser frischen Luft, die keinen Widerstand bot, zurückgeworfen von den Dächern. Endlich würde ich es erfahren.

»Was ist das für ein Knall?«

»Welcher Knall?«

Sie hörten ihn so lange schon, dass sie ihn vergessen hatten, wie das Vergehen der Zeit oder das Atmen, und ich konnte ihn noch so genau beschreiben, niemand schien zu wissen, wovon ich sprach. Ich musste bis zum nächsten Tag warten, ehe ich eine Erklärung erhielt. Eine Erklärung, die mich zunächst enttäuschte, denn noch konnte ich ihre Bedeutung nicht ermessen.

Ich wollte gerade wieder abtauchen in die Tiefen meines Waisenhauses, als Edison zu ihrem Bastelradio sprang.

»Alle Mann auf Gefechtsstation!«

Souzix stieß vor Aufregung einen Schrei aus und hielt sein Ohr an das Radio. Das Koffergerät spuckte Laute aus, Schneegestöber, ein Pfeifen, das auf- und abschwang und sich durch den Raum schnitt.

»Was ist los?«, fragte Fouine.

»Eine russische Atomrakete fliegt auf das Confinium zu.«

»Leitet die Zerstörung ein.«

Mit den Fingern an den Knöpfen stürzte Edison sich in die Wellen, die aus dem Universum heranbrandeten und an unser Dach schlugen.

»Erfassen der Kommandofrequenz …«

Die anderen warteten und schauten nach oben. Souzix atmete kaum noch. Plötzlich ritzte eine Sternschnuppe die Nacht, Edison meldete:

»Rakete abgefangen.«

Fast hätte ich gelacht über ihr albernes Spiel, doch als ich zu Fouine sah, kreuzten sich unsere Blicke. Seine Augen sagten *pst*, so wie immer, aber strenger jetzt, und deuteten auf Souzix. Der Kleine starrte weiter zum Himmel hinauf, es war ein Himmel voller Sterne, die ihm über die Wangen liefen, eine Welt der abgewendeten

Bedrohungen, der Galaxien mit dem langen Haar einer Mutter. An die Raketen glaubte außer ihm keiner. Aber die anderen drei befeuerten diese kindliche Einfalt, die sie selbst eines Morgens verloren hatten, ohne dass sie wirklich wussten, wie. Die Wacht war kein Spiel, sondern eine Verschwörung. Ein Taschenspielertrick, ein nacktes Kaninchen, das eine Truppe von Amateurzauberern für einen Neunjährigen aus dem Hut zieht. Und wie alle Musiker bestätigen werden, ist es schwerer, für eine Person auf die Bühne zu gehen als für tausend. Tausend Menschen enttäuscht man nur selten.

»Sehr schön. Ich möchte Mitglied in eurer Gesellschaft werden. Was muss ich tun?«

»Beantragen reicht«, antwortete Fouine.

»Das ist alles?«

»Ja.«

»Dann beantrage ich, Mitglied der Wacht zu werden.«

»Abgelehnt.«

Und ich, der fast Sechzehnjährige, der keine Träne mehr vergossen hatte seit dem Feuerball, in dem die Eltern verpufft waren, ich hätte beinahe geweint.

»Warum?«

»Weil du der Lakai von Sénac bist«, sagte Sinatra, zog einen Kamm aus der Tasche und fuhr sich damit durchs Haar. »Darum.«

»Ich bin nicht sein Lakai!«

»Sein Liebling, sein Maskottchen, sein kleiner Ministrant. Wir brauchen hier keine Lakaien.«

Ich stürzte mich auf Sinatra. Wie man sich schlägt, wusste ich aus meinem Handbuch mit den Abbildungen, da wurde der Gegner unter einer Flut wüstester Kampflaute niedergestreckt. Sinatra hatte es auf der Straße gelernt. Mit seiner Reichweite eines amerikanischen Boxers haute er mich sauber auf die Matte. Er hing noch einen Moment über mir, die Fäuste geballt wie Cassius Clay, *Sonny Liston liegt am Boden, er versucht aufzustehen*, der Ringrichter zählte, diesen Boxkampf hatte ich zusammen mit Papa gesehen, Mama war dagegen gewesen, *das ist zu brutal für ihn, ach was, Schatz, lass ihn, er ist groß genug*, eins zwei drei, *da siehst du, mein Junge, das ist der Sieg der Unterdrückten, der Kleinen, der Underdogs*, der Geruch des Rings, im Mund ein Geschmack von Gummi, von manipuliertem Fight, von Blut, sieben acht neun, Edison hielt Sinatra zurück, der die Sache am liebsten zu Ende gebracht hätte, in der Ferne das *Bum*, Überschall, die Schreie der Menge, zehn, ich wurde ohnmächtig.

Als meine Großmutter noch lebte, die Engländerin, sagte sie: Ihr mit eurem Genus, ich verstehe euch Franzosen nicht. Ihr vertauscht Maskulinum und Femininum. Ihr seid blind für die Schönheit und zelebriert die Langeweile. Das Auto zum Beispiel, das ist bei euch weiblich, »une voiture«. Ihr solltet »un voiture« sagen zu einem so langweiligen würfelförmigen Ding. Dagegen ist der Kuss bei euch männlich, »un baiser«, ein Wunder, das fürs ganze Leben hält. »Eine« Kuss solltet ihr sagen. »Als der Auto hielt, hat er mir eine Kuss gegeben«, das wäre doch viel schöner, oder?

»He, 54, aufwachen.«

So wie sie auch sagte: Es gibt zwei Dinge im Leben, die ich mag. Lügen und gärtnern. Und ich lüge so gern, dass ich es gerade getan habe: Ich hasse die Gartenarbeit. Lügen ist viel nützlicher. Vergiss das nicht, Joseph.

»Er deliriert, redet von seiner Oma. Ich sag's ja, du hast zu fest zugeschlagen.«

»Gar nicht. Ich habe ihm nicht mal richtig eine geknallt.«

Ich kannte meine Großmutter kaum. Sie log, als der Arzt bei der jährlichen Untersuchung ihre Brüste abtastete und sie fragte, ob es wehtue. Nein, sagte sie, denn für eine Engländerin war es nicht proper, *sich die Brüste abtasten zu lassen, man wusste ja, wohin das führen konnte. Und selbst wenn der Anlass ein medizinischer war, änderte das an der Sache nichts. Nein, hatte sie also geantwortet und den Schmerz in ihrer rechten Brust hinuntergeschluckt, geschluckt mit diesem Schleim, der ein Empire zementiert, nein, es tat ihr nirgends weh. Ein paar Monate später war sie tot. Ich war sechs, Mama erklärte mir Großmutters Krankheit. Jahrelang hatte ich Angst, ihre Brüste könnten sie auch umbringen.*

»Mama!«

Ich schlug die Augen auf, saß auf meinem Bett, schweißgebadet. Die Jungs von der Wacht sahen mich erleichtert an. Offenbar hatten sie mich irgendwie vom Dach heruntergebracht.

»Na bitte«, sagte Sinatra. »Ich sag's ja. Nicht mal richtig eine geknallt.«

Mein Auge pochte. Ich war mir nicht sicher, ob ich wirklich »Mama« gerufen hatte, vielleicht war das ja ein anderes Kind gewesen. Wir hatten uns gewöhnt an diese *Mamas*, geschrien, geflüstert, gestöhnt, zärtlich umfangen von einem Nichts aus großen Armen inmitten der Nacht, gewöhnt wie an den Regen, der an die Fensterscheiben schlug. Rechts von mir glitt Fouine unter sein Bett. Links von mir starrte Momo mit seinem ewigen Lächeln ins Dunkel, als erfasste er in dem Ganzen etwas Lustiges. Wenn ich daran zurückdenke, glaube ich nicht, dass ich ihn jemals habe schlafen sehen. Geschlafen haben musste er aber, zumindest in diesen schwarzen Momenten des Abgleitens, die ihn manchmal packten, die ihm einen Kurzschluss bescherten und seinen Körper unter Stößen krümmten, worauf Schwester Angélique ihm ein Stück Holz in den Mund schob, damit er sich nicht die Zunge abbiss und daran erstickte. Momo nickte mir zu, ich schaute weg. Er widerte mich an mit seinen Wörtern, die nicht herauskamen. Widerte mich an mit seinen Augenbrauenbüschen über diesem ausgebleichten Blick, in dem ich das Blau von Oran noch nicht erkannte, das Gold der Wüsten, die schillernde Pracht Algeriens, so schön, dass es viele gab, die das Land hatten besitzen wollen.

Ich war kein Heiliger, das gebe ich zu. Die von der Wacht noch weniger, aber sie hatten eine Entschuldigung. Wenn man einem Kind begegnet, das unter dem Gewicht seiner Schultasche schwankt, oder einem alten Mann, der nur mit Mühe einen Koffer zieht, eilt man zu Hilfe. Doch diesen Bengeln – ich sage Bengel, aber abgesehen von Souzix waren sie praktisch Männer – hatte niemand je angeboten, ihre Wut zu tragen. Man ließ sie über die Bürgersteige stolpern und schaute woandershin. Was machte es schon, wenn sie hinfielen. Besser, als von ihrem Gepäck erdrückt zu werden.

Sie waren knallhart, sie waren lustig, sie kannten keine Siege.

Meine Freunde.

An traurigen Abenden, an Abenden mit saurem Wein, denke ich noch heute an sie.

»WAS WAR DAS DENN?«, stöhnte Rothenberg.

Mit zwei Fingern am Nasenrücken stand er da. Reglos. Die marmorne Verzweiflung.

»Was war das?«, fragte er noch einmal.

Ich kannte diesen Gesichtsausdruck. Dabei dachte ich, ich hätte gut gespielt.

»Der erste Satz der Klaviersonate Nr. 14, der Mondscheinsonate.«

»Nein, das hast du nicht gespielt. Was du gespielt hast, ist eine Schauerlichkeit. Erklär mir das.«

»Ich habe an Aline gedacht«, gestand ich und wurde rot.

»Wer ist das?«

»Ein Mädchen aus der Schule. Ich habe an sie gedacht, um die Atmosphäre zu finden.«

»Welche Atmosphäre?«

»Na ja, eine romantische. Ein Spaziergang im Mondschein mit jemandem, den man gernhat.«

Rothenberg explodierte, als hätte er nur auf diesen Moment gewartet. Und darauf gewartet hatte er – Generationen von Idioten hatte er vor mir unterrichtet.

»Romantisch? Das ist *schmaltz*, was du spielst, das

tropft dir nur so von den Fingern, hier, überall auf dem Teppich. Mina!«, rief er. »Mina! Brauchst du *schmaltz* für die Pommes frites? Joe hat Liter davon gespielt, schönes triefendes Gänseschmalz, er hat es überall hingeklatscht! Bring die Schüssel!«

»Beruhige dich, Alon«, antwortete Madame Rothenberg durch die Tür.

»Joseph«, betonte ich. »Nicht Joe.«

»Joseph ist der Name eines großen Musikers oder des Vaters eines Messias. Du bist weder noch.«

Das Gewitter vorüberziehen lassen. Rothenbergs Wutausbrüche waren legendär. Ihren Grimm schöpfte er aus einer Quelle außerhalb von sich, aus drei Jahrtausenden der Erniedrigung.

»Hatte ich dir gesagt, du sollst das Stück vorbereiten? Ja oder nein?«

»Ja, Monsieur Rothenberg. Das habe ich.«

»Was hast du?«

»Ich habe die Noten geübt.«

»Du hast dir nur die Noten angesehen? Hast mit Takt 1 angefangen, ohne dich zu fragen, was vorher war?«

»Was denn vorher?«

Ich nahm die Noten und blätterte zurück, wieder vor, falls die Seiten aneinanderklebten. Rothenberg gab mir einen Klaps auf den Hinterkopf.

»Ludwigs Briefe an seinen Freund Franz Wegeler zum Beispiel, die hast du nicht gelesen, richtig? Nein, antworte nicht, ich habe genug gehört. Ich habe deinen Mund gehört und ich habe deine Finger gehört, und ihre Dummheit macht mich rasend! Es gibt keinen

Mondschein, hast du verstanden? Halt, nicht antworten, habe ich gesagt! Es gibt keinen Mondschein, diesen Beinamen hat irgendein Schwachkopf der Sonate dreißig Jahre später gegeben. 1801, als Ludwig das Werk schreibt, ist der Mond ihm piepegal, verstanden?«

Ich sagte nichts. Wieder ein Klaps auf den Hinterkopf.

»Ob du verstanden hast. Antworte, Idiot! Hat es dir die Sprache verschlagen?«

»Nein. Ich meine, ich habe nicht verstanden.«

»Natürlich nicht, du verstehst nicht, weil du Ludwigs Briefe an seinen Freund Franz Wegeler nicht gelesen hast! Hättest du sie gelesen, wüsstest du, dass Ludwig damals sein Gehör bereits zum großen Teil verloren hatte und dass er es niemandem erzählte, außer ein paar Menschen, die ihm nahestanden. Das Adagio der Nr. 14 ist kein Spaziergang im Mondschein. Das ist ein *Trauermarsch*. Eine Wehklage. Was man hört, ist ein Genie, das taub wird!«

Rothenberg hielt inne, er war außer Atem.

»Spiel noch mal. Meine Güte, achte auf die Hände. Als würdest du Orangen halten.«

Ich tat, was er sagte, verunsicherter noch, spielte in den ersten fünf Takten zweimal einen falschen Ton und gab auf.

»Ich schaffe das nicht, Monsieur Rothenberg. Mir zittern die Hände.«

»Endlich«, antwortete mein alter Meister.

»ZEIG MAL DAS AUGE.«

Meine Finger erstarrten über der Tastatur. *Und verbleibe, hochwürdigs…* Selbst die Hermes 3000 hielt den Atem an. Sénac hob mein Kinn, dabei hatte ich darauf geachtet, nicht den Kopf zu wenden, als er hereinkam. Bei Grenouille hatte der Trick funktioniert, den ganzen Tag hatte ich ihm mit ägyptischer Raffinesse nur mein Profil dargeboten, die heile Seite. Sénac besah sich den gelben Ring unter meinem linken Auge, Folge der Begegnung mit Sinatras Rechter.

»Hast du dich geprügelt?«

»Nein, ich bin in der Dusche ausgerutscht.«

Der Pfarrer setzte sich mir gegenüber.

»Du weißt, dass du mir alles sagen kannst, nicht wahr? Gewalt unter Heiminsassen wird nicht geduldet. Sag mir nur einen Namen.«

Ich war versucht, alles zuzugeben. Ihm von diesen Drecksäcken zu erzählen, die mich nicht in ihrer Geheimgesellschaft haben wollten.

»Wenn jemand dir das angetan hat, will ich es wissen.«

»Ich bin in der Dusche hingefallen.«

»Bist du dir sicher?«

»Ja.«

»Wie bitte?«

»Ja, *Herr Pfarrer.*«

Mit einem glatten Lächeln beugte er sich zu mir.

»Bist du dir absolut sicher, dass das so passiert ist?«

»Ja, Herr Pfarrer.«

Das Lächeln wackelte nicht, knitterte nur leicht. Er griff zum Telefon und murmelte ein »Monsieur Marthod, bitte« in den Hörer. Sekunden später kam Grenouille hereingefegt, rang nach Luft.

»Sie wollten mich sprechen, Herr Pfarrer?«

»Der Junge hier, Joseph, ist heute Morgen beim Waschen ausgerutscht. Die Sicherheit der uns anvertrauten Zöglinge liegt in Ihrer Verantwortung. Sie werden den Duschraum von oben bis unten scheuern und dafür sorgen, dass keine rutschigen Ablagerungen verbleiben.«

»Jetzt sofort?« Der Aufseher konnte es nicht fassen.

»Natürlich, auf der Stelle. Sie werden bei der Gelegenheit auch den Schlafsaal putzen, als Buße. Reinlichkeit ist letztlich eine Schwester des Mitleids. Und bemühen Sie sich nicht zum Abendessen, Sie verschwenden nur kostbare Zeit. Sobald Sie fertig sind, kommen Sie her. Dann nehme ich Ihnen die Beichte ab. Wir werden den Herrn bitten, uns die notwendige Wachsamkeit zu schenken und unsere Herzen unempfänglich zu machen für die Sünde der Selbstgefälligkeit.«

Grenouille erblasste angesichts des Strafmaßes – er war Sénac in grenzenloser Bewunderung zugetan. Einem Gerücht zufolge, das sich hartnäckig hielt, hatte eine der

Nonnen ihn sagen hören, dass er »dem Pfarrer alles verdankt«. Für einen Moment schaute er tief betrübt.

»Dieser Vorfall darf sich nicht wiederholen, Marthod. Sie werden dafür sorgen, dass Joseph in Zukunft keinen Grund mehr zur Klage hat.«

Grenouille wandte sich zu mir. Erst jetzt fiel mir auf, dass er keine richtigen Augenbrauen hatte. Sein Gesicht schwand sanft abfallend von der Stirn bis zum Kinn, erschlaffte in weichen Lippen, die unter seinem runden, grünen Lurchenblick bebten.

»Dafür sorge ich, Herr Pfarrer, ganz bestimmt. Sie können sich auf mich verlassen.«

Er küsste das Kruzifix, das er um den Hals trug, klopfte mir auf die Schulter und ging. Der Pfarrer zog sich seinen Mantel über.

»Wo waren wir stehen geblieben? Ach ja, ›mit vorzüglicher Hochachtung und den besten Wünschen für eine baldige Genesung. Ihr Bruder in Christus‹ *et cetera*, den Rest kennst du. Du räumst hinter mir auf, ich muss los. Heute Abend halte ich die Messe in der Sainte-Marie. Ach ja, und bevor du den Schlafsaal aufsuchst, gehst du rüber zu Étienne. Sag ihm, dass das Haupttor nicht mehr schließt. Er soll das gleich morgen früh erledigen.«

»Herr Pfarrer?«

»Ja, Joseph?«

»Ist Christus unser Bruder?«

»Aber ja.«

»Wenn Christus mein Bruder ist, warum bin ich dann hier? Warum hat er das zugelassen?«

»Jesus hat sich nicht selbst erlöst. Warum sollte er dich erlösen?«

»Weil ich nichts getan habe!«

»Selbst wenn du nichts getan hättest, selbst wenn Adams Schwäche und Evas Anmaßung dich nicht befleckt hätten, was ist mit deinen Eltern? Haben die auch nichts getan? Was weißt du von ihren Sünden? Glaub mir, wenn du hier bist, dann aus einem Grund. Gott ist nicht grausam.«

Nicht Gott fliegt die Flugzeuge, so viel steht fest. Aber es hätte ihn nichts gekostet, mal ein bisschen durchzustarten, als der Pilot gerade nicht hinsah, oder die Nase des Flugzeugs ein paar Grad abzusenken. Die Caravelle hätte keinen Strömungsabriss gehabt. Meine Eltern wären nach Hause gekommen, meine unausstehliche Schwester und ich hätten uns wie früher gezankt. Vielleicht würden wir heute gar nicht mehr miteinander reden. Wir hätten uns über blöde Erbschaftssachen gestritten. Hätten ein unterkühltes Verhältnis, wie das Leben so ist.

Tatsächlich habe ich lange Zeit geglaubt, dass Gott grausam ist. Sadistisch.

Eines Tages dann, beim Spielen einer Sonate, habe ich es begriffen. Hat niemand je daran gedacht, dass Gott vielleicht einfach stocktaub ist? Dass er schon taub war, als sein Sohn das *Eli, Eli, lama sabachthani* rief, warum hast du mich verlassen? Dass er niemanden verlassen hat, vielmehr genau gesehen, wie die Lippen sich bewegten, die bleichen Lippen seines Sohnes, und dass er es nur nicht verstand? Die ganze Chose, die Kreuzigung und das Danach, die in den Himmel stoßenden Kathedralen, die Dispute, die Scheiterhaufen, die herausgerissenen Fingernägel und die verliehenen Heiligenscheine – oft bei denselben Menschen –, das alles ist vielleicht nur ein einziges großes Missverständnis.

Wenn Gott taub ist, müssen wir ihm verzeihen. Müssen ihm, und das nicht nur halb, unsere wunden Tage verzeihen, unsere hinkenden Herzen.

Auf dem Weg zu Étiennes Hütte begegnete ich Souzix. Er ging, die Hände hinterm Rücken verschränkt, ernstes Gesicht, unter dem Dach des Schulhofs auf und ab und schaukelte seine Erscheinung eines alten weisen Mannes. Nur der übergroße Schatten, den er im Licht der Hoflampe an die Wand warf, zeigte ihn, wie er wirklich war.

»Was war das für eine Musik, Joseph?«

»Welche Musik?«

»Die du neulich gespielt hast, auf dem Klavier vom Pfarrer.«

»Das war… Ich würde es dir gerne sagen, aber ich kann nicht.«

»Warum nicht?«

»Weil du nicht zu *meiner* Geheimgesellschaft gehörst.«

Souzix nahm meine Rache protestlos hin und setzte seinen Weg fort, seinen langen Kreuzweg, und ich machte mir Vorwürfe, dass ich ihm eine Station hinzugefügt hatte.

 »Warte. Beethoven. Die Sonate Nr. 24, *Für Therese*.«

Er kam zurück und musterte mich verstohlen mit seiner professoralen Miene.

»Was ist das, eine Sonate?«

»So eine Art … Brief, aber als Musik.«

»Und diese Therese?«

»Du nervst mit deinen Fragen. Kann dir doch egal sein, wer sie ist.«

»Na ja, wenn ich Mary Poppins schreiben würde, wäre das ein lieber Brief. Aber wenn ich Suzanne schreiben würde, das war meine Adoptivmutter und die mochte ich nicht sehr, dann wäre der nicht lieb. Wie kannst du deinen Brief spielen, wenn du nicht weißt, wem du schreibst?«

Souzix. Ich möchte glauben, dass eines Tages jemand spürt – im weichen Gewebe eines Sommerabends, im Stoff der Welt –, dass du für einen Augenblick da gewesen bist. Dass jemand, wenn er nur sucht, eine kleine Vertiefung spürt, und die Umrisse sind deine.

Züge. Dieses *Bum*, Überschallknall, kam bloß von Zügen. Als ich zu Étienne ging, um ihm die Nachricht des Pfarrers zu überbringen, erklärte er mir alles. Er kannte sich aus damit, war früher Eisenbahner auf dieser Strecke gewesen, bevor er im Confinium zum Mädchen für alles wurde.

»Warten wir auf den nächsten. Dann siehst du es. Rauchst du? Ich sage der Krähe auch nichts.«

»Der Krähe?«

»Sénac, Dummkopf.«

Er gab mir eine Gitane, und ich klemmte sie mir hinters Ohr, so hatte ich das bei den Jungs aus der Abiturklasse gesehen, wenn sie vor dem Gymnasium standen. Ein Eisenbahngleis lief an der unteren Terrasse des Waisenhauses entlang, ohne irgendetwas dazwischen. Beides gehörte dem Staat, die Züge auf der einen Seite, die Waisen auf der anderen, und solange Letztere nicht unter Erstere gerieten, konnte man sich den Zaun sparen. Die Schienen verschwanden nur wenige Meter von Étiennes Hütte entfernt in einem Tunnel.

»Da kommt er. Hörst du, wie die Schienen singen? Das Wiegenlied, so nennt man es.«

Das Tier kam herauf, in den orangen Augen sammelte sich der Nebel, der abends, selbst im Hochsommer, an der Nordseite des Gebirges herabfiel. Aus den Scheinwerfern flossen lange Bernsteinströme.

»Er beschleunigt«, erklärte Étienne. »Der verdammte Tunnel ist so eng, dass du mit genau achtzig Stundenkilometern reinfahren musst, sonst ziehst du die Wände ab mit deinem schwankenden Zug. Und die Schlipse aus Paris ziehen es dir vom Lohn ab.«

Die Lokomotive tauchte in den Berg ein, im Schlepp etwa dreißig Waggons mit ihrer teuren Last, Metall und Holz, Milch und Benzin, Zement, Autos, Flugzeugteile, Modernität. Ein erheblicher Teil des Handels zwischen Nord und Süd verlief hierher und strapazierte eine Strecke, die für einen solchen Verkehr nicht gedacht war. Sie verband Frankreich mit Spanien, Le Havre mit Tanger, den Nordatlantik mit dem Mittelmeer.

»Fünf Kilometer, hineingetrieben mit Spitzhacke und Dynamit von Juden, Schwuchteln, Basken und Dichtern«, erklärte Étienne. »Von all denen, die Franco hasst. Wir sagen ›Sklaven‹, dort nennt man sie ›politische Häftlinge‹. Bei Aragnouet bauen sie jetzt eine modernere Verbindung, aber da gibt es nur Probleme. Bis der Tunnel öffnet, sind wir längst tot.«

Immer wieder versuchten Männer, Frauen, ganze Familien durch den alten Tunnel aus dem Spanien des Caudillos zu fliehen. Unmöglich. Fünf Kilometer und nirgends die kleinste Nische, wo man sich hätte hineinquetschen und in Sicherheit bringen können. Nur ein paar wenige Zentimeter zwischen den Waggons und den Wänden, der Lokführer musste die Geschwindigkeit absolut im Griff haben, damit der Zug schnurgerade in der Spur blieb. Im Inneren war es stockdunkel, selbst die Scheinwerfer kapitulierten. Auf der französischen Seite wie auf der spanischen wartete immer schon ein Güterzug an der Weiche und fuhr in Gegenrichtung hinein, alle halbe Stunde. Wer es zu Fuß versuchte, hatte keine Chance. Étienne schwor, die Tunnelwände seien rot vom Blut der Dummköpfe, die es riskiert hätten. Umso besser also, wenn man drinnen nichts sah. Er selbst hatte, als er noch Züge fuhr, mehrmals verdächtige Erschütterungen gespürt, ein unerklärliches Ruckeln.

»Man hat nicht darüber nachgedacht. Man hat seinen Job gemacht.«

Der letzte Waggon verschwand vor unseren Augen. Keine zehn Sekunden später, *bum*, schlug mir eine Hand aus purer Luft auf die Brust. Étienne lachte.

»Tja, da ist so wenig Platz zwischen dem Zug und den Wänden, dass die Lok die Luft vor sich herschiebt.

Vorne nimmt der Druck zu, du spürst es an den Scheiben, das kannst du mir glauben, alles fängt an zu vibrieren. Und hinten entsteht ein Unterdruck. Aber die Natur verabscheut die Leere, das hast du bestimmt im Unterricht gelernt, oder? Die Luft entweicht also durch den kleinsten Zwischenraum, an den Seiten, oben, unten, strömt am Zug entlang, und hinter den Waggons wird der Druck mit einem Schlag ausgeglichen. Das ist der Lärm, den du hörst. So wie die Täler beschaffen sind, hörst du auch das Echo des Knalls auf der spanischen Seite. Achte mal drauf, dann merkst du, dass es nicht gleich klingt.«

»Aber ... können Sie bei dem Krach denn schlafen?«

Étienne zog einen Flachmann aus der Tasche.

»Wenn du erst mal so alt bist wie ich, hast du Angst vor der Stille, nicht vor dem Lärm. Los, geh jetzt. Sag der Krähe, dass ich ihm das Eingangstor morgen früh repariere. Als wäre das so dringend. Das sagst du ihm natürlich nicht. Und beeil dich besser. Sieht nach Gewitter aus.«

Étienne ging zurück in seine Hütte, aber ich machte mich nicht sofort auf den Weg. Dicke Wolken wälzten sich über die Gipfel, ein raues Donnern, das Gras flirrte. Den ganzen Tag schon hatte ein seltsames Gefühl an mir gezerrt, ein Gefühl, dass dieser Tag kein Tag wie jeder andere war. Ein Grundrecht war verhöhnt worden, man hatte mir etwas verwehrt, was mir zustand, dabei gab es überhaupt nichts, was man mir noch hätte nehmen können. Und auf einmal begriff ich, ich musste lachen, ich ganz allein, und ich lief von einer Terrasse zur nächsten durchs quietschende Gras und lachte, bis ich außer Atem war. Das Datum, klar. Der 28. Juli 1969. Etwas konnte man mir sehr wohl noch nehmen.

Meinen Geburtstag. Sechzehn Jahre, seit meine Mutter mich in einer Klinik in Saint-Mandé der Nacht übergeben hatte, schimpfend, schnaufend, meinem Vater fast die Hand zerquetschend, noch einmal würde ihnen das nicht passieren, musste er ihr schwören, aber dann hatten sie den Schwur gebrochen, und vielleicht war das ja die Sünde, für die sie hatten büßen müssen. Der Pfarrer hatte recht – was wusste ich von den Sünden meiner Eltern?

Der Himmel öffnete sich und gab dicke glühende Tropfen frei, sie rochen nach Heu und nach Ferien. Das Dunkel so dicht, dass es sich kauen ließ. Ich hob den Kopf, wollte das Gewitter tief einatmen.

Grenouille ließ mir keine Zeit.

ICH HATTE IHN NICHT kommen hören. Mit einem geschickten Armhebel nahm er mich in den Griff und drückte mir ein schmutziges Taschentuch aufs Gesicht, es schmeckte nach altem Schmierfett. Das Gewitter wurde heftiger. Es wäre einfacher gewesen, mich nicht zu wehren, Grenouille war zu stark. Aber ich kämpfte, aus Prinzip, aus Gewohnheit, wie alle, die er unter einem anderen Monsun schon getötet haben musste, Menschen, die sich in Sicherheit wähnten und genauso wenig gehört hatten, wie er sich zwischen Farnkraut und Palmzweigen heranschlich. Mein Blickfeld füllte sich mit blutigen Quallen, meine Lunge mit Ödemen an abgestorbenen Wurzeln. Meine Zunge, meine Zähne schnappten nach Luft. Nichts kam hindurch, nicht das kleinste Fädchen, nicht ein Atom, nur ein grässlicher Geschmack von Schmierfett und Rotz. Grenouille war ein echter Könner.

Bett 54, hier Columbia, *ich registriere eine Störung deiner Sauerstoffversorgung.*

Michael Collins? Sind Sie das?

Du hast mich gerufen, oder?

Ich dachte, Sie hätten mich neulich nicht gehört.

Doch, habe ich. Schlag zu. Mit den Fäusten, mit den Füßen, wie du willst, Hauptsache tief.

Meine Faust traf etwas Weiches, meine Ferse ein Schienbein. Grenouille schluckte vor Schmerz. Und dann auf einmal Luft. Gras unter meiner Wange. Das Confinium lag auf der Seite, die Landschaft umgestürzt. Atmen. Ein paar Zentimeter neben mir krabbelte ein Mistkäfer durch die Regentropfen. Ich wollte aufstehen, die Welt wieder ins Lot setzen. Ein Fuß zwischen meinen Schulterblättern hielt mich am Boden.

Das Klicken einer Gürtelschnalle. Das Ratschen eines Reißverschlusses. Eine warme Flüssigkeit lief mir über die Beine, der Geruch von Ammoniak mischte sich mit dem herben Duft der nassen Erde.

»Das nächste Mal«, hörte ich eine ferne Stimme, »pass auf, was du erzählst. Und wem du es erzählst.«

Grenouille schüttelte ab, zog den Reißverschluss zu und stapfte davon.

Als ich die Augen wieder aufschlug, rannte ich. In einer Dunkelheit wie in der Genesis, der Dunkelheit eines ersten Tages, der Dunkelheit von vor dem Licht, als es nur den Abgrund gab, das Wasser und Gott. Und dennoch, Gott, wollte ich etwas sehen. Das Gewitter hatte zugelegt. Löschte all meine Brände, wusch mir die Erde aus den Haaren, den Matsch aus dem Gesicht, Grenouilles Urin aus der Kleidung. Ich wusste nicht, wo ich war. Aber ich musste laufen. Das ganz sicher. Eine entsetzliche Kälte verfolgte mich, ihr Atem in meinem Nacken.

Bleib stehen, Junge. Du holst dir eine Lungenentzündung.

Nein, Michael Collins. Sie sind nur eine Stimme in meinem Kopf.

Viele Menschen haben eine Stimme in ihrem Kopf. Die Pfiffigsten machen daraus ein Geschäft. Jetzt hör schon auf zu rennen.

Ich bin nicht verrückt. Ich habe mir den Flugplan von Apollo 11 angesehen, zusammen mit Papa. Ich habe alles gelesen über Buzz, Neil und Sie. Ich weiß, dass Sie wieder auf der Erde sein müssen. Sie können nicht mit mir reden. Das ist unmöglich.

Jetzt fängst du schon wieder an. Rothenberg, dein alter Meister, hat recht. Du hörst nicht zu. Ist doch egal, wo ich bin. Ich rede mit dir, nur das zählt.

Lassen Sie mich in Ruhe laufen, Michael Collins. Wenn ich stehen bleibe, holt die Kälte mich ein. Niemand kann mir helfen. Ich bin allein.

Dass ich nicht lache, mein Lieber. Soll ich dir von der Einsamkeit erzählen, der echten Einsamkeit? Von meiner Angst, als die Columbia *bei jeder Umrundung hinter den Mond glitt? Wenn die Nacht die Funkverbindung kappte, die mich mit dem Rest der Menschheit verband? Hast du eine Vorstellung von den Ungeheuern, die dort wohnen, auf der Rückseite der Krater?*

Tut mir leid, Michael Collins. Ich wollte Sie nicht verärgern. Papa hat gesagt, der wahre Held dieser Mission sind Sie. Dass man Nerven wie Drahtseile braucht, um die *Columbia* zu fliegen.

 Vergiss die Nerven wie Drahtseile. Das wollte ich dir

zu deinem Geburtstag sagen. Unser kleines Geheimnis, denn du bist auch ein Astronaut, auf deine Art. Weißt du, wie ich es ausgehalten habe hinter dem Mond? Wie ich es geschafft habe, nicht erdrückt zu werden von Stille und Dunkelheit? Ich wusste immer eines. Ich wusste, dass die Columbia *wieder ans Licht kommt. So ist das mit der Umlaufbahn. Vertrau auf meine Erfahrung. Die schlimmste aller Einsamkeiten dauert nur siebenundvierzig Minuten.*

IRGENDWO IM ARCHIV der Nationalgendarmerie finden Sie vielleicht den Bericht über diesen Abend, die Nacht meines sechzehnten Geburtstags. Sie müssen sich, um genau zu sein, an den historischen Dienst des Verteidigungsministeriums wenden und die Akten des 4. Regionalkommandos, Region Midi-Pyrénées, Departement Hautes-Pyrénées anfordern, noch genauer, die Akten der Gendarmerie von Lourdes. Wenn das Archiv nicht abgebrannt ist, wenn die Bestände nicht verloren gegangen, verrottet oder gestohlen sind, können Sie ein Protokoll einsehen.

Es sollte Folgendes besagen:

Bericht des Gendarmen Louviers, 31. Juli 1969

Am 28. Juli 1969 gegen 22 Uhr 15 erhielten wir einen Anruf aus dem »Confinium«, einer Einrichtung der Departementsdirektion für Gesundheit und Soziales und verwaltet von der Diözese Tarbes, mit der Meldung, dass ein Insasse ausgerissen sei. Um 23 Uhr nahmen Gruppenführer Cazaux und ich uns eines jungen Mannes an, der auf der Straße nach Lourdes umherirrte. Er war sichtlich durcheinander, gab seine Personalien aber ohne ein Zögern mit »Joseph Marty,

Waise und Astronaut« an, woraufhin er das Bewusstsein verlor. Eine Stunde war er durch den Regen gelaufen und hatte acht Kilometer zurückgelegt. Nach telefonischer Rücksprache mit der Einrichtung »Confinium« und in Anbetracht der Tatsache, dass er keine Verletzungen aufwies, trafen GrFü Cazaux und ich die Entscheidung, mit ihm zur Gendarmerie zu fahren. Bei der Aufnahme des Protokolls erklärte Joseph Marty, er sei von einem Mann namens »Grenouille«, dem Aufseher des Waisenhauses, angegriffen worden. Dieser Überfall habe ihn zur Flucht veranlasst, was ihm wegen eines Defekts am Schloss des Haupttors möglich gewesen sei.

Pater Armand Sénac, der Leiter des »Confiniums«, kam kurz vor 1 Uhr persönlich, um den jungen Mann abzuholen. Joseph Marty, der unter einem beginnenden Fieber litt, leistete keinen Widerstand. Konfrontiert mit den Beschuldigungen des jungen Mannes, erklärte Pater Sénac, dessen aufopferungsvolle Tätigkeit und wohltätige Werke im ganzen Departement bekannt sind, dass Joseph Marty ein Neuankömmling sei, psychisch labil, noch erschüttert vom Tod seiner Eltern. Solche Beschuldigungen seien typisch für junge Menschen, die nach Aufmerksamkeit verlangten und sich in einer seelischen Notlage befänden. Wir seien eingeladen, uns vor Ort selbst ein Bild zu machen.

Am nächsten Tag fuhren wir zum »Confinium«. Die Waisenkinder und das Personal bereiteten uns einen herzlichen Empfang. Vorschriftsmäßig zunächst in der Gruppe und dann einzeln befragt, versicherten uns die Zöglinge, dass sie niemals Opfer einer Misshand-

lung geworden seien. Alle scheinen ihren geistlichen Leiter in hohem Maße zu schätzen, ebenso den Aufseher Marthod (»Grenouille«), den die Kinder als »total nett« und die Dominikanerinnen, die im »Confinium« arbeiten, als »streng, aber gerecht« beschrieben. Monsieur Marthod legte Wert auf die Feststellung, dass er es dem jungen Marty nicht nachtrage und seine verzweifelte Lage verstehe. Im Anschluss bat uns Monsieur Marthod, Oberst Laffite vom Kommando in Bordeaux Grüße auszurichten.

In Anbetracht

- *der mangelnden Glaubwürdigkeit der beschwerdeführenden Person;*
- *der Tatsache, dass der Körper der beschwerdeführenden Person keinerlei Verletzung aufweist;*
- *der allgemeinen Hochachtung, welche die Leitung der Einrichtung genießt,*

darf angenommen werden, dass es sich um eine frei erfundene Geschichte handelt. Wir halten es nicht für erforderlich, die Ermittlungen fortzuführen.

Zur Weiterleitung an den zuständigen Staatsanwalt.

Das Fieber hielt zwölf Tage an. Ein Arzt kam aus Lourdes herauf, vergeblich. Schwester Angélique grummelte, eher sollte man mich hinunterbringen in die schwarze Stadt der gebrochenen Engel, so ein Fieber sei nicht normal, so ein Fieber sei das Werk des Teufels.

Der zuständige Staatsanwalt stellte das Verfahren ein.

 Stimmen sprachen zu mir, in langen Sinuskurven.

Ich empfing sämtliche Sender des Universums. Zwölf Tage war ich kein Waisenkind mehr. Meine Mutter wrang ein Tuch aus und legte es mir auf die Stirn. Mein Vater zwang mich, einen bitteren Trank zu schlucken, *das ist nur zu deinem Besten, Rothenberg hat uns das Rezept gegeben, ein altes Geheimmittel aus dem Ghetto von Venedig*. Mehrmals sah ich, wie Momo sich auf dem Nachbarbett im Krankenzimmer krümmte, ob bei Tag oder bei Nacht. Wenn er nicht seine epileptischen Rodeos tanzte, starrte er, den Plüschesel im Arm, mit seinen verbliebenen Kräften zu mir herüber. Mit den Kräften, die mir geblieben waren, schaute ich weg. Wenn die Wirklichkeit Momo war, war mir das Fieber lieber, die dumpfen Wellen, die wattigen Stiche, das dunkle Zittern. Lieber im reinen Feuer der Halluzinationen verbrennen.

Die Antibiotika änderten an der Sache nichts. Das hätte ich ihnen gleich sagen können. Ihnen sagen, dass mein Leiden mit Penicillin oder feuchten Wickeln nicht zu kurieren war, so wenig wie mit den Beschwörungen des Teufels, die Schwester Angélique nachts heimlich las, in einem Büchlein, das meinem Handbuch der Kalisthenie ähnelte. Das eigentliche Problem waren die Tränen.

Um das Thema habe ich, so gut es ging, einen Bogen gemacht. Aber von Tränen wird die Rede sein müssen, denn seit dem Unfall, seit der Vereinigung meiner Familie mit dem Metall in einem Schmelzfeuer hatte ich keine einzige mehr vergossen. Ich hatte sie nicht *gefunden*, wie der Psychologe meinte. Dabei hatte ich die

Suche nicht aufgegeben. Doch sosehr ich mich bemühte, sosehr ich an den Sarg meiner Eltern dachte, an den unausstehlichen Sarg, den man am Tag der Beerdigung artig zwischen ihnen aufgestellt hatte, an das Holz, das sie voneinander trennte, wo es so schön gewesen wäre, sich zu berühren – es kamen keine. Aber die Welt verlangte nach ihnen, nach meinen nicht vorhandenen Tränen, und aus dieser unbeglichenen Schuld erwuchs das Leiden, das meinen Körper in den Protest rief.

Im Alter von sechzehn Jahren und zwölf Tagen schlug ich mitten in der Nacht die Augen auf. Momo saß bei mir auf der Bettkante. Er hielt meine Hand, ganz fest, und weinte. Er weinte, wie seither niemand mehr geweint hat, weinte, wie man zu Füßen eines Kreuzes weint, in den Armen der Madonnen, mit zurückgeworfenem Kopf. Er beweinte Imperien. Weinte für mich, der ich es nicht vermochte.

»Ein Wunder«, rief Schwester Angélique am Morgen. Mein Fieber war verflogen. Sie schickte mich hinaus, ließ mich unter dem Raunen verblassender Sterne niederknien und drei Vaterunser beten. Souzix drehte im Hof schon seine Runden, schlotternd und mit einem Pissmantel um die Schultern.

Von diesem Tag an hieß es für den Jungen mit den Augen aus Oran, den Seeigelfänger mit den wenigen Worten, für Momo und mich: auf immer und ewig. Er war meine Tränen, ich wurde zu seiner Stimme.

BLAU, GELB, GRÜN.

Van Goghs *Sternennacht*. Über Rothenbergs Klavier hing eine verblüffende Reproduktion, zum Verwechseln ähnlich. Ich hatte so oft hingeschaut, dass ich das kleinste Detail kannte. Als ich einmal das Wort »Fälschung« in den Mund nahm, gab Rothenberg mir einen Klaps auf den Hinterkopf.

»Und wenn ich das hier spiele?«

Er schlug die ersten Akkorde der Hammerklaviersonate in die Tasten.

»Wenn ich das spiele, ist das eine Fälschung, du Quatschkopf? Ist das etwa kein Ludwig?«

»Beruhige dich, Alon«, sagte seine Frau, die gerade durchs Wohnzimmer kam. »Das tut dir nicht gut.«

»Verwechsle nicht Kopie und Interpretation, Idiot. Wenn das Gemälde eine gewöhnliche Kopie wäre, hätte ich es längst weggeworfen. Das ist van Gogh, was du da siehst.«

»Aber nicht er hat es gemalt.«

»Was wissen wir schon. Vielleicht hat er zwei Versionen gemalt. Und selbst wenn er nur eine gemalt hätte, würde es die hier nicht geben ohne die erste. So gesehen können wir sagen, er hat beide gemalt. Oder, noch einfacher, van Gogh hat dieses Bild zwar nicht gemalt, aber trotzdem gemalt.«

»Das heißt, wenn ich Beethoven spiele ...«

»Wenn *du* Beethoven spielst, dreht sich Ludwig im Grab um. Aber wenn Kempff Beethoven spielt, oder Fischer, oder wenn dieser argentinische Bursche Beethoven spielt, Barenboim, dann ist das etwas anderes. Wenn *die* spielen, mag das nicht Beethoven sein, der spielt, aber Beethoven spielt trotzdem.«

Blau, gelb, grün.

Wir sind weit weg von dem Bahnhof, an dem wir, Sie und ich, uns begegnet sind. Weit weg von den Flughäfen und öffentlichen Klavieren. Sie bereuen es fast, dass Sie mir Ihre Lieblingsfrage gestellt haben, was macht jemand wie Sie hier? Aber wenn Sie denken, ich würde nur abschweifen, hätte den Faden verloren mit meinen Geschichten von Flugzeugen, von tauben Göttern, von Waisenkindern, von Gemälden und bald auch von Mädchen mit Blumennamen, dann schauen Sie zu nah hin. Sie schielen schon und sehen dasselbe wie ich vor fünfzig Jahren.

Blau, gelb, grün.

Aber mit der Nase am Bild sehen Sie nicht, dass Sie die *Sternennacht* betrachten. Also Geduld. Lassen Sie mich die Farben meiner Nacht ausbreiten.

ALS ICH ZUM SPORTUNTERRICHT erschien, ein frisch aus dem Krankenzimmer entlassenes Gespenst, deutete Rachid mit einer knappen Geste zur Bank.

»Du nicht«, sagte er, die anderen liefen auf dem Hof schon im Kreis.

Ich setzte mich neben Momo, den geistig oder auch nur körperlich zu ertüchtigen niemandem je in den Sinn gekommen war. Rachid beobachtete seine Schüler eine Weile, klatschte in die Hände, rief mit seiner singenden Stimme »ranhalten, ranhalten«, eine Aufforderung, die folgenlos verhallte. Rachid nahm es gelassen. Er wusste, dass er eine Klasse von Titanen unterrichtete, die, weil sie die Götter beleidigt hatten, dazu verdammt waren, das Himmelsgewölbe auf ihren Schultern zu tragen. Man konnte nicht auch noch verlangen, dass sie schnell liefen.

Der Einzige, der sich verausgabte, der wirklich *alles* gab, war Fouine. Er schloss von einer Gruppe zur nächsten auf, verlangsamte das Tempo, um sich einholen zu lassen, und flitzte wieder los. Zehn Runden waren zu laufen, er lief fünfzehn. Es war die Stunde für seine Geschäfte. Er sammelte Geld ein, Versprechen, Wünsche, stellte sie auf einem virtuellen Marktplatz aus, dessen

Zentralrechner er selbst war, kaufte, verkaufte, erhöhte die Preise, verscherbelte partienweise Hausdienste, Krimskrams, farbige Tinte, Schokoriegel, Münzen, Scheine. Fouine behielt alles im Kopf. Nichts Materielles wechselte auf dem Hof den Besitzer, wo Grenouille mit argwöhnischer Miene an der Seite herumhopste. Die Übergaben erfolgten erst später, bei leichten Berührungen, zufälligen Begegnungen, in einem Ballett vorbeiziehender Hände, die auf den Gängen oder in einer Warteschlange Essbares und Zahlungsmittel verschwinden ließen, wenn nicht im Schutz von Pulten und Tischen, ein diskretes unterirdisches Geflecht abseits der Gesichter, die in schönster Unschuld die Oberwelt bevölkerten.

Zwischen zwei *ranhalten* kam Rachid auf mich zu und musterte mich mit strenger Miene.

»Du hast versucht wegzulaufen, habe ich gehört. Und dass man dich eine Stunde später acht Kilometer von hier aufgegriffen hat. Ich war sehr enttäuscht, als ich das erfahren habe.«

Er stellte einen Fuß auf die Bank, direkt neben mich, und beugte sich vor, um den Schuh zuzubinden.

»Acht Kilometer pro Stunde«, flüsterte er. »Wenn du wegwillst, musst du schneller laufen.«

Der Pfarrer hatte nichts gesagt. Er hatte mich beim Frühstück gesehen und meinen Ausreißversuch mit keinem Wort erwähnt. Er hatte sogar *gelächelt*. Doch als Grenouille jetzt pfiff, Sportunterricht zu Ende, ging im ersten Stock ein Fenster auf. Unsere Blicke begegneten sich, und Sénac nickte langsam.

Er wartete auf mich, stand noch am Fenster, ein Auge an sein Fernrohr gedrückt. Dann zeigte er auf drei schwarze Kleckse, die, kreisend in einem Aufwind, am Himmel schwebten.

»Der kleine Bartgeier lernt das Fliegen. Zum ersten Mal haben sich seine Eltern so weit vom Nest entfernt. Ich beobachte sie seit einem Jahr. Sie nisten unter dem Bergvorsprung oberhalb des Confiniums. Großartig, nicht wahr? Wusstest du, dass es in den ganzen Pyrenäen nur noch wenige Paare gibt? Eine vom Aussterben bedrohte Art. Sehr empfindlich. Die kleinste Störung, und sie verlassen ihr Nest.«

Er legte das Fernrohr ab, setzte sich an seinen Schreibtisch und verschränkte die Finger unter dem Kinn, unter diesem seltsamen Puppengesicht, in dem nur die Augen alt zu sein schienen. Der Rest war rosa, drall, vor Gesundheit strotzend. Sénac war immer tadellos frisiert, tadellos rasiert, die Wangen gezeichnet von der Messermarter und geheiligt von einer Wolke Eau de Cologne.

»Ich habe viel für dich gebetet, Joseph. Habe zu Gott gerufen, er möge mir einen Hinweis geben, wo ich etwas falsch gemacht habe. Was ich getan habe, dass mich eines Nachts die Gendarmerie anruft. Dass der Name des Confiniums durch die Flucht eines der Seinen öffentlich beschmutzt wird.«

»Nicht wegen Ihnen.«

»Wie bitte?«

»Das war nicht wegen Ihnen, Herr Pfarrer. Sondern wegen Gre… Monsieur Marthod.«

»Ach ja, diese alberne Geschichte. Er zeigt es nicht, aber ich weiß, dass es ihn tief getroffen hat. Zum Glück sind die Gendarmen daran gewöhnt, dass man ihnen irgendwelchen Kokolores erzählt.«

»Er hat mich überfallen, um sich zu rächen!«

»Sich zu rächen? Wofür? Warum sollte er etwas gegen dich haben?«

Weil ich bei der Sache mit dem blauen Auge gelogen habe. Weil die Duschen, die Sie ihn haben schrubben lassen, nichts dafürkonnten.

»Joseph?«

»Ich weiß nicht...«

»Hast du Monsieur Marthod an dem Abend *gesehen*? So wie ich dich vor mir sehe?«

»Nein.«

»Fassen wir zusammen. Du hast keine Verletzung. Du hast Monsieur Marthod nicht gesehen. Und er hat keinen Grund, etwas gegen dich zu haben. Richtig?«

»Ja. Ja, Herr Pfarrer.«

»Besteht nicht die Möglichkeit, dass du dir alles nur eingebildet hast? Du hattest hohes Fieber.«

»Ich... ich weiß nicht.«

Sénac atmete tief ein. Durch seine Hände, die vor ihm auf dem Schreibtisch lagen, nein, die sich auf den Tisch *stützten*, lief ein Zittern.

»Eine einfache Frage. Besteht die Möglichkeit, dass du dir alles nur eingebildet hast? *Ja oder nein?*«

»Ja.«

»Na bitte. Du hast dir alles eingebildet. Schön, dass du es zugibst.«

Die Hände entspannten sich, strichen die tadellos gebügelte Soutane über der Brust glatt.

»Ohne meine guten Beziehungen zu den Behörden hätte die Sache unangenehm werden können. Und wenn man eine Ermittlung eingeleitet hätte? Hast du einmal darüber nachgedacht? Für deine Kameraden sind wir oft die einzige Familie, die sie jemals hatten. Was würde aus ihnen, gäbe es das Confinium nicht mehr? Draußen wartet niemand auf sie, ist dir das klar?«

»Ja, Herr Pfarrer.«

»Ich habe dir vertraut, und ich habe mich nicht in dir geirrt, stimmt's?«

»Nein, Herr Pfarrer.«

»Das will ich hoffen. Du wärst nicht der Erste, der mich enttäuscht.«

»Wie Danny?«

Keine Ahnung, warum ich den Namen erwähnen musste. Der Pfarrer versteinerte.

»Wer hat dir von Danny erzählt?«

»Die anderen.«

»Und was haben sie dir gesagt?«

»Dass er tot ist.«

»Dummes Zeug, ich bitte dich. Danny ist nicht tot. Er wird in Herrlichkeit auferstehen an dem Tag, an dem ihm seine Sünden vergeben werden, und Christus wird an seiner Seite sein. Geh jetzt zu den anderen. Ich habe euch etwas anzukündigen.«

Die Ankündigung betraf den Besuch einer bedeutenden Persönlichkeit, eines der größten Spender der Diözese, von dessen Großzügigkeit der ordnungsgemäße Betrieb des Confiniums abhing. Allerdings kam der Pfarrer nicht zu seiner Ankündigung, denn als wir hinuntergingen, war der Besucher bereits da und stand im Eingang. Gesegnet mit einem Triumph GT6, war er zu früh gekommen, der Wagen parkte mitten auf dem Hof, fast verborgen unter einer Traube von Waisenkindern, die sich um das Auto scharten. Zum ersten Mal im Leben sah ich Pater Sénac in Verlegenheit. Auch zum letzten Mal.

»Herr Graf, so früh habe ich Sie nicht erwartet. Niemand hat mir gesagt …«

Der Rhythmus sollte in mein Leben treten. Rothenbergs Rhythmus, Beethovens Rhythmus, der Rhythmus der Stones. Gottes Rhythmus, der Rhythmus des Teufels, die einzige Gemeinsamkeit der beiden. Der Graf hatte etwas Außergewöhnliches, und das war nicht seine beachtliche Körpergröße, nicht seine Eleganz und auch nicht die Tatsache, dass seine Füße in den Richelieus steckten, die meine Totenfamilie wohlhabend gemacht hatten. Das Außergewöhnliche wartete in seinem Wagen, auf dem Beifahrersitz, und kaum ging die Tür auf, begriff ich, dass die allgemeine Bewunderung nicht den Kurven des Sechszylinders galt. Ein Mädchen stieg aus, eine junge Frau vielmehr, auch wenn sie nicht viel älter war als ich. Es schien ihr peinlich zu sein, und das mit gutem Grund. Zweiundvierzig verblüffte Blicke waren auf sie gerichtet, der jüngste der Gaffenden fünf Jahre alt, der älteste siebzehn, und sic alle träumten von einer Mutter, einer Geliebten oder einer trüben Mischung aus beiden. Fouine tat, als hätte er sie nicht bemerkt, Sinatra schielte fast, so sehr versuchte er, seinem Vater ähnlich zu sehen. Nur Edison interessierte sich *wirklich* für das Auto, er hatte seinen Kopf hineingesteckt.

Souzix berührte unsere Besucherin mit dem Finger. Sie zuckte, wollte einen Schritt zur Seite machen, aber er griff nach dem Stoff ihres Kleids, um zu fühlen, wie weich er war, rieb seine Wange daran. Souzix war auf seine Art ein Kenner – dieses Mädchen trug nicht irgendwas. *Dior.* Mama hatte mich so oft in den Modesalon in der Rue Montaigne mitgenommen, dass ich für die Verkäuferinnen schon zur Familie gehörte, und all die Stunden, die ich während ihrer Anproben durch die Boutique gestreift war, hatten mich das ein oder andere gelehrt. Dieses rote Kleid mit dem ausgestellten Rock, an der Schulter geschlossen mit einem großen Knopf, war eine Schöpfung von Marc Bohan für die Herbst/Winter-Kollektion 1961/1962. Sie hatte es sich bestimmt von ihrer Mutter ausgeliehen. Der Graf war reich, aber kein Verschwender.

»Hast du *Mary Poppins* gesehen?«, fragte Souzix das Mädchen.

Sie musterte ihn entgeistert.

»Hast du jetzt *Mary Poppins* gesehen oder nicht?«

»Ja … Gehn wir, Papa?«

»Komm her, Rose. Pater, wenn ich Ihnen meine Tochter vorstellen darf.«

Die Rose kam her, stakste zwischen zwei Reihen von Waisenkindern hindurch. Vor dem Pfarrer machte sie einen altmodischen Knicks.

»Ich konnte nicht wissen, dass Sie so schnell hier sein würden, mein lieber Graf. Mademoiselle, möchten Sie eine Erfrischung?«

»Was mich betrifft«, sagte der Graf, »würde ich gern das Dach sehen, das so dringend neu gedeckt werden musste und dessen Finanzierung für meine Frau bedeutete, dass sie sich dieses Jahr kein neues Auto anschaffen konnte.« Er lachte. »Aber was bleibt uns übrig, unsere lieben Kinder wollen ja vorm Regen geschützt sein, nicht wahr?«

»Sie sind Ihnen alle sehr dankbar, mein lieber Graf. Hier entlang…«

»Ich denke, meine Tochter würde sich die Besichtigung lieber ersparen. Die Fahrt war sehr anstrengend. Kann sie sich in der Zwischenzeit irgendwo ausruhen?«

Der Pfarrer fing meinen Blick auf, vor einer Sekunde erst hatte ich ihn von den zarten Konturen der Blume losgerissen.

»Joseph, führ unseren Gast in mein Büro und lass ihr von Schwester Albertine heraufbringen, was sie zu trinken wünscht.«

»Eine Coca-Cola«, sagte das Mädchen.

Zweiundvierzig Jungen brachen in Gelächter aus. Jemand rief: »Keine mehr da, nur noch Champagner!« Die Rose biss die Zähne zusammen, der Pfarrer klatschte kurz in die Hände, die Truppe stand stramm. Grenouille zupfte Sinatra, von dem die Bemerkung stammte, aus der letzten Reihe und führte ihn zum Gebäude. Eine Hand am Hals, alte Freunde. Sinatras Füße berührten kaum den Boden.

Ich brachte das Mädchen in den ersten Stock und trat zur Seite, um sie hineinzulassen – was sie zu überraschen schien. Sie ging festen Schrittes durchs Zimmer, sah sich abschätzig um, unter ihrem schwarzen Pony glühten die Augen. Sie war groß, sehr blass, als wäre ihr das Blut aus den Wangen ins Kleid geschossen. Eine energische Nase, fast eine Männernase, die Zähne ein wenig zu groß, wie um sie in Äpfel zu schlagen, die Augenwinkel zeigten leicht nach unten. Ich wusste nicht, dass sie schön war oder es bald wäre. Sie blieb vor dem Bücherregal stehen, den Finger am Rücken eines dicken, zwischen zwei Marienstatuen eingeklemmten Bandes.

»Oha?«

Sie sagte *ohaa*. Sie sprach ihre *a* elegant doppelt aus, nur diesen Vokal, nicht die anderen, die nicht so schön zu verdoppeln waren. Sie ließ sie herumliegen, und am liebsten hätte ich sie aufgehoben, ein verblüffter kleiner Däumling.

»Wieso oha?«, fragte ich mit einem deprimierend gewöhnlichen *a*.

»Diese Enzyklopädie. Es gibt nur einen Band, T–Z. Warum?«

»Keine Ahnung. Der gehört Sén…, dem Herrn Pfarrer.«

»Hm. Aber stimmt. Enzyklopädien sind teuer. Ich habe die *Britannica*. Komplett.«

»Und die liest du und trinkst dabei Cola.«

Sie sah mich lange an, wie Frauen das so gut können, wenn sie einem den Krieg erklären, einen Krieg ohne Pardon. Dann nahm sie ihren Rundgang wieder auf, blieb vor dem Klavier stehen, strich mit dem Finger über den Deckel.

»Du darfst nichts anfassen«, protestierte ich leise.

»Mach die Deckenleuchte an.«

»Was?«

»Mach die Deckenleuchte an, habe ich gesagt.«

Ich betätigte den Schalter. Mit dem Kinn deutete sie hinauf zu der fahlen Neonröhre.

»Siehst du das? Nur dank meinem Vater habt ihr Licht. Vor drei Jahren hat er fünfzehntausend Franc für die Erneuerung der Elektrik gespendet. Das weiß ich noch gut, zu meinem Geburtstag habe ich nämlich nicht gekriegt, was ich mir gewünscht hatte, wir mussten ja *für die Waisenkinder spenden*. Ohne ihn wärt ihr längst Albinos, hättet im Dunkeln gelebt wie die Ratten. Ihr wärt klatschnass vom Regen, weil das Dach undicht war, bevor wir euch Geld für die Reparatur gespendet haben. Genau, klatschnasse Ratten wärt ihr *und* Albinos. Ich fasse also an, was ich will. Weil das alles hier«, sie breitete die Arme aus, »uns gehört.«

Sie öffnete das Klavier. *Ihr* Klavier. Ihre Hände waren blass, noch blasser als ihr Gesicht, fast blutleer. Sie hatte die schönsten Finger, die ich je gesehen hatte. Und als sie spielte, hielt ich den Atem an. Nicht weil sie begabt gewesen wäre – das bestimmt nicht. Aber sie spielte Beethoven, die Nr. 26, »Les Adieux«. Es war ein zögerlicher, unbeholfener Beethoven, ein Beethoven, der nach einem Weg durch das Gestrüpp der Schwerhörigkeit suchte und die Nerven verlor. Sie sah meine Miene, runzelte die Stirn.

»Was guckst du so?«

»Nichts.«

»Hast du noch nie jemanden Klavier spielen sehen? Nein, natürlich nicht, an so einem Ort seid ihr bestimmt das Banjo gewohnt.«

»So wird das nicht gespielt.«

»So wird was nicht gespielt?«

Ich trat langsam heran, trampelte mit jedem Schritt auf das Versprechen, das Klavier des Pfarrers nicht mehr anzufassen, und als ich die Hände auf die Tasten legte, war das Versprechen tot. Rose hatte sich nicht von der Bank gerührt. Ich stand neben ihr, die Finger auf den Tasten, ohne zu drücken, vor Erwartung wie gelähmt.

»Und?«, sagte sie spöttisch.

Sie roch nach Puder, nach Sorgen, nach Lavendel. Nach irgendeiner Arznei auch. Und dann, als Kopfnote, dieser unerklärliche Hauch von Arroganz, wenn es eine schöne ist, eine nächtliche, aristokratische Arroganz, die die Aufdringlichkeit der Sonne flieht. Sie roch nach Mond. Ich hörte ihr Herz schlagen, ein zartes Pochen. Es zu übertönen wäre ein Verbrechen gewesen, aber jetzt ging es darum, die Kraft der »Adieux« in diese ersten Akkorde zu legen. Und schnell zu spielen, bevor uns jemand ertappte. Und langsam zu spielen, denn man sagt nicht Lebewohl, ohne im Gehen zu stocken, ohne sich mehrmals umzudrehen, wie Momo, als er sein Land im Nebel hatte versinken sehen, auf den Lippen das Salz des Meeres. Und das alles musste ich in einem beschränkten, nicht vorhandenen Raum unterbringen, kaum ein paar Kubikzentimeter unter meinen zehn Fingern, das Adagio, das Allegro, die Wut, die Stille, unter meinen Händen, die sich über unsichtbare Orangen wölbten.

Das alles legte ich hinein, in drei einfache Klänge, Es-G, Rose zuckte zusammen, B-F, ein Starren mit offenem Mund, c-Moll. »Le-be-wohl.« Die Tür sanft geschlossen an einem Ort, an den man nie mehr zurückkehrt. Rose zitterte, ihr Atem ging seltsam, ein wenig pfeifend. Zwischen den Tönen erahnte sie traurige Caravelles, Momente weißer Glut, Ludwigs Gespenster und meine. Und in diesen Intervallen gab es auch Dinge, die weder Ludwig noch ich gesehen hatten. Kriege, Versöhnungen, Beteuerungen, nicht wieder anzufangen, Wiederanfänge. Gab es einen Kuss in einem Garten voller Olivenbäume, dreißig Silberlinge unterm Mond, gab es einen zerrissenen Vorhang, einen blendenden Frieden, einen Zenturio, der erkannte, dass er sich geirrt hatte. Gab es ein Erschrecken in den Rissen, aus denen bereits die Schönheit erblühte. Rose schwankte, stützte sich an der Ecke des Klaviers auf. Nach zwanzig Takten hob ich die Hände. Die ersten Takte Musik, die ich in meinem Leben gespielt hatte.

»Außerordentlich.«

In der Tür stand der Graf und applaudierte mit der Kultiviertheit eines Konzertgängers, hinter ihm der Pfarrer. Auch Sénac klatschte, übertrieben höflich. Ein Zucken am rechten Mundwinkel hob seine Lippe an, ein Missklang auf den runden, glattrasierten Wangen. Sein ganzes Wesen stemmte sich gegen dieses Lächeln eines abgeschminkten Clowns.

»Außerordentlich«, sagte der Graf noch einmal. »Das war großartig, nicht wahr, Rose?«

Rose schaute abwechselnd auf das Klavier, auf mich, auf das Klavier. Sie verstand nicht. Verstand nicht, wie dieser Mickerling, der noch nicht ganz in seiner eigenen Haut steckte, *so etwas* hervorbringen konnte. Ich verstand es auch nicht.

»Joseph ist einer unserer Besten im Haus«, sagte der Pfarrer. »Und wenn du uns jetzt allein lassen könntest, Joseph, und in einer Stunde wiederkommen … Ich möchte mit dir noch über eine Kleinigkeit sprechen.«

»Einen Augenblick, Pater, warten Sie … Meine Tochter braucht Klavierunterricht. Joseph könnte ihr vielleicht Unterricht geben?«

»Nur zu gern, aber Joseph hat bereits viele Aufgaben, ich fürchte, er wird sich nicht freimachen können, bevor Sie zurück nach Paris fahren.«

»Wir fahren nicht zurück nach Paris. Besser gesagt, Rose und ihre Mutter fahren nicht zurück nach Paris. Sie bleiben mindestens bis zum Beginn des nächsten Schuljahres auf dem Landsitz, ein paar Dinge sind noch zu erledigen, nicht der Rede wert. Ich komme alle zwei Wochen her, übers Wochenende.«

Sénacs Lächeln hatte sich keinen Millimeter verzogen.

»Aha, aha. Ich meine, ich verstehe nicht ganz. Rose ist … sechzehn, ja? Dann müsste sie in die elfte Klasse gehen, nicht wahr? Auf dem Louis-le-Grand, sagten Sie. Ich fürchte, das allgemeine Niveau des Gymnasiums in Lourdes …«

»Rose erhält Hausunterricht«, unterbrach ihn der

Graf. »Die Qualität ihrer Bildung ist mir selbstverständlich ein Anliegen. Und ihre Klavierstunden, denn vor März oder April wird sie die Musikschule nicht wieder besuchen können. Ich schicke jeden Samstag meinen Chauffeur, gleich nach dem Unterricht bringt er Joseph zurück. Gegen fünfzehn Uhr, wäre das recht?«

»Unterricht bei *dem*?«, platzte Rose heraus. »Der ist doch ...«

Sénac und ihr Vater warteten. Keiner der beiden hatte es verstanden. *Ein Waisenkind.*

»Er ist was?«

»Der ist doch ... bestimmt sehr beschäftigt.«

»Ich bin sicher, er wird es einrichten können, nicht wahr? Also abgemacht?«

»Sehr wohl, Herr Graf.«

»Fabelhaft, fabelhaft. Danke für Ihren freundlichen Empfang, Pater. Beim nächsten Mal sprechen wir ausführlich über die weiteren Investitionen zum Wohle unserer Schäfchen. Kommst du, meine Liebe?«

Seine Tochter schaffte es nur mit Mühe, sich von der Bank zu lösen, und als wäre alles meine Schuld, nahm sie ihre verbliebenen Kräfte zusammen und warf mir einen Blick zu, aus dem nichts als der Hass sprach. Am Klavier war sie ein Habenichts. Ich hatte sie mit ihrem Mittelmaß konfrontiert, und lange dachte ich, sie sei mir deswegen böse. Erst später verstand ich, dass sie mich um meine Freiheit beneidete. Eine noch unbeholfene Freiheit, ein linkisches Federknäuel im wackligen Zickzackflug, aber für zwanzig Takte war es geflogen wie der Steinadler, zu dem es eines Tages würde.

Rose lächelte, als sie an mir vorbeikam – sie war gut erzogen. Der Hass war unser erstes gemeinsames Geheimnis, ein solides Fundament, auf dem wir bald alles andere errichteten, Mauern der Verachtung, Wehrtürme der Gleichgültigkeit, Schießscharten, Ausfalltore, weite Gräben der Geringschätzung, der Schäbigkeit und der unterdrückten Wut, eine Festung aus Schatten und Groll, die sechs Monate später beim ersten Windhauch zusammenbrechen sollte, Beweis dafür, dass sie letztlich doch nicht so solide war.

»Setz dich und tipp.«

Nach dem Abendessen war ich auf Geheiß des Pfarrers wieder hochgegangen. Er deutete auf die Hermes 3000, ohne von seiner Bibel aufzuschauen. Ich war zu einem echten Könner geworden. Blatt, Walze, Hebel. Schieben, drehen, *klack*. Die Hermes 3000 war bereit.

»›Zu Händen des Herrn Departementsdirektors‹, neue Zeile, ›Bezug nehmend auf Ihre Anfrage zu Joseph Marty und Bitte um Einschätzung im Hinblick auf seine Unterbringung in einer Pflegefamilie muss ich Ihnen leider mitteilen, dass die psychische Labilität des jungen Mannes …‹ Du tippst nicht?«

Bei »Pflegefamilie« hatte ich aufgehört.

»TIPP!«, brüllte der Pfarrer.

Er war kreideweiß, fast sofort hob er entschuldigend die Hand.

»Weiter … Wir waren bei … Ach ja: ›dass die psychische Labilität des jungen Mannes, einhergehend mit einem Hang zur Lüge, mich zu meinem großen Bedauern zwingt, hierzu ablehnend Stellung zu nehmen‹, neue Zeile, du nimmst die übliche Grußformel, die weltliche, das ist für die Verwaltung.«

Die Buchstaben tanzten vor meinen Augen. Ich hatte fürchterliches Bauchweh.

»Stimmt etwas nicht, Joseph?«

»Sie hindern mich daran zu gehen.«

»Ich erlaube dir zu bleiben. Zu deinem Wohl. Und dem der betreffenden Familie.«

Er griff nach ein paar Unterlagen, setzte sich eine Brille auf die Nasenspitze.

»Die … Desmarets.«

»Unsere Nachbarn?«

Die Desmarets wohnten gegenüber von unserem Haus bei Paris. Alle beide ganz klein. Sie bezogen eine Rente, und wann immer wir sie fragten: »Was für eine Rente?«, antworteten sie: »Eine Rente für kleine Leute«, worauf sie schallend lachten. Uns ging das auf die Nerven, aber im Grunde mochten wir sie. Sie selbst hatten keine Kinder, nur diese rote Katze, die Henri fast mit dem Gewehr seines Vaters abgeknallt hätte. Und sie hatten angeboten, mich zu adoptieren. Mich aufzunehmen, ausgerechnet mich, der ich nichts wert war.

»Das ist nur übergangsweise, Joseph. In sechs Monaten können sie wieder einen Antrag stellen. Wenn es so weit ist, werde ich eine neue Einschätzung abgeben.«

»Mies ist das.«

Sénac beugte sich vor, atmete normal. Noch heute könnte ich nicht beschwören, dass er jemals laut geworden wäre. Vielleicht hatte er auch das »Tipp!« nur sanft gesäuselt. Für mich war alles Gebrüll.

»Was ist ›mies‹, Joseph?«

»Sie bestrafen mich.«

»Ich mag das Wort nicht. ›Bestrafung‹ heißt ›Rache‹. Ich spreche lieber von ›Besserung‹, denn sie kennt die Hoffnung, die Veränderung, so wie man einen Fehler verbessert. Du bist ausgerissen. Oder dachtest du, ich würde das durchgehen lassen, ohne ein Wort zu sagen? Und nachdem du nicht nur ausgerissen bist, sondern mir Auge in Auge versichert hast, ich könne dir eine zweite Chance geben, gehst du hin und spielst Klavier.«

»Nur um diesem Mädchen zu helfen.«

»Um ihr zu helfen oder um ihr zu zeigen, wie gut du spielst? Um ihr zu helfen oder weil es dich reizt, ein Verbot zu übertreten? Vom ersten Tag an habe ich dir empfohlen, dich vor deinem Stolz zu hüten. Ich habe viele gekannt, die so waren wie du, junge Menschen aus guter Familie, die erst spät ins Heim kamen und dachten, mit ihren guten Beziehungen könnten sie sich alles erlauben.«

»Ich schwöre, ich werde Ihr Klavier nicht mehr anfassen. Ich wusste nicht, dass es für Sie so wichtig ist.«

»Das ist nicht *mein* Klavier, es war schon da, als ich die Nachfolge von Pater Puig angetreten habe. Das ist ein Klavier, mehr nicht. Ich spiele nicht einmal. Aber für dich ist das Instrument eine Versuchung, dein altes Leben. Und dieses Leben ist vorbei. Im Confinium arbeiten wir an der Zukunft.«

»Sie sind nicht mein Vater!«

Ich hatte geschrien. Sénac nickte, auf diesen Moment hatte er sicher schon lange gewartet.

»Doch, Joseph, das bin ich. Sieh mal: Auch du nennst mich Pater, was nichts anderes bedeutet als Vater, und trotzdem glaubst du es nicht. Dein Vater bin ich aufgrund einer staatlichen Befugnis. Vor allem aber bin ich dein Vater durch die Gnade einer Mission, die unser Herr Jesus Christus vor langer Zeit dem ersten Apostel anvertraut hat. Wie Jesus verstehe ich deine Verzweiflung. Wie er werde ich den Tempel niederreißen und wieder aufrichten. Meine Aufgabe ist nicht, dir zu gefallen. Meine Aufgabe ist, dich aufzurichten.«

Er ging um den Schreibtisch herum.

»Knie nieder, denn du bist ein Sünder.«

»Ich dachte, Sie wollten mich aufrichten.«

Seine Hand packte mich im Nacken. Er war nicht sehr groß, auch nicht mehr jung, aber er war unglaublich stark.

»Gemeinsam bitten wir den Herrn, uns den Weg zu erleuchten, indem wir unsere Sünden bekennen. *Confiteor Deo omnipotenti …*«

Meine Knie stießen auf die Steinplatten. Ich suchte in mir nach der schützenden Wut, die mir so oft geholfen hatte. Vergeblich. Da waren nur große leere Echos.

»Mea culpa«, murmelte Sénac, *»mea culpa, mea maxima culpa …«*

Er drückte mir fest auf den Kopf, lenkte meine sündigen Augen zum Boden hin, auf meine verflochtenen Finger. Und als ich auf meine Hände schaute, sah ich es. Das Zeichen, an dem ich noch heute, sei es in der Menge, sei es in der Nacht, ein Waisenkind erkenne. Unter unzähligen anderen erkenne ich mit einem einzigen Blick einen Bruder. Es ist nur ein Detail.

»... *et dimissis peccatis nostris, perducat nos ad vitam aeternam.* Amen. Du gehst nicht eher schlafen, als bis du meine Korrespondenz erledigt hast.«

Nur ein Detail. Eine winzige Kleinigkeit.

Allen Waisenkindern zittern die Hände.

Um Mitternacht tippte ich immer noch, die Finger geschunden von *verbleibe mit* und *Bruder in Christus*.

Ich glaube nicht an Wunder, aber manchmal muss man sich den Tatsachen beugen. Gegen ein Uhr machte ich eine Pause. Ich rekelte mich, und dabei fiel mein Blick auf den vergessenen Band der Enzyklopädie, verwaist auch er, direkt neben einem Handbuch der Vogelkunde.

Das Wunder war nicht, dass ich nach dem Band griff. Souzix hatte mich gefragt, wer diese Therese sei, der Beethoven seine vierundzwanzigste Sonate gewidmet hatte, und ich dachte, ich würde sie darin finden. Ich warf einen Blick in den Flur – niemand. Das Buch war schwer, ich spüre noch sein Gewicht, schon verrückt, was das Leben zwischen T und Z wiegt. Theresen gab es etliche. Therese von Lisieux, Teresa von Avila, der Vorname war wie geschaffen für die Heiligkeit. Keine hatte Beethoven gekannt, die einen kamen zu spät, die anderen zu früh. Und ehrlich gesagt, keine sah aus, als hätte sie für Musik etwas übrig – die Enzyklopädie war bebildert.

Plötzlich das Geräusch von Schritten. Vor lauter Panik versuchte ich, die Enzyklopädie zurückzustellen. Aber meine Hände gehorchten nicht mehr, vom stundenlangen Maschinenschreiben waren sie steif. Die untere Kante stieß gegen das Regal, und statt an seinen Platz zu gleiten, rutschte der dicke Band ab und fiel zu Boden, die ledernen Flügel ausgebreitet, die Seiten nach unten. Ich wartete, vor Schreck wie gelähmt. Niemand kam herein, die Schritte verhallten. Grenouille auf seinem Rundgang vielleicht. Oder eine der Nonnen, geplagt von einem Zweifel und auf dem Weg zur Kirche, wo die Kälte der Ungewissheit den Garaus machen würde. Ich wartete noch einen Moment, ehe ich mich zu rühren traute. Schließlich langte ich nach dem Band.

Der Zufall hatte ihn aufgeschlagen.

Für diejenigen, die an Zufall glauben. Für mich kann ich das seit dieser Nacht nicht mehr sagen.

ES GIBT TAGE, da bin ich nur müde. Da werden mir die Finger schwer, da will ich nicht mehr spielen. Da denke ich: »Wozu das alles, sie kommt sowieso nicht.« Und ich komme mir feige vor. Denn andere haben diese Müdigkeit genauso gespürt, in Jazznächten, in denen das Blech den Morgen hinausblies, in Paris, Chicago, Johannesburg, in Spelunken, Townships, Kellerlöchern, in steifen Kirchen, wo selbst die Toten frieren, Klavierfinger, Trompetenfinger, Geigen-Orgel-Kontrabass-Saxophon-Finger, weiße Finger, schwarze Finger, Tausende von Fingern, die Musik schufen, um die Stille aufzulösen.

An solchen Tagen denke ich an die Wacht, und meine Hände werden wieder schön, voll jugendlichem Schwung. Ich bin Mitglied einer Geheimgesellschaft, einer so geheimen, dass sie auf ihrem Höhepunkt nur sieben Mitglieder zählte. Ich spreche nicht von diesen kindischen Verschwörungen, diesen Gesellschaften, die man sich zum Spaß ausdenkt. Die Wacht rettete Männer, die noch keine waren, noch nicht ganz.

»Hat dir das letzte Mal nicht gereicht?«

Sinatra zeigte seine Fäuste, als ich am 10. August 1969 die Klappe zum Dach anhob. Edison, Souzix, Fouine und er bildeten einen Kreis um ihr geflicktes Kofferradio. Fouine schaltete das Gerät sofort aus, aber eine Stimme hatte ich noch hören können. Eine Stimme, die ich bald kennenlernen sollte, eine zauberische Stimme, die über die Berge setzte, um die Täler in ihren Bann zu schlagen. So wie ich auch erfahren sollte, dass selbst ein Engel einen spanischen Akzent haben kann.

Die vier machten noch verwundertere Augen, als hinter mir Momo erschien.

»Wir wollen Mitglieder der Wacht werden.«

»Abgelehnt«, sagte Fouine und gab Sinatra ein Zeichen. »Na los, stempel ihnen die Birne, damit sie's kapieren.«

Sinatra kam heran, und als er sah, dass ich mich nicht rührte, blieb er stehen. So oft, wie er sich schon geprügelt hatte, wusste er, dass diese Ruhe die Ruhe des Bewaffneten war. Womit er richtiglag. Ich steckte die Hand in die Tasche, er duckte sich, wartete auf das Blitzen des Messers. Ich zog ein Blatt Papier heraus.

»Das ist eine Seite aus der Enzyklopädie vom Pfarrer. Wenn er sieht, dass ich sie rausgerissen habe, bin ich tot.«

Fouine zuckte mit den Schultern.

»Wir sind komplett. Eine Lexikonseite ändert daran nichts.«

»Das ist nicht *eine* Lexikonseite. Das ist die wichtigste. Das Einzige, was du von der ganzen Enzyklopädie kennen musst.«

Ich faltete das Blatt vorsichtig auseinander, gab mich lässig, aber meine Finger zitterten. Mit so einer Bombe hantiert man nicht, ohne ein wenig zu schwitzen. Vier

Gesichter erstarrten. Fast derselbe Effekt wie bei mir, wenn ich Beethoven spiele.

Die Seite begann mit VULTURNUS: *Südost-Drittel-Südwind im römischen Windsystem.* Versteht sich, dass römische Drittelwinde den Jungs schnuppe waren. Ihre Blicke hingen an dem nächsten Wort. VULVA. Und an der großen Abbildung darunter, in Schwarz-Weiß, eine ganze Viertelseite für sich, eine Viertelseite mit der Kartografie dieser Terra incognita und ihrer verblüffenden Formen, ausbuchstabiert in exotischer Kursivschrift: *Venusberg, Klitoris, kleine und große Schamlippen.* Die Zeichnung war von staunenswerter Genauigkeit, man erahnte den Ansatz der gespreizten Schenkel, konnte sich vorstellen, wie der Künstler, Zeichenblock in der Hand, nur wenige Zentimeter von seinem Modell entfernt lag, so nah, dass man sich fragte, wieso er nicht verbrannt war, erblindet oder wahnsinnig geworden durch diese intime Nähe, wie er die Kraft gefunden hatte, jedes einzelne Haar zu zeichnen und der rechten Schamlippe, die etwas offener war als die linke, einen so schönen Faltenwurf zu verleihen.

Edison glotzte mit offenem Mund, fasziniert von diesem futuristischen Mechanismus mit seinen unsichtbaren Verschraubungen. Sinatra zeigte ein herablassendes Grinsen, *wenn ihr glaubt, ich sehe das zum ersten Mal,* was durch die Beule in seinen Shorts ein wenig unglaubwürdig wirkte. Fouines Augen wanderten von der Illustration zu mir. Souzix fragte:

»Ist das ein Bär?«

»Das ist ein Mädchen, Idiot.«

Souzix schnappte sich das Blatt, Edison griff danach, Sinatra ging dazwischen. Ich hob die Hand, ganz ruhig, nahm das Blatt zurück.

»Einer nach dem anderen.«

Sie sahen mich verblüfft an, mit der Bewunderung, die demjenigen gebührt, der bei einem Erdbeben einen kühlen Kopf bewahrt. Meinen kühlen Kopf hatte ich trainiert. Ich hatte mir die Zeichnung am Tag zuvor ausgiebig angesehen, um mich daran zu gewöhnen, dabei konnte ich nicht wissen, dass man sich nie daran gewöhnt.

»Wenn Momo und ich Mitglieder der Wacht werden, gehört die Seite euch. *Uns*. Andernfalls …«

»Andernfalls?«

»Ich kann sie nicht allein aufbewahren, das ist zu riskant. Der Pfarrer könnte sie entdecken. Lieber verbrennen.«

Die vier wurden blass.

»Das würdest du nicht wagen«, sagte Sinatra.

»Ach, nicht? Erst einmal zerreiße ich sie.«

Ich hielt das Blatt mit zwei Fingern hoch und …

»Stopp!«, rief Fouine. »Schon gut, schon gut. Du, aber nicht der Debile.«

»Er heißt Momo. Nenn ihn noch einmal debil, und ich schlag dir den Schädel ein.«

Ich meinte es ernst, das sah er. Momo lächelte, Momo lächelte immer.

»Okay, kannst dich abregen. Ich stimme dafür. Und ihr?«

»Ich auch«, sagte Edison.

Souzix nickte feierlich. Nur Sinatra sah misstrauisch zu mir herüber.

»Woher sollen wir wissen, dass er uns nicht reinlegen will? Dass nicht Sénac dahintersteckt, um uns auszuspionieren?«

»Wenn Sénac wüsste, dass wir hier sind, würde er uns nicht nur ausspionieren.«

»Wie ihr wollt«, meinte Sinatra. »Aber wenn er ein Verräter ist, sagt hinterher nicht, ich hätte euch nicht gewarnt.«

»Also vier Stimmen dafür.«

Fouine gab mir die Hand, nach einem kurzen Zögern auch Momo.

»Willkommen bei der Wacht.«

Ich werde oft gefragt, ob ich die Seite wirklich zerrissen hätte. Natürlich nicht, aber aus anderen Gründen, als Sie denken mögen, auch wenn das Blut in diesem Alter ein wenig heftiger braust. Ich dachte an die Frau, die Modell gelegen hatte. Das war bestimmt nicht einfach, sich so zu zeigen, sich uns darzubieten. Das erforderte Mut. Und in dem Moment, als wir sie bewunderten, lebte die Frau irgendwo, ging im Morgenmantel ihrer häuslichen Tätigkeit nach, machte Kaffee. Vielleicht war sie schon alt, und die Zeichnung stammte von wer weiß wann, vielleicht schaute sie sich ebenfalls die Illustration an und tat beim Anblick ihrer jugendlichen Vulva einen wehmütigen Seufzer. Also nein, ich hätte sie nicht zerrissen. Ich wollte einer Heldin gegenüber nicht respektlos sein.

»Eins noch«, stellte Fouine klar. »Hier heißt es, jeder

für sich. Wenn dir etwas passiert, kennen wir dich nicht. Wenn *uns* etwas passiert, kennst du uns nicht. Wiederhol.«

»Jeder für sich.«

»Perfekt. Und jetzt haltet die Klappe. Alle beide. Wegen euch haben wir Marie-Ange zur Hälfte verpasst.«

Marie-Ange Roig. Als die Jungs an diesem Abend ihr Radio wieder anstellten, lernte ich sie kennen. Die ideale Frau, wie ein jeder von uns sie sich erschuf. Sie war eine Collage, eine unbeholfen zusammengepuzzelte Schönheit, von der wir hier und da Teile gesehen oder erahnt hatten. Wenn Camille sich in ihrem weiten ärmellosen Hemdchen bückte, um das Baby auf den Arm zu nehmen. Auf dem Titelblatt einer Zeitschrift bei einem Ausflug ins Dorf. Durchs Fenster des Busses, wenn wir im Hochsommer nach Lourdes fuhren und ein Cabrio uns überholte. Wir konnten endlos diskutieren, konnten vorbringen, die perfekte Frau sollte die Figur von Gina Lollobrigida haben oder von Sophia Loren, das Lächeln von Claudia Cardinale oder Grace Kelly, die Augen der Bardot oder von Marie Laforêt. Bei der Stimme aber waren wir uns einig. Das war die von Marie-Ange Roig, auch wenn die Tatsache, dass sie keinerlei Konkurrenz hatte, ihr einen etwas unfairen Vorteil verschaffte.

Marie-Ange führte durch den *Nachttreff*, und jeden Sonntagabend hörten wir die Sendung andächtig auf Sud Radio, es war der einzige Sender, den Edisons Gerät empfing. Ihre Stimme stieg von Andorra zum Pic Blanc hinauf. Dort schwang sie sich auf eine Mittelwelle, Wellenlänge 367 Meter (in den Jingles wurde das immer wieder betont, musste also wichtig sein), und rittlings auf der Welle stürmte sie die Gipfel, trotzte der Kälte, der Einsamkeit, den Stürmen, um zu uns zu gelangen – nie wäre uns in den Sinn gekommen, sie könnte zu anderen sprechen. Bei Gewitter kam es vor, dass die Stimme verloren ging, abgeworfen wurde, ihr Reittier vom Blitz erschlagen. Dann fürchteten wir, sie käme nicht wieder. Aber die Stimme war ewig. Auch jetzt, fünfzig Jahre später, denke ich gern, dass ihre verstreuten Echos noch mit Schallgeschwindigkeit auf die sich hinausschiebenden Grenzen des Alls zureisen. Dass eine ferne und unendliche Intelligenz sie eines Tages empfängt. Sie wird ihr verträumt lauschen. Und sich sagen, dass wir vielleicht dumm waren, aber schön.

Eine Stunde später übergab Marie-Ange das Mikrofon und entließ uns in eine Nacht, die nur ein wenig dunkler war, ein wenig kälter. Diese Täler zwischen den Schatten waren die gefährlichsten.

»Sollen wir ein Spiel spielen?«, schlug ich vor.

»Poker? Wir haben kein Geld.«

»Ist nicht nötig.«

»Wie willst du pokern ohne Geld?«

»Ich habe gar nichts gesagt von Pokern!«

»Du hast gesagt, du willst ein Spiel spielen, etwa nicht?«

»Er meinte vielleicht Black Jack«, warf Sinatra ein. »Dafür brauchst du auch Kohle.«

»Hört auf mit eurem blöden Geld. Einfach nur ein Spiel. Zum Spaß.«

»Zum *Spaß*?«

Sie verstanden mich nicht. Uns trennte immer noch ein Abgrund, auch wenn ich gerade ins Profilager der Waisen übergewechselt war.

»Ein Spiel nur zum Spaß kennen wir nicht.«

»Dann erfinden wir eins.«

Die vier schauten einander an. Ihr Leben lang warfen sie sich Blicke zu, um nicht hinzufallen, so wie man sich umschaut, um sicherzugehen, dass Papa das Fahrrad nicht doch loslässt, nachdem er die Stützräder abmontiert und geschworen hat, er würde einen festhalten.

»Wir könnten einen Traurigkeitswettbewerb machen«, schlug Edison vor, den es bei dem Wort »erfinden« gleich juckte.

»Was soll das sein, ein Traurigkeitswettbewerb?«

»Wer die traurigste Geschichte erzählt. Der Gewinner darf sich von jedem der anderen bei einem Dienst vertreten lassen.«

»Außer beim Kloputzen«, brummte Sinatra. »Das mache ich nicht zweimal.«

»Und Momo ist befreit«, sagte ich noch.

»Ich fange an«, verkündete Edison.

Über dem Delta des Senegal ging die Sonne auf. In der Kaschemme am Fluss, wo sie als Kellnerin arbeitete, hatte sich Edisons Mutter in einen gutaussehenden Herrn im Anzug verliebt, einen französischen Diplomaten, und der lud sie nach Frankreich ein, in den Jura, ins Büro der Vereinten Nationen, wo er arbeitete. Niemand hatte dem sechzehnjährigen Mädchen aus einem Vorort von Saint-

Louis gesagt, dass es im Jura kein Büro der Vereinten Nationen gab. Der Diplomat führte ein Transportunternehmen, immerhin, besser als nichts. Er brachte sie in einer kleinen Wohnung über einer Bar unter, wo er sie regelmäßig besuchte und wohin er manchmal Freunde schickte, um sein Einkommen aufzubessern. Edison war das Kind eines mehr oder weniger unbekannten Vaters, eines weißen Vaters, so viel stand fest. Eines Abends sagte der Diplomat zu Edisons Mutter, sie möchte ihn zu einer Soiree begleiten, und als die Schöne aus Saint-Louis, schon etwas erschöpft, fragte, was das sei, eine Soiree, erklärte er: »Ein Ort, wo man deine hübsche Schokoladenhaut zu schätzen weiß«, und dabei patschte er ihr auf den Hintern. Edison sollte nie erfahren, ob man die hübsche Schokoladenhaut seiner Mutter geschätzt hatte, denn auf dem Rückweg kamen der Diplomat und sie ums Leben. Vom Genuss des billigen Champagners hatte der Diplomat zwei Promille im Blut. Er krachte, Ironie des Schicksals, unter einen seiner Lastwagen, der am selben Abend eine Panne gehabt hatte und am Ortseingang auf der Landstraße liegen geblieben war.

Die anderen klatschten mit Kennermiene und drehten sich zu mir. Ich wollte ihnen von dem Flugzeug erzählen, sah wieder diesen Mann in seiner zu großen Jacke, den die Fourniers vertrieben hatten, seine erschütternde Gouache und den malträtierten Christus, und ich machte den Mund auf, aber kein Ton kam heraus, dafür kullerten mir zwei blöde Tränen aus den Augen. Endlich. Alle schauten woandershin.

»Zurückgezogen«, erklärte Fouine, dem der Kompass

nie abhandenkam, schließlich bewachte er den Norden. »Ich bin dran.«

Seinen Beitrag im Wettbewerb begann er mit dem Einsturz des Mietshauses, der seine Eltern das Leben gekostet hatte. Und schmückte aus, beschrieb die Welt, die über ihm zusammensank, aus der Perspektive unterm Bett und im Breitwandformat, ein echter Katastrophenfilm, eine von Miethaien gebaute *Titanic* aus herabhagelndem Beton und Putz, beschrieb den Staub, die Schreie, dann die Stille, als hätten die Bewohner im Maul dieser Haie endlich ihren teuren Schlaf gefunden, selbst der Schuster im Erdgeschoss, der normalerweise die ganze Nacht arbeitete. Das letzte Paar Schuhe, das er neu besohlt hatte, wurde unversehrt geborgen, und was die Besitzer ihm dafür schuldeten, legten sie ihm auf den Sarg. Fouine dachte sich das so aus, aber sein Publikum nahm es als Zeichen der Wertschätzung und geizte nicht mit Applaus.

Sinatra erzählte von seiner Mutter und Ol' Blue Eye und ihrem herzzerreißenden Abschied. Bald hatte die Krämerin aus Figeac dem Crooner geschrieben, dass sie schwanger war. Frank hatte geantwortet, er würde kommen. Aber er war nicht gekommen, weil man seine Mutter schon in die Geschlossene eingewiesen hatte, außerdem hätte der jüdische Agent des großen Sinatra ihn sowieso daran gehindert.

»Warum sein *jüdischer*?«, fragte ich.

»Woher soll ich das wissen, er ist Jude, und fertig. Hast du ein Problem damit? Bist du Jude?«

»Nein. Na ja, ein bisschen. Mein Großvater war Jude. Ich bin sozusagen ein Vierteljude.«

»So läuft das nicht bei den Juden. Entweder du bist einer oder du bist keiner. Aber egal. Wenn ein Viertel, sind das ja höchstens fünfzehn, zwanzig Prozent, das macht nichts.«

»Jedenfalls besser als hundert Prozent doof.«

Sinatra kniff misstrauisch die Augen zusammen, ich schenkte ihm mein schönstes Lächeln. Edison hätte beinahe losgeprustet.

»Ja, sicher«, sagte er schließlich.

Matter Beifall für Sinatra. Alle schauten zu Souzix. Der Kleine zuckte die Achseln.

»Ich habe keine traurige Geschichte.«

»Soll das ein Witz sein? Eine wirst du doch kennen, oder?«, sagte Fouine.

»Echt nicht.«

»Kann erfunden sein. Du belämmerst uns doch dauernd mit *Mary Poppins*. Ist das keine traurige Geschichte?«

»Woher soll ich das wissen.«

»Was, die kennst du nicht?«

»Ich habe ja nicht den ganzen Film gesehen. Meine Adoptivmutter und ihr neuer Freund hatten mich ins Kino mitgenommen, aber am Anfang der Vorstellung haben sie sich gestritten, und Jean-Pierre meinte, Suzanne wäre eine Schlampe, da ist sie rausgegangen, und als sie zurückkam, war Mary Poppins gerade mit ihren Freunden in einen Trickfilm gehüpft, und Suzanne hatte das Gewehr dabei, und Jean-Pierre hat geschrien, und da hat sie geschossen, überall war Blut, die Vorstellung musste abgebrochen werden, und dann ist die Polizei gekommen, deshalb ist Jean-Pierre auf dem

Friedhof gelandet und Suzanne im Gefängnis und ich habe *Mary Poppins* nie ganz gesehen, aber ich würde gerne jemanden finden, der den Film gesehen hat und mir das Ende erzählt. Also, tut mir leid, ich habe keine traurige Geschichte.«

In der Woche darauf übernahm ich von Souzix den Holzdienst, Sinatra musste den Hof kehren, Fouine zweiundvierzig Paar Schuhe putzen, Edison das Geschirr spülen. Souzix meinte, unsere Erwachsenenspiele, die verstehe er echt nicht.

DAS WARTEN ENDLOS. Jeden Samstag das Gleiche, außer an einem. Das Haus von Roses Familie, ein trutziger alter Kasten, stand dem Confinium in nichts nach, ein wahres Büßerhaus mit schwarzen Mauern am Ende eines Parks, dessen Wege sich im rechten Winkel kreuzten, die Klappläden und Palmzweige ein einziges Geflecht, verschlungen von einer Vegetation, die seit dem Tod des letzten Gärtners aus den Gewächshäusern und Blumenbeeten schoss. Im Winter, wenn es früh dunkelte, belebte sich der Ort mit verrückten Schatten. Ich ging schneller, fürchtete, ich könnte an einer dieser Kreuzungen dem Teufel unter seinem Filzhut begegnen, Pakt in der Hand. *Ich mache dich zum größten Musiker aller Zeiten. Ich sorge dafür, dass du den Rhythmus verstehst. Unterschreib hier.* An anderen Orten, anderen Wegkreuzungen, hatte so mancher unterschrieben. Paganini, der größte Geiger aller Zeiten, von dem es hieß, bei seiner Geburt habe seine Mutter ihre Seele verkauft. Der Bluesmusiker Robert Johnson, ein lausiger Gitarrist, der ein paar Wochen in Clarksdale, Mississippi, verschwunden war und danach virtuos spielte, der Teufel, raunte die Legende, habe an der Kreuzung der Highways 49 und 61 seine Gitarre gestimmt. Und soweit ich wusste, wohl auch Rothenberg, auf seiner Reise nach Polen. Nur dass Rothenberg genau wie Paganini zur Unterschrift gezwungen wurde. Nicht von seiner Mutter, sondern von Männern in gebügelter Uniform.

Für den ersten Unterricht hatte Grenouille mich zu dem Landsitz gebracht – Sénac hatte darauf bestanden und das Angebot des Grafen, seinen Chauffeur zu schicken, ausgeschlagen –, und wir fuhren mit dem alten Citroën DS, den die Behörden dem Confinium großzügigerweise überlassen hatten. Angeblich war das der ehemalige Dienstwagen eines Senators oder eines Staatssekretärs. Verdächtige braune Flecken zogen sich über die Rückbank. Wann immer eine der Nonnen in den Wagen stieg, sahen wir vergnügt, wie sie sich an die Tür drückte, die Flecken konnten ja von einer teuflischen Flüssigkeit herrühren.

Grenouille hatte mich während der ganzen Fahrt aus den Augenwinkeln beobachtet, auf den Lippen ein kleines Lächeln. Nur einmal, als er nach dem Knopf am Radio griff, sagte er etwas.

»Du magst Musik, habe ich gehört?«

»Ja …«

»Ich auch.«

Er nahm die Hand vom Radio und fing an zu singen:

»Gegen die Viets, gegen den Feind, wo die Pflicht auch ruft, Soldat Frankreichs …«

Er gab mir einen Klaps auf die Schulter.

 »Na los, sing! Du wirst doch nicht zur Polizei laufen und heulen, weil ich gesagt habe, du sollst singen, oder?«

»Ich kenne den Text nicht …«

»O *Legionär, der Kampf beginnt*, sprich nach, verdammt noch mal!«

»Der Kampf beginnt …«

»*Begeisterung und Tapferkeit, die leg in unsre Seelen …*«

»Begeisterung und Tapferkeit …«

»Sehr gut, mein Junge! *Und hagelt's Trümmer und Granaten, erstrahlt der Sieg im hellen Glanz.*«

Er wiederholte es, sah mich an und ließ einen Abschnitt der Straße aus den Augen, wo jede Kurve schon Leben zerstört hatte:

»*Erstrahlt der Sieg im hellen Glanz!* Das gefällt dir wohl nicht, dieses Lied … Magst du die Armee nicht?«

»Weiß nicht.«

»Wenn es nicht solche Kerle gäbe, gute Kerle, die sich für kleine Arschlöcher wie dich aufopfern, gäbe es Frankreich schon lange nicht mehr. Wir würden Muselmannisch sprechen oder Fidschi. Und weißt du, wer uns das eingebrockt hat? De Gaulle. Aber nicht nur der. Coty, Mendès France. Alles Schwächlinge. Magst du Schwächlinge?«

»Weiß nicht …«

»›Weiß nicht, weiß nicht …‹ Aber jammern, das kannst du, was? Bist du auch ein Schwächling? Warte, sag mir eins: Du bist doch kein Homo, oder?«

Seine Hand griff mir zwischen die Beine, packte sich, was sie dort fand, drückte zu. Lichter tanzten vor meinen Augen, mir wurde schlecht. *Nicht schreien*. Grenouille pfiff durch die Lippen.

»Na sag mal, da hast du ja ordentlich was drin!«

Er drückte fester.

»Wäre doch schade, wenn du nicht auf Damen stehst, so gut bestückt.«

Seine Hand verweilte dort, dann ließ er los, um am Lenkrad zu drehen. Der DS schaffte es gerade noch durch die Kurve. »Diese schwulen Drecksäcke«, brummte Grenouille und schüttelte den Kopf. Damit hatte es sich.

Jetzt wartete er im Wagen und rauchte bei offenem Fenster, während ich mich in einem dunklen Flur in Geduld übte, auf einer Eichenbank, in die sich im Laufe der Jahre magere jansenistische Hintern gegraben hatten. An der Wand vor mir wuchsen Pflanzen, ein exotischer, an diesem Ort niemals vermuteter Dschungel. Stapelien, indisches Blumenrohr, chinesischer Dingel, farbige Grafiken aus dem achtzehnten Jahrhundert von der Decke bis zum Boden. Manche der Namen verloren sich im Dunkeln. Jeden Samstag geduldete ich mich eine lange Stunde, bis Rose mich empfing, und das, wie ich annahm, für nichts und wieder nichts. Aber da hatte ich mich geirrt, ich wartete nicht vergeblich, nur erfuhr ich das erst später, am Samstag, dem 7. Februar 1970.

Nicht dass ich besessen von Daten wäre. Aber ich habe nun mal versprochen, nichts zu vergessen. Und ein 7. Februar ist kein 12. März und auch kein 8. April. Das Licht ist nicht dasselbe. Die Blumen sind nicht dieselben, abgesehen von denen, die ein geduldiger Grafiker in großen schwarzen Rahmen einbalsamiert hat.

Nach einer Stunde führte mich die Hauslehrerin in einen Salon. Petrolfarbener Pullover, weiße Hose – meine Schülerin hockte schlaff vor einem Anfängerklavier von Kawai. Unter den Deckenfresken mit ihren Putten, die sich an stuckenen Gestaden tummelten, nahm sich dieser Klimperkasten wie ein Fremdkörper aus. Rose grüßte mich nicht, schaute mich nicht an. Sie rückte nur ein Stück auf der Bank, so weit wie möglich, damit ich mich setzen konnte, ohne dass sie eine Ansteckung zu befürchten hatte. Ihre Mutter kam herein, eine kleine, kränkliche Frau, die nur ein »Ach, du bist es, das Waisenkind« fallen ließ. Sie sagte es nicht verächtlich, sondern im Ton einer Krankenschwester, die den Gestank von Wundbrand gewohnt ist. Nachdem sie der Hauslehrerin bedeutet hatte, in einer Ecke Platz zu nehmen, verschwand sie. Die alte Frau gab die ganze Stunde, die der Unterricht dauerte, die Anstandsdame, eine recht unnötige Vorsichtsmaßnahme, so tief saß der Hass zwischen Rose und mir. Aber so hatte es bei Tristan und Isolde auch angefangen, und die Familie wollte nicht riskieren, dass jemand eines Tages eine Oper über uns schrieb.

Rose war blass, arrogant. Rose war dünn wie ein indisches Blumenrohr und genauso unmusikalisch. Auf einmal hatte ich Mitleid mit Rothenberg – vielleicht war ich ja seine Rose. Trotz der Kratzer, die ich seiner Person zugefügt hatte, hatte mein alter Meister mich jahrelang gefördert, sein einziger Protest erschöpfte sich in einem gelegentlichen Klaps auf den Hinterkopf. Nach dreißig Minuten war die Hauslehrerin eingeschlafen und schnarchte. Rose nahm die Hände von den Tasten.

»Das reicht. Jetzt du, du musst nur spielen und ab und zu einen Fehler machen, dann denken sie, dass ich das bin.«

Spielen, ich wollte nichts lieber. Aber dieses Mädchen zog mich in etwas hinein, was mich lähmte. Die Luft zwischen uns verhärtete sich, die Luft dieser schweren Träume, in denen ich durchs Flugzeug zum Cockpit rannte, wo der Pilot die falsche Entscheidung traf. Sie nahm sich ein Buch und ignorierte mich, ich schlug ein paar fahrige Akkorde an. Wer zuerst den Mund aufmacht, soll vor dem anderen auf die Knie gehen. Ich hatte auch meinen Stolz.

»Was macht dein Vater eigentlich?«, fragte ich.

»Er ist in der Industrie.«

»Warum fahrt ihr nicht zurück nach Paris, wenn du in die elfte Klasse gehst?«

»Du wirst nicht dafür bezahlt, dass du Fragen stellst.«

»Ihr bezahlt mich überhaupt nicht.«

»Wir bezahlen dein Waisenhaus, das ist dasselbe.«

»Das ist nicht *mein* Waisenhaus. Ich hasse es.«

»Kannst ja gehen.«

»›Kannst ja, kannst ja‹, das funktioniert bei euch vielleicht, bei euch Adligen, aber nicht bei uns.«

»Ich bin nicht adlig.«

Ich musste lachen, stolperte durch ein Arpeggio und meinte:

»Tja, das hast du jetzt gespielt. Stimmt, nach blauem Blut klingt das nicht, das klingt nach gar keinem Blut.«

Rose stand auf, seelenruhig. Von Westen flutete ein Schwall Sonnenlicht herein. Sie strahlte, ihre Hose weiß wie ein verschneiter Tag, die Arme leicht vom Körper abgewinkelt. Sie atmete zart – ich wusste gar nicht, dass man zart atmen konnte. Als unbedarfter kleiner Hirte wäre ich vor dieser hochmütigen Jungfrau auf die Knie gefallen. Ich hörte die Stimme von Monsieur Fournier, sah seine Miene, wenn er mir auf den Rücken klopfte und mich mit einem plumpen Augenzwinkern fragte: »Na, was guckst du so? Ist dir im Traum die Jungfrau erschienen?« Und im selben Moment musste ich an die Enzyklopädie denken, die verdammte Enzyklopädie, die prompt alles in Gang setzte, die Illustration schob sich über ihre weiße Hose, und ich stellte mir ihre Vulva vor, in Farbe, in diesem hinreißenden Florentiner Rosa der Engel auf Pontormos Fresken. Rose beobachtete mich. Noch heute bin ich mir sicher, dass sie Bescheid wusste. Frauen wissen immer alles. Sie sehen kopfschüttelnd zu, wie wir fallen, aus allen Wolken fallen, aus der Rolle fallen, in Löcher fallen, im freien Fall, wie wir tief fallen, auf die Knie fallen, fallen und fallen, wir, die wir geschworen hatten, auf den Höhen des Lebens zu wandeln.

Sie weckte die Hauslehrerin.

»Der Unterricht ist zu Ende. Sie können ihn zurückbringen.«

Wenn ich an Rose denke, sehe ich sie immer in dieser Haltung. Den Kopf ein wenig geneigt, alle Schrecken verborgen hinter einem Lächeln, einem karnevalesken Lächeln, zugleich anklagend und tröstlich. Es würde mich nicht wundern, wenn beim Anblick ebendieser Haltung, ob von ihr oder einer anderen, ein kleiner schwindsüchtiger Neapolitaner namens Pergolesi vor fast dreihundert Jahren das *Stabat mater* vertont hätte, bevor er seine Feder niederlegte und für immer entschlief.

Im Baltischen Bahnhof von Sankt Petersburg gab es um das Jahr 2010 ein fantastisches öffentliches Klavier, einen alten Bösendorfer. Wennschon, dennschon, sagte man sich dort. Ich spielte seit einer halben Stunde, wartete auf meinen Zug, und ich hatte gerade mit der Sonate Nr. 9 begonnen, als hinter mir Gelächter erscholl. Zwei Polizisten, unter ihren Schapkas fröhliche Gesichter. Aber sie lachten nicht über mich, sondern über ihre Hunde, zwei Deutsche Schäferhunde, die sich an ihren Leinen nebeneinander hingehockt hatten, um mir, die Köpfe leicht geneigt, zuzuhören. Sie werden mir sagen, die Deutschen haben die Musik im Blut. Die Hunde jedenfalls reagierten mit Kennerohren und erschauerten bei den Chromatismen im ersten Satz. Sie spürten in dieser Komposition, die manche für zweitrangig halten, bereits die kommenden großen Sonaten. Bis zum Schluss blieben sie reglos sitzen, und ihre Herrchen, die nicht länger lachten, hörten ebenfalls zu. Als ich zu Ende gespielt hatte, deutete einer der Polizisten auf die Schäferhunde und sagte etwas auf Russisch, und als er sah, dass ich nicht verstand, sagte er noch einmal, mit starkem Akzent: »*The dogs, they very happy.*«

Schostakowitsch, der vernarrt war in seinen Terrier Tomka, sagte, wenn Hunde ein so kurzes Leben hätten, dann weil sie sich alles so zu Herzen nähmen.

Pergolesi wurde sechsundzwanzig. Mozart fünfunddreißig. Schubert einunddreißig, Purcell sechsunddreißig, Lili Boulanger vierundzwanzig. Und selbst Brian Jones, Gründer der Stones, nur siebenundzwanzig. Die meisten Großen sind nicht sehr alt geworden. Mögen die Rechtsmediziner sagen, was sie wollen, ich sage Ihnen, das Problem ist immer das Herz.

»Na los, erzähl!«, drängten mich die anderen am nächsten Abend. »Wie war's bei der reichen Schnalle?«

Momo saß mit Asinus in einer Ecke der Terrasse. Er lächelte. Binnen einer Woche hatte sich sein Status im Waisenhaus geändert. Fouine hatte sich eines Morgens im Hof neben ihn gesetzt, hatte mit ihm *gesprochen*, und die Hyänen, die den kleinen Schwarzfuß normalerweise in der Pause drangsalierten, hatten schnaufend und stinksauer einen Rückzieher gemacht. Der kleine Schwarzfuß, wie er trotz seiner eins achtzig und seines Schnurrbarts genannt wurde, stand nun unter dem Schutz eines Königs.

Ich hatte immer geglaubt, Momo würde die ganze Zeit lächeln. An diesem Abend wurde mir bewusst, dass man ein einfaches Verziehen der Lippen – die einzige Bewegung, zu der sein Gesicht imstande war – nicht mit Freude verwechseln durfte. Die wahre Freude sprach aus seinen Händen, die, statt leblos herabzuhängen, das Fell des Esels zausten. Sie war abzulesen an seinem verkürzten Blick, an seinen gebannten Augen, die Oran vergaßen und nicht länger am Cap de l'Aiguille den leeren Horizont absuchten, um sich endlich der Gegenwart zuzuwenden. In diesen seltenen Momenten schien Momo *wirklich* bei uns zu sein, als würde seine Umlaufbahn mit einem Mal die unsere streifen. Die Ellipsen berührten sich, ehe sie wieder auseinandergingen.

»Er-zähl! Er-zähl!«, riefen die anderen.

»Was erzählen?«

»Mensch, der Klavierunterricht. Das Mädchen.«

»Hast du sie nackt gesehen?«, wollte Souzix gleich wissen.

»Spinnst du?«

»Man sieht ein Mädchen nicht einfach so nackt«, erklärte Fouine generös. »Das ist ganz schön schwer.«

Souzix hörte mit ernster Miene zu – Fouine war der Einzige, den er wirklich respektierte.

»Wie dann?«

»Man muss darauf hinarbeiten. Wie bei der Jagd auf ein seltenes Tier. Man darf sie nicht erschrecken, aber auch nicht zögerlich sein.«

»*Du* musst dafür arbeiten«, schaltete Sinatra sich ein. »Mein Vater braucht bloß mit dem Finger zu schnippen, und das Mädchen zieht sich aus.«

»Stimmt«, meinte Edison. »Bei deiner Mutter hat das funktioniert.«

»Sprich nicht so von meiner Mutter, du Popel!«

Sie sprangen sich an den Hals, wurden voneinander getrennt. Fouine schaute zu mir.

»Also, erzählst du jetzt oder erzählst du nicht?«

»Ich habe nichts zu erzählen. Das Mädchen versteht nicht die Bohne von Musik.«

»Dann bringst du es ihr eben bei. Darum geht's doch, oder?«

»So einfach ist das nicht.«

Fouine zog einen Schokoriegel aus der Tasche, den er sich im Laufe der Woche erhandelt hatte, ein wahrer Schatz mit Puffreis, wofür er ordentlich hatte jonglieren müssen, er hatte mehrere Dienste zusammengelegt und im Paket verkauft. Er biss ein Stück ab und reichte ihn weiter an mich.

»Musik ist doch einfach, oder?«

»Nein. Das hat etwas mit Rhythmus zu tun. Alle Großen haben ihn. Selbst die Stones.«

»Die wer?«

»Soll das ein Witz sein? Ihr kennt die Stones nicht?«

»Wir kennen Sinatra«, sagte Sinatra.

»Der hat auch Rhythmus. Wie die Stones.«

Sinatra machte ein überraschtes Gesicht, wahrscheinlich war er nie so nah dran, mich zu mögen. Edison blinzelte nervös, er wollte verstehen, worum es ging.

»Was soll das sein, dieser Rhythmus?«

»Keine Ahnung, muss man hören.«

»Ist das was Reales?«

»Natürlich ist das was Reales. Es gibt nichts Realeres.«

»Ist das was Wissenschaftliches?«, ließ Edison nicht locker. »Schickt das Raketen zu den Sternen?«

Zumindest auf diese Frage, und das war die einzige, hatte ich eine Antwort.

»Klar doch, das schickt Raketen zu den Sternen.«

ROTHENBERG BESTAND DARAUF, wegen seines Beins. Meine Mutter bestand darauf, weil es eine gute Tat war. Mein Vater bestand darauf, weil meine Mutter darauf bestanden hatte.

An einem Tag im Februar, ein paar Monate vor dem Unfall, begleitete ich also meinen alten Lehrer, der seit seiner Hüftoperation hinkte, ins elfte Arrondissement. Eine echte Strafe, was ich seufzend und augenrollend allen zu verstehen gab, außer Rothenberg, vor dem hatte ich Angst. Meine Eltern fuhren immer mit dem Auto, aber Rothenberg legte Wert auf *öffentliche* Verkehrsmittel.

In der Metro schwieg Rothenberg. Ich fühlte mich zu einer Unterhaltung verpflichtet.

»Haben Sie gesehen, dass man Menschen auf den Mond schicken will?«

Er zuckte zusammen, sah mich zerstreut an und antwortete nichts.

In der Rue du Dahomey Nummer 2 verdeckt eine Art-déco-Fassade ein großes Atelier. *Verdeckte*. Die Fassade wurde inzwischen zerstört, weil sie schön war. Wir mussten klingeln. Ein Mann öffnete, schlichter Anzug, hochmütige Augenbrauen. Er schaute auf Rothenberg hinab, der einen Kopf kleiner war als ich und in einem Anzug schwamm, den er 1945 gekauft haben musste, aus zweiter Hand. Ich schämte mich fürchterlich. Dem Mann war sein Erschrecken anzusehen, bestimmt wollte er schon die Polizei rufen.

Aber er rief nicht die Polizei. Er verneigte sich fast bis zum Boden.

»Monsieur Rothenberg, ich wusste nicht, dass Sie heute kommen.«

Er trat einen Schritt zur Seite, klatschte in die Hände. Zwei andere Männer, die ihm seltsam ähnlich sahen, nur jünger, führten uns mit den gleichen Verbeugungen hinein. Unter einem spinnwebartigen stählernen Gewölbe standen zwei Dutzend Klaviere in ihrem schwarzen Kleid und brannten vor Ungeduld. Das Parkett glänzte, auf einem glänzenden Silbertablett kamen zwei glänzende Porzellantassen – Rothenberg lehnte mit einer knappen Handbewegung ab. Der Geruch von Wachs und Lack machte mich schwindlig.

»Hat Rudolf Ihnen nicht gesagt, dass ich komme?«, fragte der alte Leopard, ungeduldig auch er.

»Aber ja doch, Monsieur Rothenberg, nur hat Monsieur Serkin uns leider nicht gesagt, an welchem Tag. Seien Sie unbesorgt, alles ist bereit, der Klavierstimmer war gestern da. Nur ein paar Minuten noch. Ich denke, Sie werden zufrieden sein.«

Der Mann verließ rückwärts den Raum. Ich beobachtete Rothenberg, fasziniert von diesem König ohne Thron, mit dem ich verkehrte, ohne ihn zu kennen.

»Warum siehst du mich so an?«

»Man behandelt Sie wie… Sind Sie berühmt oder so?«

»Was dachtest du? Ich wäre nur ein alter Jude aus Noisy-le-Grand? Wer sagt dir, dass ich nicht vor dem Krieg ein vielbewunderter Pianist war? Dass ich nicht auf der ganzen Welt Hallen gefüllt habe, tumbe Klötze zum Weinen gebracht? Wer sagt dir, dass ich mich nicht fürs Verstummen entschieden habe, weil es mir reichte?«

»Ja, sicher, ich…«

»Lass dich nicht auf den Arm nehmen. Ich bin nur ein alter Jude aus Noisy-le-Grand. Dafür habe ich ein paar sehr berühmte Freunde, und die vertrauen mir, wenn es um die Auswahl ihrer Klaviere geht.«

»Aber…«

»Was aber?«

»Wenn Ihre Freunde so berühmt sind und Ihnen vertrauen, was macht das dann mit Ihnen?«

Er nickte.

»Sehr gute Frage.«

Das war alles. Mit den Händen hinterm Rücken wartete er, schaute auf das Parkett, eine von schwarzen Ungeheuern bewohnte Ebene im Fischgrätmuster. Der Mann im Anzug kam wieder herein.

»Hier entlang, Monsieur Rothenberg. Monsieur?«

Ich hätte beinahe hinter mich geschaut, als er mich »Monsieur« nannte. Auf einem Podest im hinteren Teil des Raums wartete, über seine Horde Klaviere wachend, ein majestätischer Steinway. Ein Gehilfe brachte einen Hocker, ein anderer ein Kissen. Rothenberg schob beides beiseite. Er stellte sich vor das Instrument, das mit offenem Maul der Dinge harrte, bereit, den kleinsten Fehler zu bestrafen. Er strich über die Tasten.

»Zwölftausend Teile. Das Holz stammt aus dem Wald, wo schon Antonio Stradivari sein Holz geschlagen hat. Der Rahmen muss eine Zugkraft von zwanzig Tonnen aushalten. Wiegt das nicht alle deine Raketen auf?«

»Kommt drauf an«, sagte ich. »Wenn man zum Mond fliegen will, nicht.«

Rothenberg winkte ab.

»Ein Metronom.«

Man brachte ihm ein Metronom. Er stellte es auf 60 ein, schaute zu mir und spielte Gis, Cis, E, dreimal hintereinander. Die ersten Töne der Nr. 14 für die rechte Hand.

»Was sind das für Intervalle, Joe?«

»Eine Quarte und eine kleine Terz.«

»Sehr gut.«

Er spielte dieselben Töne ein weiteres Mal, wieder dreimal hintereinander, im selben Tempo, ohne Rubato, ohne Pedal, scheinbar ohne irgendetwas zu verändern. Aber sie klangen anders, und ich hätte am liebsten geweint. Der Mann im Anzug hatte seine Augen geschlossen.

»Welche Intervalle, Joe?«

»Immer noch eine Quarte und eine kleine Terz.«

»Findest du, das hat gleich geklungen?«

»Nein.«

»Also, welche Intervalle?«

»Ich verstehe gar nichts, Monsieur Rothenberg. Zwischen Gis und Cis ist …«

»Ist *metziut*. Die wahre Wirklichkeit der Kabbalisten, das Licht, das alle Dinge miteinander verbindet. Ist der Rhythmus. Du brauchst keine Rakete, um zum Mond zu fliegen. Der Mond ist da, in deinen Fingerspitzen. Ludwig ist schon vor hundertfünfzig Jahren ins All gereist, und Bach, und Pergolesi, und Schumann, der ist sehr früh auf die Reise gegangen. Und ich sollte es nicht sagen, aber vielleicht auch Wagner, dieser antisemitische Drecksack. Alle diese Männer haben lange Spaziergänge in der Schwerelosigkeit gemacht. Sie kennen die geheimen Namen der Sterne. Also, bei deinen Raketen kann ich nur lachen.«

Er wandte sich an den Mann im Anzug.

»Ein gutes Klavier, das bekommen Sie leicht verkauft. Aber nichts für Rudolf. Es ist nicht gestimmt.«

Der Mann lächelte gequält.

»Das verstehe ich nicht. Der Klavierstimmer war gestern da. Wir können ihn noch einmal kommen lassen …«

Rothenberg schnaufte verärgert. Seine Hand zitterte.

»Das Klavier ist mit sich selbst gestimmt, ohne Zweifel. Aber mit sich selbst übereinzustimmen ist nicht schwer, oder? Viel schwerer ist es, hiermit im Einklang zu sein.«

Er breitete weit die Arme aus, vor den perplexen Augen des Mannes. Dann knallte er mir eine auf den Hinterkopf.

»Kommst du jetzt, Idiot?«

»SCHNELL, SCHNELL!«

Fouine schüttelte mich, die anderen waren schon auf. Es war stockfinster.

»Eh, was ist los?«

Das ganze Waisenhaus ächzte in den Fängen eines Windes, der ihm mit der grausamen Geduld eines Gegners, der weiß, dass er schon gewonnen hat, Atom für Atom herunterriss.

»Wir gehen hoch«, sagte Edison.

»Ist doch nicht Sonntag…«

Ob Sonntag oder nicht, sie zogen los. Ich folgte ihnen zwischen den schwankenden Wänden, in den Augen der Schlafsand.

»Und wenn wir Grenouille begegnen?«

Aber Grenouille würden wir nicht begegnen. Windbaden war angesagt, ein weiteres Ritual der Wacht und so selten, dass ich mich glücklich schätze, es erlebt zu haben. Einmal alle drei Jahre trafen zwischen Frankreich, Spanien und den Weiten ferner Ozeane einzigartige Wetterbedingungen aufeinander, ein Phänomen, das eine synoptische Welle in Gang setzte, einen furchterregenden Rotor, der sich in unserem Tal austobte, während es ringsum, kaum einen Kilometer weiter, windstill war. Generationen von Waisenkindern schworen, dass sich in diesen Nächten das ehemalige Priorat ein paar Zentimeter hob, ehe es auf seine Fundamente zurückkrachte. Grenouille und Étienne blieben in ihren vier Wänden. Rausgehen war zu gefährlich, das konnte warten bis zum nächsten Tag.

Als Fouine gegen die Klappe drückte, schlug sie sofort auf, ein Windstoß hätte sie fast aus den Angeln gerissen. Ich hatte Angst, richtig Angst. Fouine kroch über die Terrasse, die anderen hinterher. Souzix hielt sich an ihnen fest. Momo war in dieser Nacht im Krankenzimmer. Er hatte auf dem Flur versehentlich den Pfarrer angerempelt, und der hatte ihn gezwungen, seine Suppe mit der Gabel zu essen. Ein epileptischer Anfall hatte Momo kopfüber in den Teller getunkt. Alle hatten gelacht, wir zuerst, bis wir merkten, dass er zwischen Rüben und Kartoffeln in einer Pfütze ertrank.

»Was machen wir hier überhaupt?«

Kein Ton kam aus meinem Mund. Die anderen brachen in Gelächter aus – kein Ton kam aus ihren Mündern. Fouine rückte zu mir herüber, auf allen vieren, und legte seine Lippen an mein Ohr, schrie etwas hinein. Ich hörte nur ein Flüstern.

»Heute ist Windbaden! Du kannst alles sagen, was du auf dem Herzen hast, niemand wird es erfahren! Mach's wie ich!«

Er stemmte sich mit beiden Füßen in die Fuge zwischen Terrasse und Mäuerchen, breitete die Arme aus und hob den Oberkörper ein Stück an. Der Wind erfasste ihn wie ein Segel und richtete ihn mit einem Ruck auf. Er schlug einen Moment um sich, ehe er seine Position fand und in einem Winkel von fünfundvierzig Grad wie auf einem Luftkissen schwebte. Die anderen machten es ihm nach. Selbst Souzix, der ein paar Jahre vorher, als sich das Phänomen zuletzt ereignete, fast weggeflogen wäre. Sie hatten ihn gerade noch an den Socken packen können. Er sagte, er erinnere sich nicht, das hätten sie bloß erfunden. Die Gefahr aber war echt. Der Wind blies so heftig, dass er einen Menschen fortwehen konnte. Oder ihn enthaupten, wenn sich am Dach eine Schieferplatte löste.

Sinatra, Fouine, Edison und Souzix lehnten jetzt im Wind, die Füße gegen das Mäuerchen gestemmt, die Arme Deltaflügel. Sie kreischten, und ich hörte nichts, nicht einen Laut. Vielleicht beschimpften sie die Götter, vielleicht beteten sie, vielleicht schleuderten sie in einen Himmel, wie niemand ihn je gesehen hatte, eine alles verheerende Flut von reinem Gold, das zu einem Kometen wurde und sich auf den Weg machte, ferne Galaxien zu kitzeln. Es war egal, was sie sagten oder nicht sagten. Hauptsache, sie schmetterten es hinaus, mit aller Kraft, um die Luft herauszulassen und so viel neue aufzunehmen, dass es für die nächsten drei Jahre reichte.

Ich brauchte eine Weile, bis ich die richtige Stellung gefunden hatte. Mehrere Male kippte ich nach hinten, war das jämmerlich flatternde Segel eines Schiffes im Wind. Beinahe hätte ich aufgegeben, aber ich beneidete die anderen um ihr strahlendes, fast schon obszönes

Glück. Also kämpfte ich weiter, versuchte es wieder und wieder, bis ich spürte, wie eine große Hand mich nahm und mühelos anhob. Ich schmiegte mich hinein in dieses brüllende Monster und ließ es durch meine geöffneten Finger sausen. Und aus Leibeskräften schrie ich, schrie aus vollem Hals, und trotzdem konnte ich meine eigene Stimme nicht hören. Es war ein unglaubliches Gefühl. Ich schrie und schrie und übergab alles, was sich in mir gestaut hatte, dem Wind.

Ich war leer, endlich glücklich. Glücklich und erfüllt vom Stolz eines Sohnes. Ich hatte geschafft, woran meine Eltern gescheitert waren.

Ich konnte fliegen.

MEIN LEBEN HÄTTE SO weitergehen können, ein Leben am Ende eines Tals. Ich wäre heute Klempner oder Elektriker, die beiden einzigen Berufe, die wir angeboten bekamen, wenn ein örtlicher Handwerker mal einen Lehrling brauchte, keinen fand und sich schweren Herzens entschloss, »da oben« nach einem zu suchen, im Confinium. Das Leben wäre von Samstag auf Samstag weitergegangen, von Klavierstunde zu Klavierstunde. Rose hätte weiterhin Dior getragen, ihre blutleere Schönheit hätte mich weiterhin spüren lassen, wie hässlich ich war, wie arm mit meinen klobigen Schuhen, die jemand vor mir schon ausgetreten hatten, bei jedem oder fast jedem Wetter in Shorts. Immerhin hatten Rose und ich zu einer Art Übereinkunft gefunden, einem Pakt, geschmiedet in der dunklen Stille der Flure und besiegelt unter den Engeln an der Decke, die ein rissiges Auge auf uns hatten. Wir konnten uns nicht ausstehen. Das hatten wir gemeinsam, das war unsere Leidenschaft. Wir erwarteten voneinander nichts als diese Verachtung – sie für meine Situation, ich für ihre linkischen Finger –, und kaum trat ich in den Salon, schenkten wir sie uns mit dem

Eifer zweier Liebender, ein Blick genügte, Reden war nicht nötig. Den Mund machte ich nur auf, um einen Fingersatz oder ein Legato zu korrigieren, und sie, um ein »Danke« fallen zu lassen, aus dem das Gegenteil sprach. Die Hauslehrerin schlief immer nach dreißig Minuten ein. Rose verschwand dann in einem Buch und ignorierte mich, ich spielte halbherzig und tat, als säßen wir zu zweit an diesem Klavier, das nicht klingen wollte, es war so schlecht gestimmt, dass es keine Hoffnung gab, es könnte jemals mit sich selbst übereinstimmen.

Das Leben wäre so weitergegangen, und ich würde nichts erzählen, würde mein Schweigen durch die Welt tragen, hätte Sénac mich nicht an einem Abend im September, als der Frost über die Fensterscheiben kroch und aus jedem Stein die Kälte quoll, nach dem Essen in sein Büro gerufen. Grenouille wartete in einer Ecke, strammgestanden, sein steifes Bein ein wenig seitlich ausgestellt, von dem anderen getrennt wie das Spielbein einer Ballerina, eine Haltung von monströser Schönheit. Souzix brachte dem Pfarrer seinen Abendtee. Sénac war in seiner Lieblingshaltung erstarrt, die Hände unter dem Kinn gefaltet. Ein Finger löste sich und bedeutete mir, mich zu setzen.

»Du fühlst dich wohl hier, Joseph, nicht wahr?«

»Ja, Herr Pfarrer.«

»Gut, sehr gut. Das freut mich.«

Souzix goss den Tee ein, ohne einen Tropfen zu verschütten, mit dem feierlichen Ernst des Messdieners, der er jeden Sonntag war.

»Ich habe mich etwas gefragt. Weißt du, wer Hieronymus von Stridon ist?«

»Nein, Herr Pfarrer.«

»Du kennst ihn sicher besser unter dem Namen heiliger Hieronymus. Weißt du, weshalb der heilige Hieronymus berühmt ist?«

Das wussten wir alle. Das einzige Fresko in der Kirche zeigte die Szene an der Wand der Apsis. Jeden Sonntag glotzten wir darauf, stumpf vor Langeweile, glotzten darauf an Festtagen, glotzten darauf an normalen Tagen, wann immer der Pfarrer Lust auf eine Messe hatte.

»Weil er einem Löwen einen Dorn aus der Pfote gezogen hat.«

Sénac lachte. Ich hatte ihn noch nie so gut gelaunt gesehen.

»Gewiss, ja, so geht die Legende. Vor allem aber ist Hieronymus von Stridon der Verfasser der ersten lateinischen Übersetzung des Alten Testaments, angefertigt nach dem hebräischen Originaltext. Bis dahin erfolgten die Übersetzungen auf der Grundlage bestehender griechischer Übersetzungen, nie nach dem Originaltext. Es waren, wenn du so willst, Übersetzungen von Übersetzungen. Tausend Jahre später war die Bibel des Hieronymus das erste von Gutenberg gedruckte Buch. Interessant, nicht wahr?«

»Sehr interessant, Herr Pfarrer.«

»Du fragst dich bestimmt, warum ich dich heute Abend heraufgeholt habe, wo du am liebsten ins Bett gehen möchtest. Warum diese alten Geschichten. Das fragst du dich, Joseph, nicht wahr?«

»Ja, Herr Pfarrer.«

»Der Bischof, musst du wissen, hat mir die Ehre erwiesen, mich um einen kleinen Vortrag über das Thema zu bitten, keine große Sache, pah, eine Stunde höchstens, anlässlich einer … Egal, der Anlass spielt keine Rolle. Was diese Übersetzung betrifft, die der heilige Hieronymus angefertigt hat und die gemeinhin die Vulgata genannt wird, habe ich mich nun gefragt, wann genau sie verfasst wurde. Ich würde mich ungern irren. Und da du mein Privatsekretär bist, und als solchem habe ich dir mein volles Vertrauen geschenkt, das Vertrauen eines Vaters, habe ich dich heraufgeholt, damit du mir hilfst. Zufällig habe ich hier den Band einer Enzyklopädie, den einzigen, den Pater Puig bei seiner Pensionierung zurückgelassen hat, den Band T–Z. Ich möchte, dass du mir das Wort *Vulgata* nachschlägst.«

Er wusste es. Souzix streute den Zucker über die Oberfläche des Tees, seine Miene so ernst, als käme dieser belanglosen Handbewegung eines Tages eine unermessliche Bedeutung zu, *tut dies zu meinem Gedächtnis.* Ich nahm die Enzyklopädie und blätterte darin, runzelte die Stirn, tat, als wüsste ich nicht, dass *Vulgata* auf der Rückseite von *Vulva* stand.

»Ich verstehe das nicht. Ich finde nirgends …«

»Nein, findest du nicht. Die Seite wurde herausgerissen. Und weißt du, wer die Seite herausgerissen hat, aus einem mir unbekannten Grund?«

»Nein, Herr Pfarrer.«

 Auf Sénacs Stirn pochte eine Ader, ein wutroter

Wurm, der sich unter seiner Haut langsam zu seiner Wange hinabgrub, vielleicht um das falsche Lächeln zu verschlingen, das sie noch knitterte. Vor meinen Augen begann sich das Zimmer zu drehen.

»Lass mich dir helfen, Joseph. Die einzige Person, die Zugang zu diesem Büro hat …«

»Bin ich, Herr Pfarrer«, sagte Souzix sehr bestimmt und reichte ihm die Tasse.

»Wie bitte?«

Ich schaute perplex zu Souzix. Bereit, den Schützengraben zu verlassen, in den ich mich geflüchtet hatte, zitternd vor Angst, jetzt, da er zum Sturm angesetzt hatte und dem Feind mit offenem Visier entgegentrat. Unsere Blicke begegneten sich, er mit der ulkigen Miene eines alten Sergeants, die er manchmal aufsetzte, dieser Miene eines amerikanischen Filmhelden, die zu sagen schien: *»Don't worry, kid, it's all under control.«*

»Bist du? Was soll das heißen?«, fragte Sénac nach ein paar verblüfften Sekunden.

»Als ich neulich hochgekommen bin, um Ihnen den Abendtee zu bringen, da waren Sie noch nicht da, und ich wollte mir ein paar Bilder ansehen …«

»Du wusstest genau, dass niemand meine Sachen anfassen darf.«

»Ja, Herr Pfarrer.«

»Du bist nicht nur an meine Sachen gegangen, du hast auch eine Seite *herausgerissen*. Herausgerissen aus meiner Enzyklopädie.«

»Ja, Herr Pfarrer. Weil da die Fut war.«

»Fut?«

»Na ja. Die Feige. Die Mimi. Die Muschi einer Dame, Mensch, wie sagt man noch? Ach ja, die Vulgata.«

Am liebsten hätte ich gelacht, Tränen gelacht – der Ausdruck passte so gut zum Confinium, wo das eine ohne das andere nicht zu haben war. Aber die Wahrheit zu sagen hätte nichts genutzt. Wir wären alle beide bestraft worden.

»Das ist sehr schlimm, was du getan hast«, sagte der Pfarrer leise. »Und wo ist diese Seite jetzt?«

»Ich habe das Blatt zerrissen und in den Mülleimer geworfen, Herr Pfarrer.«

»Marthod, Sie durchsuchen den Schlafsaal.«

Grenouille trat vor, packte Souzix am Kragen. Souzix sackte zusammen wie ein Haufen Lumpen.

»Und da du so gerne Sachen zerreißt…«

Der Pfarrer öffnete eine Metallschublade und zog eine blaue Mappe heraus.

»Dein Ferienantrag für den Vercors, den ich genehmigt hatte. Solange ich Leiter dieser Anstalt bin, brauchst du keinen weiteren zu stellen.«

Er zerriss die Mappe, in immer kleinere Stücke, und warf die Schnipsel in die Luft. Souzix, der an Grenouilles Faust hing, sah mit einem jammervollen Auge, wie sich seine Pizzas und seine riesigen Schwimmreifen als traurige Flocken im Zimmer zerstreuten. Auf ein Zeichen des Pfarrers verschwanden die beiden in den Flur.

»Ich muss mich bei dir entschuldigen, Joseph. Ich hatte gedacht, du wärst der Täter.«

Ich war Grenouille bis zur Tür hinterhergegangen.

 »Was tut er ihm jetzt an?«

»Monsieur Marthod wird ihm nichts *antun*. Er wird ihn bestrafen, mit dem Maße, mit dem ein Vater misst. Ich bin gegen körperliche Züchtigung. Aber manchmal muss man, im Dienste des Gemeinwohls, gegen seine eigenen Neigungen handeln. Zorn kann eine Tugend sein, wie Jesus uns gelehrt hat, als er sich über die Händler im Tempel ereiferte.«

»Aber Herr Pfarrer, er ist erst neun. Er ist klein …«

»Nein, Joseph, du irrst. Ein Kind, das mit neun Jahren zu so etwas imstande ist, das eine Seite aus einem Buch herausreißt, eine Seite des Wissens, um beim Anblick der Darstellung des weiblichen Geschlechtsorgans in der Fleischeslust zu versinken, ein solches Kind ist nicht klein. Es hat etwas ungeheuer Großes in sich. Ein Übel, das am Wachsen gehindert werden muss.«

Der Pfarrer hatte recht. Bei allem ging es immer nur darum, am Wachsen zu hindern. Und ich schwieg, denn dieses Hindern ist von einer solchen Gewalt, dass es einem die Brust aushöhlt, das Herz ausreißt, bis in alle Ewigkeit den Atem raubt.

Als wir ins Bett gingen, war Souzix noch nicht zurück.

Mitten in der Nacht lärmte es auf dem Flur. Ich hing noch fest in meinem Flugzeugtraum, und als ich hinlief, waren die Jungs von der Wacht schon da. Sinatra spielte die Polizei, und bald waren nur noch wir vier bei Souzix, er saß an die Wand gelehnt, die dünnen Beine schauten aus seinen Bermudashorts aus grobem Leinen hervor. Blut lief ihm aus dem rechten Ohr. Edison schüttelte ihn sanft, er schlug die Augen auf und stammelte:

»Ich bin die Treppe runtergefallen.«

»Du bist nicht die Treppe runtergefallen. Das war Grenouille, dieses Schwein. Wo tut's weh?«

»Ich bin die Treppe runtergefallen.«

Er beugte sich vor und übergab sich, kippte auf den Boden.

»Scheiße, die spinnen wohl. Ich hole den Pfarrer.«

Fouine rannte los. Souzix öffnete wieder die Augen.

»Ist heute Sonntag? Die Wacht?«

»Nein, nicht Sonntag. Aber wir sind da. Wird schon wieder. Wo hat der Drecksack dich geschlagen?«

»Mir tut der Bauch ein bisschen weh.«

Seine Lippen waren blau, seine Stirn glühte. Ich strich ihm sanft das Haar zurück.

»Warum hast du gesagt, dass du es warst? Die rausgerissene Seite?«

»Was? Ich höre dich schlecht.«

»Warum hast du gesagt, dass du es warst, das mit der Enzyklopädie?«

»Hat Grenouille das Bild gefunden?«

»Natürlich nicht. Das ist gut versteckt. Also, warum hast du dich selbst beschuldigt?«

»Weil … an dem Tag, als Rose hier war … da hat sie gesagt, sie hätte *Mary Poppins* gesehen, erinnerst du dich? Aber dann war ich mir auf einmal nicht mehr sicher, ob ich das Ende wirklich wissen wollte.«

Er schloss die Augen, Sinatra knallte ihm eine.

»Nicht einschlafen.«

»He, mach mal halblang!«, raunzte Edison. »Mit dir braucht es keinen Grenouille mehr!«

»Ich habe alle Kriegsfilme gesehen. Wenn die so die Augen schließen, sind sie am Krepieren.«

»Der krepiert, wenn du so zuschlägst!«

Souzix hatte die Augen wieder geöffnet. Seine Hand suchte nach meiner.

»Ich habe es mir anders überlegt, Joe. Ich möchte das wirklich wissen. Deshalb bin ich für dich eingesprungen, damit du Rose weiter sehen kannst und sie fragen … Nur schade wegen dem Vercors …«

Der Pfarrer kam herbeigelaufen, im Dunkel des Gangs blühten Lichter auf.

»Du fragst sie, ja? Du fragst Rose, ob sie dir das Ende von *Mary Poppins* erzählen kann, ja? Schwöre.«

»Ich schwöre.«

»Jetzt sagt, Jungs, glaubt ihr, dass ich krepiere?«

»Aber nein, du krepierst nicht.«

Um halb fünf wurde Souzix im Krankenhaus von Lourdes aufgenommen, der Pfarrer hatte ihn mit dem Auto hingefahren. Der Chirurg, ein Assistenzarzt, diagnostizierte eine Bauchfellentzündung und operierte ihn. Souzix krepierte nicht, nicht dieses Mal. Mit der Anmut seiner neun Jahre schlug er am nächsten Tag die Augen auf und vertraute der Krankenschwester an, sie sehe aus wie ein Engel und er sei froh, tot zu sein. Die Bauchfellentzündung führte man, nachdem er sich entsprechend geäußert hatte, auf einen Blinddarmdurchbruch infolge eines Treppensturzes zurück, gestürzt sei er auf dem Rückweg von einem Gespräch, bei dem ihn der Aufseher Marthod bestimmt, aber freundlich zurechtgewiesen habe. Das Loch im Trommelfell konnte sich niemand richtig erklären. Der Arzt meinte, es rühre von einem »extremen Unterdruck« her, Auslöser könne durchaus ein heftiger Aufprall sein. Oder, wie ich später erfuhr, eine »Tigertatze«, eine Ohrfeige, die manche Experten, oftmals Militärs, renitenten Personen verabreichen, auf dass sie ihnen aus ihrem Leben erzählen. Souzix büßte auf dem rechten Ohr achtzig Prozent seines Hörvermögens ein.

An diesem Nachmittag sah ich vom Hof aus Grenouille im Büro des Pfarrers, er hielt den Kopf gesenkt. Sénac fuchtelte mit den Armen, es sah aus, als würde er brüllen. Étienne kam vorbei, schaute ebenfalls zum Fenster hoch.

»Was gibt's da zu sehen, Junge?«

»Der Pfarrer und Grenouille, sie streiten sich.«

Der Hausmeister lachte.

»Eine Krähe hackt der anderen kein Auge aus, wie meine Großmutter sagte.«

Beim Abendessen lobte Sénac unsere Geistesgegenwart nach dem versehentlichen Sturz unseres Kameraden auf einer Treppe des Confiniums. Wir durften ein zweites Glas Wein trinken und bekamen eine doppelte Portion Nachtisch. Der Pfarrer verfolgte unsere Bekundungen der Freude mit einem zufriedenen Auge. Grenouille saß an seinem üblichen Platz.

Fünf Tage danach war Souzix zurück, humpelnd und etwas taub, und es war ihm ausdrücklich verboten, die nächsten Tage sein Bett zu verlassen. Für eine Stunde war er der Held, dann fand der Alltag zurück in seine gewohnten Bahnen.

Am Sonntag versammelte sich die Wacht. Es war der Abend, an dem alles seinen Anfang nahm.

SOUZIX HATTE UNBEDINGT MIT aufs Dach kommen wollen. Er brauchte zehn Minuten, so weh tat ihm das Treppensteigen, aber er hatte schon den Ausflug auf die Alm verpasst und machte sich Vorwürfe. Der Oktober rückte näher, die Sonne würde das Tal für lange Monate verlassen. Oder ihm nur einen Kurzbesuch abstatten, aus Höflichkeit, denn viele Menschen warteten auf ihr Licht und nur wenige Stunden blieben ihr. Souzix pfiff auf die Sonne. Aber ihre Abwesenheit hieß, dass Camille auf die weiten ärmellosen Hemdchen verzichten würde, deren Halsausschnitt, tausendmal geweitet von den Fingern ihres Sohns, Formen enthüllte, die die Sinne benebelten. Seit der Sache mit der Enzyklopädie verzehrte ein dumpfes Fieber unseren Jüngsten. Er hatte sich noch nicht entschieden, ob die Vulva eine Freundin oder eine Feindin war, brachte ihr jedoch den Respekt entgegen, der beiden gebührte.

Ich stand auf, um eine Ansprache zu halten.

»So kann das nicht weitergehen. Die haben nicht das Recht, uns so zu behandeln.«

»Doch, das Recht haben sie«, korrigierte mich Souzix im Ton eines Strafverteidigers. »Sie haben nicht das

Recht, uns zu begrapschen, das hat uns mal ein Erzieher gesagt, das weiß ich noch. Wenn sie dich begrapschen, musst du Nein sagen und ein Formular ausfüllen. Aber eine scheuern dürfen sie, solange es zu unserem Wohl ist.«

»Sind wir ja gewohnt«, meinte Fouine. »Normalerweise ist das auch gar nicht schlimm. Aber dass er jemanden so zurichtet, das ist das erste Mal.«

»Er wollte von mir hören, dass Joe die Seite rausgerissen hat«, erklärte der Kleine. »Ich habe gesagt, er kann mich so viel schlagen, wie er will, einem Holzkopf wie ihm sage ich nichts. Das hat ihn aufgeregt.«

»Was mich aufregt«, meinte Sinatra: »Bevor *der* aufgetaucht ist«, er zeigte mit dem Finger auf mich, »hatten wir unsere Ruhe.«

Edison schüttelte den Kopf.

»Grenouille hat immer schon zugeschlagen.«

»Aber jetzt ist es schlimmer! Wie, als Danny noch da war!«

Fouine nahm seine Baskenmütze ab, und die vier brummelten:

»Friede seiner Seele.«

Mich regten *sie* auf.

»Ihr mit eurer Wacht, ihr seid nichts! Ihr spielt die Obermacker, aber sobald es darum geht, etwas zu tun, duckt ihr euch weg.«

Fouine legte mir beide Hände auf die Schultern.

»Und du, was willst du tun? Sag es uns, Joe, wo du seit drei Monaten hier bist.«

»Abhauen, das will ich. Dass *wir* abhauen.«

»Weil du glaubst, woanders wäre es besser?«

»Keine Ahnung. Schlimmer bestimmt nicht.«

Er schüttelte den Kopf, machte ein trauriges Gesicht.

»Du erinnerst mich an Danny.«

»Ihr geht mir auf den Geist mit eurem Danny. Wer war das überhaupt?«

»Ein Träumer. Wie du.«

»Aber größer«, stellte Souzix klar. »Und hübscher.«

»Schon gut, ich habe verstanden, er war groß, er war hübsch. Und?«

»Der hatte auch tausend Ideen«, sprach Fouine weiter. »Die Idee mit der Wacht zum Beispiel, das war seine. Aber Ideen sind gefährlich. Das weiß ich sehr wohl, und genauso weiß ich, dass es anderswo nicht besser ist, ich war ja nicht immer im Confinium. Vorher sechs Monate Bretagne. Dort hat ein Junge zu mir gesagt: ›Sei ein Schatten‹, und er hatte recht. Wenn du überleben willst, hier oder woanders, ist es das Beste, du verschwindest. Siehst zu, dass dich keiner bemerkt. Irgendwann kommst du raus, auf natürlichem Weg. Bis dahin existier einfach nicht, und niemand sieht dich. Du machst genau das Gegenteil. Wie Danny.«

»Ich habe die Schnauze voll von eurer Geheimnistuerei. Was war mit ihm?«

Sie erinnerten sich noch an die Stille. Die Stille, als es passierte. Danny, der Anführer der Wacht. Danny, der Beschützer der Wehrlosen. Niemand wagte es, sich in seiner Gegenwart an einem Kleinen zu vergreifen.

 Es hieß, er sei imstande zu töten, das erkenne man

an seinen Augen, selbst Grenouille hüte sich vor ihm. Als Fouine ihm in Erinnerung rief, er solle ein Schatten sein, lachte Danny nur, lachte aus vollem Hals und sagte, nein, ein Schatten niemals. Sie seien keine Schatten, keiner von ihnen, sondern Seesterne, Seesterne aus diesem Meer, das sie nie gesehen hatten. Würden sie verstümmelt, würde ihnen etwas abgeschnitten, sollten sie nachwachsen.

Passiert war es im Frühjahr dieses Jahres, an einem Sonntag mit Ausflug auf die Alm. Tags zuvor war Danny in einen Hinterhalt geraten, drei Große hatten ihm in den Toiletten aufgelauert – drei gegen einen, so viele brauchte es, um gegen ihn anzukommen. Er hinkte und hatte darum gebeten, im Krankenzimmer zu bleiben. Nach einem langen Winter kündigten sich die schönen Tage an, und sie waren aufgebrochen, ohne einen Gedanken an ihn zu verschwenden. Sénac, die Schwestern, Étienne, ausnahmslos alle. Eine Wildschweinjagd hatte sie zur Umkehr gezwungen, und bald waren sie zurück im Waisenhaus.

Als sie Geräusche hörten, dachten sie zunächst an Einbrecher. Flüchtende Schritte, eine Tür, die zuschlug. Grenouille schnappte sich eine Schaufel und bewegte sich mit einer Anmut voran, wie man es von ihm nicht kannte. Sie folgten ihm, ein Pfarrer, vierzig Kinder, Nonnen, ein Hausmeister, alle erpicht auf Neuigkeiten. Grenouille legte den Finger an die Lippen und deutete auf die Tür einer Abstellkammer.

Er trat die Tür ein, die Schaufel zum Schlag bereit. Das war der Moment der Stille. Denn in dem Kabuff stand eine Frau. Groß, in einem etwas altmodischen geblümten Kleid, ihr Haar verborgen unter einem Seidentuch. Das Schlimmste aber war – später, als die Kinder darüber sprachen –, dass alle sich erinnerten, gedacht zu haben: *Wie schön sie ist.*

Die Frau schaute sie an, wie erstarrt, verschlungen von ihren geschwärzten Augen, und schließlich erkannten sie Danny. Sénac scheuchte die Meute zurück. Danny kam heraus, zitternd, erhobenen Hauptes. Die Stille, diese Stille. Sie hörten sie noch jetzt. Danny hatte sich abgewandt und war in Richtung Schlafsaal gegangen. Zunächst hatte sich niemand gerührt. Dann das erste Gelächter. Die spöttischen Bemerkungen. Seine erklärten Feinde stürzten sich auf ihn, um ihm das Kleid vom Leib zu reißen. Er ging stur weiter, wehrte sich nicht, weiter in dieser grölenden Flut, die sich um ihn schloss. Gaumier, der Junge, der bei unserer Ankunft auf Momos Schuhe gesabbert hatte, schlug als Erster zu. Grenouille wollte dazwischengehen, Sénac hielt ihn zurück. Millionen empörte Fäuste, Füße, die Danny bestraften. Einige droschen auf ihn ein, ohne dass sie wussten, warum, machten es den anderen nach. Es hatte zum Abendessen geläutet, ein paar mattere Schläge noch, dann ließen sie ihn liegen, kaum noch atmend auf den kalten Fliesen in seinen geblümten Fetzen.

Eine Untersuchung wurde eingeleitet. Danny hatte das Kleid und das Tuch in einem Kabuff im Krankenzimmer gefunden, eine Novizin hatte es dort vergessen. Ein Stück Kohle hatte als Schminke gedient. Unter seiner Matratze fand Grenouille ein Foto, das Danny bei einem Ausflug ins Dorf aus einer Illustrierten gerissen hatte, das zerknitterte Porträt eines jungen Sängers, der gerade in Mode war und aussah wie eine Sängerin. Von seinem Namen, David Bo..., fehlte ein Stück. Es wurde nie richtig klar, warum Danny sich als Frau verkleidet hatte und in diesem Aufzug durch die Gänge gewandert war. Ob einfach so, zum Spaß, oder als Provokation, denn seine wahre Identität hatte er, wie jeder gute Held, schon lange verborgen. Vielleicht spielte auch alles hinein. Niemand wollte es wirklich wissen. Trotzdem war da etwas Seltsames an dieser Geschichte, resümierten einige große Geister, an deren Weisheit und Frömmigkeit kein Zweifel bestand: Wer möchte schon eine Frau sein, wenn niemand einen dazu zwingt?

Als die Schüler nach dem Abendessen zurückkehrten, war auf dem Boden des Flurs nur noch eine verkrustete schwarze Blutlache. Danny war verschwunden.

»Verschwunden!«, wiederholte Souzix mit der Handbewegung eines Zauberkünstlers.

»Wohin verschwunden?«

»Komm mit.«

Meine Freunde gingen an eine Ecke der Terrasse. Unterhalb von uns, weiter hinten, flackerte Étiennes Hütte in der Dunkelheit, rang darum, die Finsternis von ihren gelben Fensterscheiben fernzuhalten. Fouine zeigte auf eine Regenrinne, die sich an der Rückseite des Gebäudes entlangschlängelte.

»Während wir beim Abendessen saßen, ist Danny geflohen, so kaputt, wie er war. Er ist da runter. Siehst du da unten? Der Zaun verläuft so nah an der Wand, dass du von dem Sims aus rüberspringen kannst. Wahnsinn war das. Die Rinne ist hundert Jahre alt. Die Schrauben, mit denen sie befestigt ist, auch.«

»Und er ist umgekommen.«

»Nein. Die Rinne hat wie durch ein Wunder gehalten. Aber statt über die Straße zu laufen, wo man ihn erwischen würde, wollte er die Wand des Felsenkessels hochklettern. Wollte hinten aus dem Tal raus.«

»Ohne Ausrüstung? In seinem Zustand?«

»Ohne Ausrüstung. In seinem Zustand. Und er ist umgekommen.«

»Na ja, besser gesagt …«, begann Edison.

»Was heißt besser gesagt? Ist er tot oder nicht?«, unterbrach ihn Fouine. »Nur das zählt. Also Ende der Geschichte. Wir kommen nicht raus, Joe. Wenn wir rauskämen, würden sie uns erwischen. Wir können uns hier jeden Sonntag treffen, das ja. Aber raus, nein.«

»Stimmen wir ab. Wer ist dafür, dass wir abhauen?«

Ich hob die Hand. Nur ich. Suchte nach Momos Blick, er lehnte am Mäuerchen und starrte in die Sterne. Aber er war genauso ein Mitglied der Wacht, ein etwas dumpfes, stumpfes Glied vielleicht, wie der Arm, auf dem man einschläft, aber dennoch fest mit dem Körper verbunden. Er hatte mitzureden. Momo lächelte, hob aber nicht die Hand.

»Antrag abgelehnt«, brummte Fouine.

Edison sprang auf.

»Ein Brief.«

»Was?«

»Joe hat recht, so kann das nicht weitergehen. Und du hast genauso recht, Fouine, wir kommen nicht raus. Aber wir könnten einen Brief schreiben. Einen Brief, in dem wir erklären, was hier los ist. Wir bitten um Hilfe.«

Die Idee hing zwischen uns in der Luft, ein wenig schal, aber hartnäckig, mit diesem seltsamen Geschmack von Erwachsensein, von Kompromiss. Das Überschall*bum* erschreckte mich. Auch ich hatte es längst vergessen, obwohl es nicht aufgehört hatte. Ich war zu einem von ihnen geworden. War »einer aus dem Confinium«.

»Und an wen schreiben wir den Brief? Wir kennen draußen niemanden.«

»Wir kennen Marie-Ange«, sagte Edison, und sein Gesicht triumphierte. »Aus dem Radio.«

Sinatra kicherte.

»Die hat noch nie von dir gehört. Warum sollte sie uns helfen? Wir können natürlich meinem Vater schreiben, nur dass sein bescheuerter Agent …«

»Marie-Ange«, meinte auch Fouine. »So dumm ist das nicht. Wir sagen ihr, dass wir für sie schwärmen, dass wir sie jeden Sonntag hören. Frauen stehen auf Komplimente.«

»Und die Adresse?«

»Marie-Ange Roig, Sud Radio, Andorra, das kommt an. Die Sache ist nur …«

Die Sache war, dass nichts das Confinium ohne vorherige Zensur verließ. Einen Umschlag aus dem Büro des Pfarrers zu klauen wäre einfach. Darum würde ich mich kümmern. Aber alle Post wurde Sénac übergeben oder einer Nonne, die sich von der »Sittlichkeit« des Inhalts überzeugte, bevor sie den ersehnten Segen in Form einer Briefmarke gab. Der Legende nach war einmal ein Junge, der sich in einem Brief über die Qualität der Heimkost beschwert hatte, gezwungen worden, einen Monat lang zu essen, was in die Küche zurückkam, sonst nichts. Nie kam das kleinste bisschen zurück – Waisen essen alles –, und von den vierzig Kilo, die er wog, verlor er zehn. Legenden.

Sämtliche Augen flogen zu mir.

»Du könntest die reiche Schnalle bitten.«

»Rose? Um was bitten?«

»Nächsten Samstag steckst du dir den Brief unters Hemd und nimmst ihn mit. Und dann bittest du sie, eine Briefmarke draufzukleben und ihn einzuwerfen.«

»Spinnst du? Ich kann die nicht riechen. Oder besser gesagt, ich rieche nur sie mit ihrem Diorling.«

»Ihrem was?«

»Diorling. Das ist ihr Parfüm. Jedes Mal, wenn ich komme, nimmt sie es als Desinfektionsmittel.«

»Du kennst den Namen ihres Parfüms?«

Auf diese Frage gab es nur eine Antwort.

»Schon gut, ich gebe ihr euren blöden Brief.«

Sie schauten mich spöttisch an. Eine Sternschnuppe rettete mich.

»Alle Mann auf Gefechtsstation«, befahl Edison. »Die Russkis greifen an.«

Souzix lachte los, auf einmal tat ihm nirgends mehr

etwas weh. In diesem Moment, und nur in diesem, unterschied uns nichts mehr vom Wind, von den Tieren, nichts trennte uns von allem, was frei und unbekümmert über den blauen Rand des Horizonts lief.

WARTEN ZWISCHEN DEN BLUMEN auf dem Flur. Warten unter der Last des Briefs, der kratzte und auf meiner Haut eine Tonne wog.

Liebe Marie-Ange Roig.

Warten unter der Last der Demütigung, *sie* um Hilfe zu bitten, ausgerechnet, wo ich sie hasste, wie ich noch nie jemanden gehasst hatte, nicht mal meine unausstehliche Schwester, als sie meinte, sie müsste meine Platte von den Monkees in den Ofen stecken, »um zu sehen, ob die aus Lakritz ist«.

Wir sind die Wacht.

In dem Herrenhaus war alles still. Vielleicht hatte man mich ja vergessen, und die Familie war längst auf dem Rückweg nach Paris. Vielleicht hatte kein Mensch an das Waisenkind im Flur gedacht, diesen Jungen der langsamen Samstage, und wenn beim Appell dann auffiel, dass er fehlte, wo schon niemand ihn vermisste, war es zu spät. Mein Herz begann zu pochen.

Wir sind eine Gruppe von Schülern des Internats Confinium. Wir hören Sie jeden Sonntag, Sie haben eine sehr schöne Stimme. Wir schreiben Ihnen, weil Sie die Einzige sind, die uns helfen kann.

Gegenüber von mir ein Strauß Nelken in seinem schwarzen Rahmen. Irgendwo schlug eine Tür. Also doch nicht vergessen. Ich atmete wieder.

Unser Aufseher ist brutal, mehrere Schüler wurden verletzt. Wir wissen nicht, wem wir die Sache melden sollen. Aber Sie wissen es bestimmt, Sie kennen bestimmt viele wichtige Leute, weil Sie beim Radio arbeiten. Wenn Sie diese Nachricht erhalten, sagen Sie in Ihrer Sendung am Sonntagabend bitte das Wort »Wacht«, das ist die einzige Sendung, wo wir Sie hören können. Und so verbleiben wir, liebe Schwester in Christus, mit vorzüglicher Hochachtung.

Ich hatte sie davon überzeugt, die Grußformel des Pfarrers zu nehmen – wenn man sah, wie die Spenden flossen, hatte er damit Erfolg. Das »Internat« war auch meine Idee gewesen. Wer nach einer hilfreichen Hand sucht, verschweigt besser, dass er aussätzig ist.

Links von mir tauchte ein Schatten hervor. Ein Mann ging vorbei, klein und grau wie sein Anzug, wie sein Köfferchen. Der graue Mann grüßte mich mit einem kaum merklichen Nicken und verschwand nach rechts. Wieder Stille. Schließlich erschien die Hauslehrerin und führte mich, auf ihren Korkabsätzen trippelnd, in den Salon. Nichts hatte sich verändert seit dem letzten Samstag, seit den Samstagen davor, nichts hatte sich verändert seit Jahrhunderten. Nicht Rose auf der Ecke ihrer Klavierbank, nicht die asthmatischen Engel, die an der Decke erstickten, nicht ihre Muscheln, ihre Liebesoboen, ihre Lungen, gesättigt vom Ruß, den die Jahre aus dem Kamin gespuckt hatten.

Die Noten krachten in die Stille. Bach. Ich spielte die Goldberg-Variationen vom Blatt. Rose spielte mir wie ein phlegmatisches Hündchen hinterher, ungeschickt, ein müdes Torkeln. Auf ihrer Stirn lag ein leichter Glanz. Der Rhythmus hielt sich fern – von mir genauso wie von ihr. Die Hauslehrerin gab sich ausnahmsweise nicht dem Schlaf hin, sie saß kerzengerade in ihrem Sessel, die Ohren gespitzt. Keine Chance, den Brief hervorzuziehen. Am Ende unserer Unterrichtsstunde klingelte in den Tiefen des Hauses ein Glöckchen. Die alte Frau sprang auf, strich sich den Rock glatt, nickte uns zu und verschwand. Ich zog sofort mein Hemd hoch. Rose sah mich mit offenem Mund an.

»Was machst du da? Wenn du glaubst …«

Ich hielt ihr den Brief hin. Die ganze Woche hatte ich dieses Gespräch geprobt, hatte den Film in meinem Kopf abgespult, hollywoodmäßig, um nichts dem Zufall zu überlassen. *I know we've had our ups and downs, baby, mostly downs …* Bei mir klang das nicht ganz so schön wie auf Englisch, aber damit musste ich leben. *Ich weiß, wir hatten unsere Meinungsverschiedenheiten, aber es ist an der Zeit, sie zu vergessen. Ich möchte dich um einen Gefallen bitten.*

»Ich will, dass du das einwirfst.«

»Du *willst*?«

»Ja. Wir können das nicht.«

»Was ist das?«

»Ein Brief.«

»Das sehe ich. Warum wirfst du ihn nicht selber ein? Für wen hältst du mich, deine Sekretärin?«

»Den Brief können wir nicht selber einwerfen.«

»Warum nicht?«

»Weil wir auf dem Mond leben, verstehst du das nicht?«

»Dass du verrückt bist, das verstehe ich.«

»Wirfst du ihn jetzt ein oder nicht?«

»Nein.«

Schritte hinter der Tür. Ich war so verdattert, dass ich nicht einmal daran dachte, den Brief zu verstecken. Ein technisches Problem, die richtigen Untertitel unter dem falschen Film, oder umgekehrt, egal. Der Türgriff drehte sich. Rose schnappte mir den Umschlag aus der Hand, schob ihn zwischen die Noten und klappte sie zu.

»Glaub nicht, dass das umsonst ist.«

Der Graf und die Gräfin kamen herein, er mit seiner von wichtigen Geschäften dauerzerstreuten Miene, sie mit dem schwankenden Schritt einer Gratwanderin. Sénac folgte ihnen. Ein Stück dahinter erschien, wie der Letzte unter den Letzten, ein Hirte. Ein seltsamer Hirte, dessen feuerrotes Gewand und goldener Stab weite Herden über die Hänge der Nacht führten. Unter seiner Mitra zeigte er das Lächeln eines erschöpften Kindes, als wollte er sich dafür entschuldigen, dass er diese Verkleidung schon zu lange trug. Tatsächlich sollte er sie ein paar Monate später ablegen.

»Monseigneur Théas, das ist der junge Joseph Marty, einer unserer Heiminsassen«, erklärte Sénac. »Er hat sich freiwillig gemeldet, Mademoiselle Rose Klavierunterricht zu geben.«

Ich beugte mich vor, um den Ring des Bischofs zu

küssen – ein paar Manieren hatte ich bei meiner Arbeit für den Pfarrer immerhin gelernt –, aber er nahm meine Hand in die seine und legte mir die andere auf die Stirn. Dann sagte er leise, nur zu mir:

»Gott segne dich, Joseph.«

Ich habe gesehen, wie meine Eltern sich zerstreuten. Wie meine Schwester in Flammen aufging und den Sternen die Atome zurückgab, die sie sich geliehen hatte, um sie selbst zu werden, Inès, während ich heil blieb. Wenn ich ein Lied singen kann, dann von Göttern, die segnen, von dem einen-Gott-Schöpfer-des-Himmels-und-der-Erde, den Auferstehungen von den Toten, den Anrufungen der Heiligen, den Söhnen, die zur Rechten des Vaters sitzen, auch wenn die einzige Rechte des Vaters, die ich kennengelernt habe, die ist, die meine Freunde und ich in die Fresse bekamen. Tausend Menschen habe ich gesehen, die an einem Leben in Schwarz-Weiß zerbrochen sind. Habe gesehen, wie gewitzte Verkäufer ihnen auf dem Sonntagsmarkt versprachen, dass ihnen eines Tages, wenn sie nur fest daran glaubten und nicht zu viele Fragen stellten, die Farbe zuteilwürde.

Aber als Théas »Gott segne dich« sagte, glaubte ich es, zum ersten und einzigen Mal in meinem Leben, denn im Gegensatz zu den anderen glaubte er es auch.

Rose machte denselben altmodischen Knicks, den sie am ersten Tag vor Sénac gemacht hatte. Ihre Eltern bedeuteten uns, auf den Sofas Platz zu nehmen.

»Bischof Théas hatte die Güte, uns einen Kuchen mitzubringen«, erklärte der Graf. »Was sagt man da, Rosette?«

Seine Tochter bedachte ihn mit einem genervten Blick.

»Man sagt Danke, nehme ich an«, antwortete sie spröde.

Sénac gefror, ihr Vater schien die Respektlosigkeit nicht bemerkt zu haben.

»Danke, *Monseigneur*«, korrigierte der Pfarrer mit einem steifen Lächeln.

Der Bischof winkte müde ab.

»Nur keine Umstände. Wollen wir den Kuchen nicht essen? Ich würde gerne behaupten, ich hätte ihn eigenhändig gebacken, aber wie Sie sehen«, er hob die Hände, sie steckten in Handschuhen, »bin ich dafür schlecht präpariert.«

Der Graf wollte schon läuten, aber der Pfarrer hielt ihn zurück.

»Das kann Joseph übernehmen, wenn Sie gestatten. Die Schüler unseres Internats sind dazu erzogen, jederzeit zu dienen, zur Ehre Gottes. Joseph?«

Ich nickte und war Sénac auf eine lächerliche Weise dankbar, dass er *Internat* gesagt hatte.

Die Küche lag am Ende des Flurs und war noch finsterer als der Rest des Hauses. Die Sonne hatte wohl einmal versucht, dort gewaltsam einzudringen, sich aber verirrt in diesem Labyrinth, wo ihr erloschener Leichnam langsam verblich. Auf einem zerkerbten Tisch, neben einem Stapel schmutziger Teller, wartete eine Apfeltarte in einer mächtigen Bäckereischachtel mit dem Aufdruck *Boulangerie centrale*. Im flackernden Schein einer Glühbirne nahm ich die Stücke fast alle heraus und legte sie auf den größten der Teller.

Ich wollte mich schon auf den Rückweg machen, als ich das Notizheft bemerkte. Eine angefangene Einkaufsliste, mit *Aspirin* hörte sie auf. Neben dem Heft ein Filzstift. Da kam mir die Idee, eine Idee, die alles zum Scheitern bringen konnte. Aufregend, riskant. Ich brachte die Wacht in Gefahr, aber das war mir egal. Der Brief würde sowieso nichts ändern. Einmal richtig zuschlagen, so fest wie sie, das war die Lösung. Mit dem Filzstift schrieb ich *HILFE!* auf die Innenseite des Deckels der Kuchenschachtel. Zog die Buchstaben nach, damit auch kein Zweifel blieb. Schloss den Deckel, stellte die Schachtel gut sichtbar neben die Spüle, wo jemand sie, nachdem wir gegangen waren, öffnen würde. Wo diesem Jemand, statt eines Zeichens von Herzenswärme, Grabeskälte entgegenschlug. Ich ging zurück in den Salon, in den Händen ein leicht zitterndes Tablett, und servierte die Tarte. Die Männer unterhielten sich, die Frauen schwiegen. Der Bischof zwinkerte mir freundschaftlich zu, schenkte mir für den Bruchteil einer Sekunde seine Aufmerksamkeit, ein winziger Moment, der den Raum weitete und ihn ausfüllte und mir zu verstehen gab, warum Jahre später so viele Straßen und Plätze seinen Namen tragen sollten. Rose aß, ohne aufzuschauen, ihre Stacheln ausgefahren.

Das Gespräch verstummte, weggebissen von der Stille, die in dem alten Haus umging.

 »Joseph hat es abgelehnt, von einer Pflegefamilie aufgenommen zu werden«, sagte Sénac in die große Leere, die darauf folgte. »Er bleibt lieber im Confinium. Nicht wahr, Joseph?«

Ich tat den Mund auf. Nichts kam heraus, nur ein Stück Apfel, das auf meinen Teller fiel und mir einen spöttischen Blick von Rose eintrug. Der Bischof wandte sich zu mir.

»*Nicht wahr, Joseph?*«, wiederholte Sénac.

Er lächelte noch breiter, mit diesem aufgesetzten, verrutschten, freudlos in dunklen Hallen geschmiedeten Lächeln.

»Ja, Herr Pfarrer.«

»Was hat dich zu einer solchen Entscheidung veranlasst, mein Junge?«, fragte mich Bischof Théas.

Sénac legte mir eine freundschaftliche Hand in den Nacken, wuschelte mir durchs Haar.

»Nicht so schüchtern, Joseph, wiederhol noch einmal, was du mir damals gesagt hast. Dass deine Familie jetzt das Confinium ist. Das hast du doch gesagt, oder?«

»Ja, Herr Pfarrer. Das habe ich gesagt. Meine Familie ist jetzt das Confinium.«

Unter den hohen Decken ließ die Stille erneut ihre knochigen Kiefer knacken.

»Wie wär's mit noch einem Stück Kuchen?«, fragte die Gräfin. »In der Küche ist bestimmt etwas übrig, nicht wahr, Joseph? Könntest du die Schachtel holen?«

Alle Augen richteten sich auf mich.

»Man spricht mit dir«, brummte Sénac.

»Ja, es ist etwas übrig, aber …«

»Was, aber?«

Zum Glück stand Théas auf.

»Für mich nicht, danke. Ich muss Sie leider verlassen. Meine Schäfchen warten. Ich hätte euch junge Leute gern am Klavier gehört. Dann ein andermal.«

»Außerdem haben wir Ihre Gastfreundschaft schon über Gebühr in Anspruch genommen«, eiferte der Pfarrer seinem Vorgesetzten nach.

Ich zitterte derart heftig, dass ich meine Hände in die Hosentaschen stecken musste. Der Weg zum Ausgang schien kein Ende zu nehmen, die Flure zogen sich, waren düsterer denn je. Als wir endlich an der Außentreppe standen und uns vom Grafen verabschiedeten, waren im Haus eilige Schritte zu hören.

»Warten Sie! Gehen Sie noch nicht!«

Roses Mutter erschien, außer Atem, in den Händen die Kuchenschachtel, diese verdammte Schachtel mit ihrer brisanten, in verzweifelten Großbuchstaben geschriebenen Nachricht. Sie schnappte nach Luft, hielt Sénac die Schachtel hin.

»Hier, es ist noch etwas übrig, nehmen Sie. Geben Sie es den Waisenkindern.«

»Nein, behalten Sie den Kuchen!«

Fast hätte ich geschrien. Sénac drehte sich zu mir, ungerührt.

»Ich meine… Es ist noch etwas übrig, aber nicht genug.«

Ich war klatschnass, schwitzte so sehr, dass ich mich schon auflöste, ich würde die Steinstufen hinunterrinnen und in der ausgedorrten, gleichgültigen Erde der Pyrenäen versickern. Doch als ich mir an die Stirn fasste, war sie trocken. Sénacs Augen bohrten sich in meine.

»Sehr liebenswürdig von Ihnen, meine teure Freundin. Unsere Waisenkinder werden Ihnen dankbar sein.«

Er nahm die Schachtel. Grenouille, der nicht weit von uns im Wagen saß und rauchte, drückte die Zigarette aus und fuhr vor. Sénac stieg hinten ein und bedeutete mir, mich neben ihn zu setzen. Ein süßlicher chemischer Duft ging von ihm aus. Er hatte sich am Morgen die Schläfen gefärbt.

Wir durchquerten das Dorf. Grenouille fuhr langsam, viel zu langsam, die Fenster waren heruntergekurbelt. Neben mir trommelte der Pfarrer mit den Fingerspitzen auf die Schachtel, sie lag auf seinem Schoß. *Nicht auf die Schachtel schauen. Die Augen stur geradeaus.*

Geradeaus war der Rücken von Grenouille, er ragte weit über den Fahrersitz hinaus. Ein behaarter Rücken, die Haare kringelten sich aus dem Hemdkragen und mischten sich unter das platte, seltsam feine Kopfhaar, ein von keinem Nacken gehemmtes Ineinanderfließen zweier Flüsse, ein haariges Delta, bei dessen Anblick mir schlecht wurde.

Oder nein, zu Sénac hinsehen, als wenn nichts wäre. Lächeln, das wirkt natürlicher. Nicht auf die Schachtel schauen.

Ich schaute auf die Schachtel.

Sénacs Blick ging hinunter, dann zu mir, dann wieder zu dem Karton. Er zuckte die Achseln, vergaß mich, glättete behutsam das vom Fahrtwind derangierte Schläfenhaar.

»Hat gut geschmeckt, die Tarte, nicht wahr, Joseph?«

»Ja, Herr Pfarrer.«

»Möchtest du noch ein Stück?«

»Nein, Herr Pfarrer.«

»Bist du dir sicher?«

»Ja, Herr Pfarrer.«

»Ich bin mir das nicht ...«

Der Priester strich über den Deckel, öffnete ihn einen Spalt, sah verstohlen zu mir und ließ ihn wieder zuklappen.

»Denkst du, ich weiß nicht Bescheid, Joseph?«

Er klopfte Grenouille auf die Schulter.

»Halten Sie an.«

Wir waren am Ortsausgang, und Grenouille hielt neben einem alten Müllcontainer am Straßenrand. Sénacs Atem umhüllte mich, heißer Groll und heißer Apfel, ich erstickte wie unter den Händen eines Aufsehers in einer Gewitternacht.

»Denkst du, ich weiß nicht, wie gern du dir den Bauch vollschlägst?«

Er warf die Schachtel aus dem Fenster, direkt in den Container, und gab Grenouille ein Zeichen. Der DS fuhr wieder an.

»Völlerei ist eine Todsünde. Siehst du, Joseph? Heute hatte der Herr dir etwas zu sagen.«

NACH UNSERER RÜCKKEHR ins Confinium stürzte Souzix sofort auf mich zu. Er wollte wissen, ob ich's hätte, ob ich das Ende kennen würde. Das Ende von *Mary Poppins*, wonach Rose zu fragen ich vergessen hatte. Also dachte ich mir etwas aus. Eine Geschichte von Kindern, die man in ein heimlich von den Russen finanziertes Waisenhaus gesteckt hatte, worauf Mary Poppins sie mit einem fliegenden Regenschirm herausholte. Souzix machte tellergroße Augen, bei jeder Rauferei schwang er seine Fäuste durch die Luft, besonders als ich den letzten Kampf zwischen Mary Poppins und Pater Rasputin beschrieb.

Über das Debakel mit dem Kuchen verlor ich kein Wort – zu oft hatten sie mich mit Danny verglichen. Danny, Danny, Danny, ich hatte die Nase voll von ihrem Helden und seinem legendären Wagemut. Die Legende wollte es, dass er in einem Waisenhaus geboren wurde, die Frucht der verbotenen Liebe einer Nonne und eines Weltlichen, denn in diesen Kreisen ist die Liebe nicht erlaubt. Danny war riesig, wenn es nach Souzix ging. Gar nicht so riesig, meinte Sinatra. Souzix sagte, er sei stark und imstande, ein Wildschwein mit einer Hand zu erwürgen, seine Hände so groß wie Maronenpfannen. Die anderen lachten, niemand hatte je gesehen, wie Danny ein Wildschwein erwürgte, ob mit einer Hand oder mit beiden. Aber seine Wutanfälle waren gefürchtet, seine Launen wie Brände, da waren sich alle einig. Man legte sich nicht mit ihm an. Er war mutig, egoistisch und verrückt.

Nachdem sie mich ewig hingehalten hatten, zeigten sie mir ein Foto, das sie wie eine Reliquie aufbewahrten, geschossen bei einer von Dannys zahlreichen Heldentaten, als er spätabends ins Dorf ausgebüxt war. Es ging um eine Wette, und als wäre heimlich abzuhauen nicht genug, war er so verwegen gewesen und hatte die Kneipe betreten. Zum Beweis brachte er dieses Polaroidfoto von sich mit, ein Wandererpaar hatte es ihm geschenkt: ein hübscher Junge mit halblangem Haar und im roten T-Shirt, die Augen auf das Objektiv geheftet. Aber von wegen Beweis. Wenn man genau hinsah, war der Junge auf dem Foto gar nicht wirklich da, nicht in dieser Kneipe, nicht vor diesen tristen Wandpaneelen. Es war das Foto einer Abwesenheit. Unter seinen mädchenhaften Wimpern waren Dannys Augen nämlich nicht auf die Linse gerichtet, sie trugen ihn vielmehr in die Ferne, durch den Sucher hindurch, durch den Fotografen, durch den Raum, einmal um die Erde und zurück zu ihm selbst. Und verwirrt von dem, was er schon ahnte, von dieser Zartheit, die seine Männlichkeit umflirrte, dachte Danny vielleicht schon damals: *Eines Tages gehe ich, gehe ich für immer.*

In der Woche darauf weckte Souzix mich jeden Abend, und das genau in dem Moment, wenn ich einschlief.

»Joe, Joe, denkst du, wir haben's geschafft? Marie-Ange hat ihn bekommen? Den Brief?«

In der ersten Nacht antwortete ich mit dem für Waisenkinder typischen Feingefühl:

»Du kannst mich mal.«

Er machte ins Bett, trug am nächsten Morgen Pissmantel. Und während wir auf den Sonntag warteten, um endlich wieder den *Nachttreff* zu hören, musste ich ihm Abend für Abend beschreiben, wo der Brief sich gerade befand. Im Postwagen, wo es nach Schmierfett roch. Im Verteilzentrum, wo es nach Schweiß roch. Er passierte einen Pass, wo es nach Regen roch – Souzix mochte Gerüche. Donnerstag: Der Brief fuhr nach Andorra hinunter. Freitag: Der Postbote steckte ihn in eine Umhängetasche, wo es nach Leder roch, und begann seine Tour.

»Joe, Joe, haben wir's geschafft, hat Marie-Ange ihn bekommen?«

An diesem Freitag zog ich es hinaus. Der Postbote hielt an, um eine Zigarette zu rauchen. Wechselte ein Rad. Fand seine Autoschlüssel nicht mehr. Souzix kriegte sich kaum noch ein und schrie, er solle sich beeilen. Am letzten Abend, Samstag, machte ich ihm das schönste Geschenk.

»Geschafft, der Brief ist heute angekommen. Marie-Ange muss ihn geöffnet haben.«

Souzix rang nach Luft.

»Stimmt das? Bist du dir sicher? Was denkst du, was sie gesagt hat?«

»Nichts hat sie gesagt. Das ist ein Geheimnis zwischen ihr und uns. Jemand hat vielleicht gesehen, dass sie ein komisches Gesicht gemacht hat, und gefragt, was los ist. Und sie hat geantwortet: ›Nichts, gar nichts‹, und dann hat sie unseren Brief wieder zusammengefaltet und unter ihrem Kleid versteckt, direkt am Körper. Jetzt überlegt sie.«

Souzix bekam in der Nacht kein Auge zu. Am nächsten Tag schlief er mitten in der Messe ein. Grenouille zupfte ihn aus der Bank, und damit ihm das Bereuen leichterfiel, spendete er ihm eine »Taufe in den Wassern des Jordan«, eine Technik, die darin bestand, den Kopf des Büßers nur ein wenig länger als nötig in den eisigen Brunnen des Confiniums zu tauchen.

Am Abend dann, auf der Terrasse, drehte Fouine um Punkt zehn den Knopf an unserem Radio. Der Vorspann begann, am Mikrofon lächelte Marie-Ange. Wir hielten den Atem an.

Sie sprach das Wort *Wacht* nicht aus.

Wir legten uns auf den Boden der Terrasse. Einer neben den anderen, über uns das Sternenbanner jener, die auf dem Feld der Ehre gefallen waren.

»Sie hat den Brief nicht erhalten«, stellte Fouine klar. »Da, seht euch die Berge an, da drüben. Der Pass liegt im Nebel. Das macht alles langsamer.«

»Du hast recht. Dann bekommt sie ihn eben diese Woche.«

Zum Trost schlug Sinatra vor, von Las Vegas zu erzählen. Las Vegas kannten die anderen auswendig, ein

Trost war das für niemanden außer für ihn selbst, aber wir protestierten nicht. Immerhin bestand die Möglichkeit, wenn auch miniklein, rein statistisch, dass Frank tatsächlich sein Vater war, denn irgendwie ähnelten sie sich schon. Wobei niemand sagen konnte, ob diese Ähnlichkeit echt war oder nur eingebildet. Und da Sinatra versprochen hatte, uns nach Las Vegas einzuladen, wenn der jüdische Agent seines alten Herrn mal aufhörte mit seinen Sperenzchen, dachten wir, dass es für alle Fälle besser wäre, das Spiel mitzuspielen. Vielleicht hatte die Krämerin aus Figeac, die fern von hier auf die Wände einer Nervenheilanstalt starrte, ja die Wahrheit gesagt.

Und Sinatra erzählte. Sin City, die Stadt der Sünde, die Stadt, in der es keine Uhren gab, berauscht vom Neonlicht, grün, gelb, rosa, von ihren grellen Straßen und ihren Palmen, die niemals verloschen. Wir folgten ihm, vorbei an einer Reihe von Frauen mit Medusenaugen. Die Frauen hassten uns, sie brüllten: »Warum die, wieso dürfen die sich vordrängeln?« Ein Hüne wollte uns am Eingang des Casinos stoppen. Doch ein Männlein in einem altmodischen Anzug, Rothenberg nicht unähnlich, gab ihm einen Klaps auf den Hinterkopf. *»Show some respect, you idiot, that's Frankie's son and his friends«*, eine Information, die die Medusen zum Schweigen brachte. Er führte uns an unseren Tisch, den für die VIPs, direkt vor der Bühne. Ein Mann hatte dort bereits Platz genommen. Er gab uns die Hand und stellte sich mit tiefer Stimme vor, einer Stimme, die von Nächten sprach, in denen der Mond blau war, von Hotels der gebrochenen Herzen. *»Hey kiddos, I'm Elvis.«* Souzix bestellte eine Erdbeermilch, Momo einen Anisette, wir anderen Whisky. Frank erschien mit seinem schiefen Kragen, Las Vegas seufzte. Er zwinkerte uns zu, stimmte seinen neuesten Hit an, *My Way*, und alles war gut.

Die Woche begann mit ihren gewohnten Pfiffen, ihren Morgengebeten, ihren stillen Mahlzeiten, weiteren Pfiffen, weiterer Stille, dem Eis an den Fenstern, der Kälte in den Steinen, den Diensten, Fouines Geschäften. Ein Neuer kam ins Haus, ein verstrubbelter Fünfjähriger, der mit nicht nachlassender Verwunderung um sich schaute. Am nächsten Tag trug er Pissmantel, stand schlotternd, verwunderter noch, im Hof. Und was machten meine Freunde, als sie ihn gelb und durchgefroren am Fenster vorbeigehen sahen? Sie machten sich lustig über ihn, klar, Souzix am lautesten. Ich sagte es bereits, Heilige waren sie nicht.

Die Langeweile wie ein Schraubstock. Wir gruben in unserer Brust, suchten in uns nach dem Raum, der draußen fehlte. Selbst der Unterricht drückte uns nieder, von einer Belanglosigkeit, die meine Mutter, die Gymnasiallehrerin, entsetzt hätte. Niemand war bestrebt, uns etwas beizubringen, es ging nur darum, uns zu beschäftigen. Uns in den Stand zu setzen, zwischen Elektriker und Klempner zu wählen. Einen Phasenleiter von einem Nullleiter zu unterscheiden, eine Schraubverbindung von einer Pressverbindung. Niemand brachte uns bei, groß zu denken, das Allgemeine zu sehen. Immer stellte man uns an die Steckdose oder an den Wasserhahn, nie ans andere Ende dieser kupfernen Adern, die unsere Nächte erhellten und unsere Kehlen spülten, nie an die sprudelnden Quellen, die fabelhaften Turbinen. Deshalb sind wir auch jämmerliche Klempner, lausige Elektriker.

In dieser Woche wagte Edison den Aufstand. Er ging zum Pfarrer und bat um anspruchsvollere Mathematikbücher als die, die wir benutzten – er erahnte in ihnen eine Schönheit, die uns entging. Der Pfarrer lachte, Grenouille auch. Der Aufseher betonte, Edison habe bereits das Glück, eine Ausbildung wie ein echter Franzose zu genießen, und zum Straßenkehren brauche man ohnehin kein Mathe. Der Pfarrer wies Grenouille zurecht. In Gottes Augen spiele die Hautfarbe keine Rolle, solange man ein guter Christ sei. Ein guter Christ allerdings, bestätigte er, komme auch ohne Mathematik auf höherem Niveau aus, das stünde sonst in der Bibel. Aber hatte Jesus, erwiderte Edison, nicht gerade eine Schwäche fürs Multiplizieren? Sénac ließ ihn die Außenklos schrubben, die schlimmsten, damit er lernte, was Demut hieß. Und um sich seiner Reue zu vergewissern – wer war schon gefeit gegen einen Rückfall –, taufte Grenouille ihn mehrmals in den Wassern des Jordan.

Am nächsten Tag, Mittwoch, platzte der Aufseher morgens in den Unterricht und zeigte mit dem Finger auf Sinatra.

»Du. Mit mir.«

»Ich?«

»Ja, du, bist du taub? Mit mir, habe ich gesagt. Der Pfarrer will dich sehen.«

Sinatra warf uns einen bangen Blick zu. Fouine ignorierte ihn, Edison ignorierte ihn, Souzix ignorierte ihn. Ich ignorierte ihn – jeder für sich. Momo ignorierte ihn, aber ich hätte nicht beschwören können, dass er etwas verstand. Der Unterricht schleppte sich unter den Rissen im Putz dahin. Kurz vor der Glocke kam Sinatra zurück, leichenblass. Momo stupste mich an und zeigte mir eine Blume, die er gemalt hatte.

Es läutete. Wir gingen im Gänsemarsch hinaus, Sinatra zuletzt. Im Speisesaal setzte er sich abseits von uns, die Stirn gerunzelt, den Blick im Irgendwo. Nach dem Essen hatten wir Sportunterricht, aber auf dem Weg dorthin bog er ab zu den Toiletten. Fouine löste sich aus der Gruppe und folgte ihm, ich ging mit. Edison, erfüllt von frischer Demut und mit den ersten Anzeichen einer Bronchitis, hielt es für ratsam, uns nicht zu begleiten.

Sinatra stand am Pissoir, als wir hereinkamen in diesen Raum, in dem es trotz der jahraus, jahrein geöffneten Fenster und allen kniendem Geschrubbes immer nach Urin roch, dem Urin unterernährter Mönche oder fettleibiger Kanoniker, zitternder Kinder, hormonstrotzender Jugendlicher, ein gelber Geruch, der sich in die Fugen gefressen hatte und das Haus gleichsam im Leim hielt. Sinatra schaute mit leicht offenem Mund an die Decke.

»He, jetzt sag schon, was ist passiert?«, rief Fouine.

Sinatra zuckte zusammen, schickte einen Strahl an die Wand und besprühte Jahrzehnte der Kunst im Rohzustand: von Pfeilen durchbohrte Herzen, Versprechungen auf ein französisches Algerien, *René + Jean-Louis*, spritzende Schwänze, *Tod den Fellacken,* das alles unter dem Firnis des Vergessens. Sinatra korrigierte die Richtung, schüttelte ab und zog den Reißverschluss zu. Als er sich umdrehte, lächelte er.

»Seid ihr bereit?«

»Wofür?«

»Dafür: Mein Vater hat geantwortet.«

»Was?«

»Na ja, sein Agent. Er sagt, Frank will ein paar Tests machen, um zu sehen, ob ich sein Sohn bin. Sie schicken jemanden her. So einen Experten.«

»Soll das ein Witz sein?«

»Von wegen. Der Pfarrer hat es mir selber gesagt.«

»Und wann schicken sie diesen Experten?«

»Keine Ahnung. Aber sie sollten sich beeilen. Ich will hier nicht verschimmeln.«

Er lachte, nervös, immer lauter, konnte nicht mehr aufhören. Als er sich wieder gefangen hatte, stemmte er die Hände in die Hüften und streckte die Brust raus.

»Da seid ihr platt, was?«

Dann ging er hinaus, schüttelte den Kopf und pfiff *My Way*.

»Denkst du, das ist möglich?«, fragte Fouine. »Dass Sinatra sein Vater ist?«

»Weiß ich nicht. Aber ähnlich sehen sie sich schon.«

»Bin gespannt auf das Ergebnis der Tests.«

»Ich auch.«

Wir gingen wieder zu den anderen, ziemlich platt, wohl wahr, in den Augen die Lichter des Strip, in der Kehle ein Geschmack von T-Bone-Steak und Hummer *all you can eat*. Das war unvorstellbar. Das war unlogisch.

Aber wir hatten schon Unglaublicheres gesehen, und sehen sollten wir noch einiges.

Es regnete dicke Schnüre, keine Bindfäden. Schiffstaue, schwarz vom Schlamm und vom Schweröl. Grenouille machte sich einen bösen Spaß daraus, den DS so weit wie möglich vom gräflichen Anwesen entfernt zu parken.

»Können wir nicht ein Stück näher ran?«

»Die Zufahrt ist ein einziger Matsch. Oder möchtest du, dass ich mir die Reifen schmutzig mache?«

Ich rannte los, dreihundert Meter unter der prasselnden Urgewalt. Und schlotternd, leicht benommen, wartete ich im Kreis meiner Blumen auf Roses Wohlwollen. Eine Stunde verging.

Schließlich wurde ich eingelassen, im Kamin des Salons brannte ein Feuer. Ich trat heran, um mich aufzuwärmen und den Pullover zu trocknen. Die Hauslehrerin ließ uns allein, offenbar war sie zu dem Schluss gelangt, dass niemand je eine Oper über uns schreiben würde – womit sie recht hatte. Von ihrer Klavierbank aus wandte Rose sich zu mir, sie trug dasselbe Kleid wie am ersten Tag, ein Rot von der Arroganz des Klatschmohns.

»Noch nie was von einem Regenschirm gehört?«

»Du hast unseren Brief abgeschickt, ja?«

»*Guten Tag, Rose. Wie geht es dir, Rose?* Bringt man euch keine Manieren bei in eurem *Waisenhaus*?«

Sie betonte das Wort extra, damit es schmerzte. Dann lachte sie laut.

»Das Gute zwischen uns ist, dass wir uns hassen und dass wir uns alles sagen können, ohne Angst, uns wehzutun. Du hältst mich für eine verwöhnte, eingebildete Pute, für zu reich, für zu dies, für zu das. Du magst nicht, wie ich mich anziehe.«

»Doch, ich mag, wie du dich anziehst«, erwiderte ich kaum hörbar. »Marc Bohan ist ein Genie.«

Ich plapperte bloß nach, was meine Mutter immer sagte. Ich wusste gar nichts über den Modeschöpfer, nur das, was man mir erzählt hatte. Aber ich mochte das Kleid, wirklich. Dieses Kleid, das sie zugleich einzwängte und befreite, dieses Kleid mit seinen schattigen Falten, in denen ich mich am liebsten verloren und aufgelöst hätte. Rose schwieg, sie war baff. Die Überraschung wäre nicht größer gewesen, hätte ich ihr einen Blumenstrauß aus dem Ohr gezogen, beim letzten Geburtstag meiner Schwester hatte ein Zauberer das so gemacht. Inès hatte vor Freude gequiekt. Viele Geburtstage hatte sie nicht gehabt.

Roses Überraschung war mein Vorteil, und ich schlüpfte unter ihrer Deckung hindurch.

»Alles andere stimmt aber. Eingebildete Pute, verwöhnt, zu reich. Und du parfümierst dich zu stark.«

Wieder lachte sie. Diesmal waren ihre Lippen blass, blasser noch als sonst. Sie ging zum Gegenangriff über.

»Und du riechst nach nassem Schaf.«

»Das ist der blöde Wollpullover, der ist klatschnass.«

»Nein, Joseph. Du riechst auch ohne den blöden Pullover nach nassem Schaf, selbst wenn es nicht regnet. Du bist grauenvoll, ungenießbar, egoistisch. Wir können uns das alles offen sagen, oder? Ich finde das toll, dass ich nicht so tun muss, als ob.«

»Weil du schon mal so getan hast, als ob?«

»Den lieben langen Tag. Ich tue so sehr, als ob, dass ich es sogar jetzt tue. Als ob ich dich ertragen würde. Dabei würde ich dich am liebsten ins Feuer schubsen.«

Ich schaute zum Kamin. Meine Atome zurückgeben, wie Inès. Mich zerstreuen, herumwirbeln im Tosen eines Oktobernachmittags, der wie eine Nacht war.

»Hast du unseren Brief jetzt abgeschickt oder nicht?«

»Ja, ich habe euren Brief abgeschickt.«

»Sicher?«

»Willst du auch noch eine Quittung?«

Ich hatte mich ein wenig aufgewärmt und setzte mich ans Klavier.

»Also dann, heute üben wir …«

»Nein, heute übst *du*. Du spielst für uns beide. Und sieh zu, dass es sich anhört, als würde ich besser, meine Eltern werden sich freuen. Vor allem mein Vater, der gibt sein Geld ungern für nichts aus. Ich lese so lange. Nächsten Samstag machen wir es genauso. Und an dem danach auch. Meine Fortschritte immer schön dosiert, nicht vergessen. Und hör auf, mich anzugucken wie ein geprügelter Hund.«

Ich hatte eine Schuld zu begleichen. Also spielte ich, oder besser gesagt, ich drückte Tasten, die einen Hammer in Bewegung setzten, der eine Saite anschlug, die einen Ton hervorbrachte, der sich in eine Melodie fügte, in eine Harmonie oder in beides. Um Musik ging es nicht. Rose beobachtete mich über ihr Buch hinweg.

»Schon komisch«, sagte sie.

»Was ist komisch?«

»Du hast nie wieder so gespielt wie am ersten Tag, im Büro des Pfarrers.«

Komisch fand ich das nicht, überhaupt nicht komisch. Ich fand es verstörend, dass sie es bemerkt hatte.

»Ich kann mich nicht erinnern, dass ich anders gespielt hätte.«

»O doch. Würdest du noch einmal so spielen, und könnte ich dich hören, ich würde dich selbst vom Ende der Welt aus wiedererkennen. Wer hat dir von Marc Bohan erzählt?«

Sie klappte ihr Buch zu, sprang mit der Leichtigkeit einer Trapezkünstlerin von einem Thema zum nächsten. Ich setzte meine selbstgefällige Miene auf.

»Marc Bohan kennen doch alle.«

»Nein. Das war deine Mutter, richtig? Was haben deine Eltern gemacht?«

Zwei Monate Gleichgültigkeit, und auf einmal der Kugelhagel, Beschuss von allen Seiten. Die bebende Erde, die Angst im Mund, Fensterscheiben, die silberhelle Streifen durch die Luft zogen. Ich musste an mich halten, wäre am liebsten hinausgerannt.

»Die Schuhe, die dein Vater trägt, diese Richelieus … Die macht mein Vater. Hat mein Vater gemacht. Na ja, nicht er selbst, das war seine Firma. Das und die Matratzen.«

»Wie sind deine Eltern gestorben?«

Stabat mater dolorosa
Iuxta crucem lacrimosa,
Dum pendebat filius.

»Willst du nicht darüber reden?«

Es stand die Mutter schmerzerfüllt, in Tränen unterm Kreuz, an dem ihr Sohn hing. Ihr unförmiger Sohn, ihr von Dornen entstellter Sohn, die schwarze Gouache vermengt mit Blut, mit Schweiß, mit Tränen, die Gouache, die sein Gesicht verwischte, dieser schiefe Mund, aus dem der Essig aufs billige Papier troff. Giovanni Battista Pergolesi hatte daraus die zärtlichste Musik gemacht, die es je gab. Und ich hatte *gelacht*. Gelacht über das Elend eines Menschen.

»Flugzeugabsturz.«

»Hmm.«

Nicht »tut mir leid« oder »wie traurig, ist ja schrecklich, armer Joseph«. Nur »hmm«. Und sie sprach kein Wort mehr mit mir, nicht an diesem Tag, nicht in den Monaten darauf, abgesehen von Guten Tag, Danke, Auf Wiedersehen. Was ich zu schätzen wusste. Hass lebt, wie das Gebet, von der Stille.

AM NÄCHSTEN ABEND sprach Marie-Ange das Wort *Wacht* nicht aus. Auch nicht am Sonntag danach und nicht am folgenden. Wir mussten uns den Tatsachen beugen: Unser Brief war verloren gegangen, oder jemand hatte ihn, bevor er sie erreichte, geöffnet und für einen Scherz gehalten. Den Gedanken, dass sie ihn womöglich gelesen und nicht reagiert hatte, ließen wir erst gar nicht zu.

Der November richtete sich ein, ein feuchtes, schneidendes Grau, das uns hinter die Kondenswasserbäche an den Fensterscheiben verbannte. Der große Heizkessel im Keller war angeworfen worden, durchs Gemäuer erscholl sein Brüllen. Zu den üblichen Diensten war der Kohlendienst hinzugekommen, sehr zur Freude von Grenouille, der jedes Mal, wenn er Edison über den Weg lief, bemerkte: »Na, heute bei den Kohlen? Da bist du ja in guter Gesellschaft«, bevor er mit einem schleimigen Raucherlachen weiterging. Wir mussten den Brennstoff von der Rutsche zum Maul des Ungeheuers befördern, und am Anfang verblüffte mich der Eifer, den die Jüngsten an den Tag legten. Unter den zufriedenen Blicken der Älteren schoben sie große Schubkarren, ein jeder hielt einen Griff, manchmal packte ein Dritter mit an. Tatsächlich hatten die Älteren ihnen weisgemacht, dass man *sie* hineinstecken würde, wenn es im Kessel an Kohlen fehlte. Kleine Waisenkinder würden lange brennen und eine überaus angenehme Hitze erzeugen, sehr begehrt von allen Ogern der Welt.

Sinatra war angespannt, nervös, und sobald es am Tor hupte, sprang er auf. Der versprochene Experte war es nie, nur die Großbäckerei, die uns das Brot lieferte, oder eine Ladung Kohlen, einmal sogar eine deutsche Familie, die sich verlaufen hatte, sie dachten, sie hätten ihr Hotel gefunden.

»Wieder so ein Ding von dem Juden«, grummelte er.

»Was haben die Juden dir getan?«, wollte ich wissen.

»Sie hindern mich daran, meinen Vater zu sehen, das haben sie mir getan. Und jetzt halten sie den Experten auf.«

Edison, der kaum je den Mund aufmachte und nur Stromkreise im Kopf hatte, elektrische Ladungen, positive, negative, Edison machte den Mund auf.

»Du gehst uns auf den Sack.«

»Hat dich jemand gefragt? Geh zurück nach Afrika.«

»Ich komme aus dem Jura, du blöder Arsch!«

Edison ging Sinatra an die Gurgel, sie rauften, und dann gaben sie sich, wenn auch widerwillig und beäugt von Fouine, unserem unausgesprochenen Anführer, die Hand. Sinatra räumte ein, dass er nichts Besonderes gegen Juden habe. Und Edison, dass Sinatra nicht dick sei.

 Die Wacht kam standhaft bei jedem Wetter zusammen. Fouine hatte Étienne ein Stück Plane abgehandelt, und wenn es regnete, legten wir uns darunter. Es war eng, stickig. Aber wir waren im Trockenen. Und beim Schein einer Glühbirne, die wir im Flur geklaut hatten und die Edison mit einer Kartoffelbatterie zum Leuchten brachte, hörten wir unser Radio. Einmal, es war der erste Adventssonntag 1969, die Nacht war dunkel und jeden Moment konnte es schneien, sagte Marie-Ange kurz vor Ende der Sendung mit leiser Stimme: »Und seien Sie vor allem *wachsam* auf der Straße.« Sechs Herzen machten einen Hüpfer, ja, selbst das Herz von Momo, denn wir waren so heftig zusammengezuckt, dass auch er aufschreckte. Es folgte eine lange Diskussion darüber, ob das Wort zählte. *Wacht*, das war tatsächlich schwer unterzubringen. Vielleicht war es die einzige Möglichkeit gewesen, die sie gefunden hatte, und sie hatte es in einem anderen Wort versteckt. Aber hatte sie das t wirklich ausgesprochen? Souzix hatte *wacht-sam* gehört, ich *wach-sam*, die anderen konnten sich nicht entscheiden. Die Begeisterung verflog. Und da in den Wochen darauf nichts passierte, mussten wir uns eingestehen, dass es Zufall gewesen war.

Am letzten Adventssonntag fuhr das ganze Waisenhaus ins Dorf hinunter, so war es Tradition. Der Bus parkte am Ortseingang auf einem gepflasterten Vorplatz nahe einem Gebirgsbach, und hinter einem großen Stern aus Pappmaschee zogen wir in einer Prozession hinein, der Pfarrer vorneweg. Danach genossen wir die Freiheit, rings um den Dorfplatz auszuschwärmen. Eine von Grenouille streng kontrollierte Freiheit, denn wie ein bösartiger Schäferhund umkreiste er uns in großen Bogen und trieb jeden, der sich zu weit entfernt hatte, mit seinen Nagelstiefeln zurück in die Mitte der Herde. Niemand verstand es so wie er, uns in den engen dunklen Gassen aufzustöbern und daraus zu verjagen.

Wir waren Phantome, nie kam mir das so zu Bewusstsein wie an diesem Tag. Die Dorfbewohner lächelten und applaudierten unserer Prozession. Aber sie *sahen* uns nicht. Sie sahen nur den Pfarrer, der lächelte und ihnen die Hand schüttelte, sahen das Personal: ein paar Schwestern, Rachid und Camille, die sich freiwillig gemeldet hatten. Sie sahen nicht den kleinen neuen Jungen, der an der Spitze unserer Gespensterhorde voranstolperte. Ihre Blicke schweiften über unsere Köpfe hinweg. Denn ohne Vergangenheit, ohne Zukunft, ohne Vorher und Nachher ist ein Waisenkind eine Melodie aus einem Ton. Und eine Melodie aus einem Ton gibt es nicht.

Das einzige Mal, dass wir so etwas wie Stofflichkeit annahmen, war beim Betreten eines Geschäfts. Die Leute kniffen die Augen zusammen und mussten sich gehörig anstrengen, ehe sie vage Formen ausmachten, auch wenn sie sich ihnen noch nicht direkt zuwandten, als wären sie sich des genauen Standortes nicht sicher. Doch je länger wir blieben, je mehr wir ausgaben, desto entschlossener fassten sie sich ein Herz, und umstandslos griffen sie nach den Scheinen, die wir gegen Süßigkeiten, Bildchen oder Sportmagazine eintauschten.

Dann gingen wir wieder, hinterließen ein Flirren in

der Luft, Nachtschwalben im Flug, ein Dämmerbild, aber keine Spuren im Schnee. Und sollte der Zufall es gewollt haben, dass welche blieben, wischten die Dorfbewohner sie rasch fort. Sie schlugen die Fensterläden zu, dachten vielleicht, *arme Kinder*, und fast gleich drauf, *zu Hause geht es einem doch besser*.

»Bei Tisch spricht man nicht über Politik, nicht über Sex und nicht über Religion«, hatte mein Vater mir beigebracht.

Das hatte er von seiner Mutter, und es war ein guter Rat. Beim Weihnachtsessen, das wir im Schein Dutzender Kerzen im Speisesaal zu uns nahmen, wurde also nicht über Politik gesprochen, geschweige denn über Sex. Dafür wurde es religiös. Und zwar sehr. Der Pfarrer persönlich übernahm die Rolle des Vorlesers, und zwischen jedem Gang stand er auf und las eine Stelle aus einem Evangelium. Nach der zweistündigen Messe, die wir im Kloster der Dominikanerinnen über uns hatten ergehen lassen, zitterten wir schon vor Ungeduld und vor Hunger. Sénac gebot uns, frohen Herzens zu sein, die Seele erfüllt vom Jubel. Der Magen hing uns in den Kniekehlen.

Das Menü unterschied sich nicht von unserer üblichen Kost, abgesehen von einer klebrigen, mit kandierten Früchten verzierten Brioche, die die Großbäckerei drei Tage vorher als Nachspeise geliefert hatte. Für die über Sechzehnjährigen gab es eine doppelte Ration Wein. Den Kleinen gaben wir heimlich etwas davon ab.

Die Bäckerei hatte auch eine Kiste mit Spitzhüten und anderen Partyartikeln geliefert, die waren im Heizkessel gelandet. Es war Weihnachten, hatte der Pfarrer uns in Erinnerung gerufen, nicht Karneval. Aber die Confinianer schienen glücklich zu sein. Sénac selbst hatte sich den ganzen Tag fröhlich, fast beschwingt gezeigt.

»Warum machst du so ein Gesicht?«, fragte mich Fouine.

»Weil es bei meinem letzten Weihnachten Truthahn gab. Und eine Biskuitrolle.«

»Bei meinem letzten Weihnachten ist das Haus über uns eingestürzt.«

Nach dem Essen durften wir hinaus. Mitternacht nahte, ein Duft von Harz und Tannenzapfen strich über den klirrenden Frost. Grenouille, der sich beim Ausflug ins Dorf eine Mordserkältung geholt hatte, grummelte vor sich hin und trat im frischen Schnee von einem Fuß auf den anderen. Er überwachte uns, den Kopf ein wenig nach hinten gelegt, als bekäme er die Lider nicht ganz hochgeklappt. Ein bronzener Gesang wehte aus dem Tal herauf, zwölf Schläge, eingesammelt an einer Kirchturmspitze vom stiebenden Schnee. Und eine leise Freude ergriff unsere Herzen, eine Krippenfreude, die Freude von Tieren, die um Mitternacht sprechen, während sich im Morgenland drei Könige aufmachen, einem Stern zu folgen. Wer es in einem früheren Leben gehört hatte, brachte ein »Frohe Weihnachten« hervor, und in manchen Augen brannte es. Ich stupste Momo an.

»Mensch, Junge. Frohe Weihnachten.«

Er nickte heftig, mehrmals, vergrub seine Lippen zwischen den Ohren von Asinus und erzählte ihm wortlos von Datteln, gefüllt mit Marzipan, von fetttriefenden Oreilletten, von Aniskringeln und Orangenblüten, von den duftenden Köstlichkeiten früherer Weihnachten.

Sénac klatschte in die Hände, bat um Ruhe.

»Der Heiland ist uns geboren, halleluja, halleluja!«

»Halleluja!«, riefen ein paar Streber.

»Diese Zeit der Freude und der Besinnung, der Demut vor dem größten aller Wunder, ist auch eine Zeit der Vergebung. Der sündigste unter den Sündern, dessen Namen ihr aus eurem Gedächtnis gelöscht habt, hat mir heute Morgen seine Reue bekundet. Er hat mich auf Knien angefleht, wieder in den Schoß der Kirche zurückkehren zu dürfen. Welcher Vater würde es ihm verweigern?«

Ein aufgeregtes Murmeln ging durch den Hof.

»Satan hat sich der Macht Christi gebeugt. Es ist Zeit, das verlorene Schaf aus der Versenkung zurückzuholen!«

Fouine wurde blass. Andere Kinder stampften mit den Füßen, ein kleiner Junge weinte hysterisch.

»Worum geht's?«

Fouine ignorierte meine Frage, alle Farbe war aus seinem Gesicht gewichen.

»Mir nach, Confinium!«

Sénacs Wangen glühten vor Kälte, aber so freudig erregt hatte ich ihn noch nie gesehen. Gefolgt von einer wilden Kinderschar und einem schwankenden Grenouille, schlug er den Weg zum Schlafsaal ein. Er ging daran vorbei, zog einen schweren Schlüssel aus der

Tasche und entriegelte die eiserne Tür, durch die er in der Nacht, als ich die Geheimgesellschaft entdeckt hatte, verschwunden war. Beim Anblick der ins Dunkel hinabtauchenden Treppe weinte der hysterische Kleine noch jämmerlicher und erstarrte, weigerte sich, einen Schritt zu tun. Die fröhliche Menge ging um ihn herum und beachtete ihn nicht weiter, so wenig wie die Pfütze, die sich unter seinen verdutzten Füßen ausbreitete.

Wer jetzt denkt, er wüsste alles, der weiß doch nichts. Wer jetzt denkt, er wüsste alles über das Confinium, über der Menschen Wahn, dem kann ich nur sagen: Das wenige, was ich selbst weiß, habe ich an Weihnachten 1969 gelernt, als wir die steinerne Treppe in den Keller hinabstiegen. Es war ein anderer Keller als der Kesselraum, aus gelbem Bruchstein, das ehemalige Priorat musste auf älteren Fundamenten errichtet worden sein. Unten führte ein Gang, an den Seiten durchbrochen von vergitterten Bogen, zu einer eisernen Tür. Der Gang war sauber, betoniert, in regelmäßigen Abständen leuchteten Glühbirnen an einem schwarzen Kabel. Man hätte einen Geruch von Feuchtigkeit erwartet, von altem Verlies, aber in der Luft hing ein Duft von Weihrauch, als wären die Schwaden der sonntäglichen Messen, von den Bittgebeten beschwert, nicht aufgestiegen, sondern in den Boden hinabgedrungen. Vielleicht hatte Gott deshalb nicht geantwortet.

»Was ist das hier?«, fragte ich Souzix.

»Die Versenkung.«

 Diesmal verstand ich. *Zeit, das verlorene Schaf aus*

der Versenkung zurückzuholen. Die Heimkinder bildeten links und rechts der Tür am Ende des Gangs ein Spalier. Sénac wartete ein paar Sekunden, dann schloss er mit einem zweiten Schlüssel auf.

Nichts passierte.

»Hab keine Angst«, sagte der Pfarrer. »Komm.«

Ein Mann kam heraus, blinzelte. Der Kopf geschoren, noch gemustert von den Wegen einer rachsüchtigen Haarschneidemaschine, das Gesicht verschluckt vom Bart.

»Du hast uns etwas zu sagen, nehme ich an.«

Der Mann trat weiter vor ins Licht. Was ich für einen Bart gehalten hatte, war nur der Schatten, der sich in seinen eingefallenen Wangen sammelte. Ein Mann war das auch nicht. So wenig wie ein Jugendlicher, nicht mit solchen Augen. Und da er kein Kind gewesen war, schließlich war kein Insasse des Confiniums jemals Kind gewesen, dachte ich für einen staunenden Moment, ich hätte es mit einer außerirdischen Lebensform zu tun. Aber dann erkannte ich ihn an seinem roten T-Shirt, es war dasselbe wie auf dem Foto, das ich gesehen hatte. Nur dass das Rot unter der Schmutzschicht, die den Stoff geschwärzt hatte, allenfalls als magmatische Streifen zu erahnen war.

»Na los, sag deinen Kameraden noch einmal, was du mir heute Morgen gesagt hast.«

»Ich bitte um Vergebung«, flüsterte der Außerirdische.

»Lauter«, sagte der Pfarrer.

»VERGEBUNG!«

Er hatte geschrien. Es war der Schrei des Verlassenen, nicht des Gekränkten, der Schrei eines Neugeborenen. Sénac strahlte.

»Willkommen in unserer Mitte, Danny. Mit offenen Armen empfängt dich deine Familie in diesen heiligen Stunden. Zu Ehren von Danny beten wir das Credo.«

Ich glaube an den einen Gott, Schöpfer des Himmels und der Erde, alles Sichtbaren und Unsichtbaren …

ICH HABE GETRÄUMT, dass dort alles weich war. Die Wände waren weich, die Treppen waren weich, und wer gegen die einen stieß oder die anderen hinunterstürzte, geschubst, geworfen, müde stolpernd, sank in eine warme Umarmung, die einen tröstete und sanft wieder aufrichtete. Den Erbauern von Saint-Michel-de-Geu hätte ich am liebsten gesagt, sie sollten weich bauen.

Aber Joe, werden Sie einwenden, seien Sie vernünftig. Ihr weiches Priorat wäre in sich zusammengefallen. Es hätte nicht gehalten. An seiner Stelle gäbe es heute nur einen ruhigen Wald mit hundertjährigen Wurzeln.

Genau.

SÉNAC HATTE DIE VERSENKUNG nicht erfunden. Er hatte sie von seinem Vorgänger geerbt, Pater Puig. Der alte Vorratskeller war nach dem Krieg in eine »Gebetsstätte« umgewandelt worden, um dort den Widerspenstigen begreiflich zu machen, dass es, in welcher Situation sie sich auch befanden, weit Schlimmeres gab. Die Versenkung empfing Heimkinder jeden Alters. Etliche der Tränen, die den Beton netzten, waren von reinstem Wasser und fielen aus keiner großen Höhe. In der Regel war es ein Aufenthalt von ein oder zwei Tagen, in einer Dunkelheit, die das schmale Licht unter der Tür kaum ins Graue zog. Bei den Aufsässigen bis zu einer Woche.

Danny hatte zweihundertachtunddreißig Tage darin verbracht.

Sie hatten ihn bei der Felswand gefunden, die er auf seiner Flucht zu erklettern versucht hatte, mit verstauchtem Knöchel. Als Danny in die Versenkung kam, Ende April, schwor er, sich niemals zu entschuldigen. Sénac versicherte ihm, er komme nur heraus, wenn er sich entschuldige. *Zweihundertachtunddreißig Tage.* Und die ganze Zeit, die ich im Confinium gewesen war, hatte ich nicht geahnt, dass unter meinen Füßen ein

Herz schlug. Als ich bei Henri Fournier auf dem Bett gehüpft war und »*Pleased to meet you, hope you guess my name!*« gebrüllt hatte, war Danny bereits in der Versenkung. In der Versenkung, als die Caravelle abstürzte, in der Versenkung, als Michael Collins Armstrong und Aldrin auf dem Mond absetzte. In der Versenkung, als ich Rose kennenlernte, als ich den Rhythmus verstand und ihn gleich wieder verlor. Aber nicht das verstörte mich am meisten.

Am meisten verstörte mich, dass meine Freunde nicht gelogen hatten. Danny war tot.

Sein Körper bewegte sich, das schon. Reiz, Reaktion, er funktionierte wie ein Pianola. Doch der Danny aus dem Mythos, den die Mitglieder der Wacht Tag für Tag geschaffen hatten, den sie an mich weitergegeben hatten in der Hoffnung, ich würde ihn meinerseits ausschmücken und an andere weitergeben, dieser Danny war, zusammengeschlagen in einem geblümten Kleid, ein paar Monate vor meiner Ankunft gegangen. Und so ungebildet meine Freunde waren, so unwissend in allem, hatten sie mit ihrem hellen Verstand begriffen, dass er an jenem Frühlingsabend erloschen war. Um ein Haar hätten sie gesehen, wie er sich aufrichtete, seinen Körper ablegte und dieses lästige Gerippe auf den kühlen Steinplatten des Confiniums zurückließ. Danny war nicht mehr, das wussten sie schon lange. Das übrige Waisenhaus bekam es vorgeführt, als er in der Woche nach seiner Rückkehr auf eine Gruppe von drei Großen zuging, die einem Knirps die Schuhe mit Rotz und Spucke wichsten. Die Täter erstarrten bei seinem Anblick – früher hätte er sie verdroschen. Danny ging an ihnen vorbei, ohne von dem kleinen Märtyrer Notiz zu nehmen.

Die Mitglieder der Wacht blickten mürrisch. Ihr ehemaliger Chef war zu unserem ersten Treffen nach seiner Freilassung nicht gekommen. Wir kämpften ohne große Begeisterung gegen die russischen Raketen, schlugen ein wenig leidenschaftlicher unsere Ein-Blatt-Enzyklopädie auf, um irgendwie herauszukriegen, wofür diese verdammte Klitoris gut war. Und als Danny am nächsten Sonntag als Letzter auf dem Dach erschien, wurden die Gesichter noch länger. Mir war schnell klar, dass sie sauer auf ihn waren, schließlich hatte er geschworen, sich nicht zu entschuldigen. Schließlich hatte er, bevor er in die Zelle ging, noch gesagt: »Wir werden uns nicht wiedersehen«, und Danny log nie. Er war der aufgeschwemmte Elvis Presley, war Schumann in der Irrenanstalt, der syphilitische Schubert mit seinem Zittern, war Beethoven, der die eigenen Sinfonien gegen den Takt dirigierte, weil er das Orchester nicht mehr hörte. War der senile Haydn, der sturzbetrunkene Sibelius, der zahnlose Chet Baker. War einer, den man nicht mehr sehen und aus dem Gedächtnis löschen will, um sich allein an die glanzvollen Zeiten zu erinnern.

In diesen ersten Tagen des Jahres 1970 sprach Danny seine ersten Worte seit der Rückkehr aus dem Keller. Er saß an dem Mäuerchen der Terrasse auf einem Schneehaufen, den zu räumen er sich nicht die Mühe gemacht hatte. Wir in der Mitte, rings um unser Radio, mit einem flauen Gefühl. Das alte Telefunken-Gerät legte sich ins

Zeug, um unsere Lieblingssendung aus einem magnetischen Sturm herauszufiltern.

»Wer sind diese Heinis?«

Seine Stimme klang banal. Weder tief noch hoch, eine mittlere Lage, nur ein bisschen heiser. Es war nichts Ungewöhnliches an ihr, außer dass es sie nach zweihundertachtunddreißig Tagen Schweigen noch gab.

»Seid ihr taub? Wer sind diese Heinis?«, fragte Danny noch einmal.

»Zwei neue Mitglieder der Wacht«, erklärte Fouine. »Das ist Joe, das ist Momo.«

»Würde mich wundern, ich habe nicht abgestimmt. Jede Aufnahme erfolgt grundsätzlich einstimmig. Ich stimme dagegen.«

»Also, ich bin auch dagegen«, kam prompt von Sinatra.

»Niemand hat dich nach deiner Meinung gefragt«, blaffte Danny.

Edison prustete los, Sinatra wurde rot und zeigte Danny, als der nicht hinsah, den Mittelfinger. Fouine bewahrte die Ruhe, verlor nicht seinen Kompass, wie es nur jemand schafft, der als Fünfjähriger in weniger als zwei Sekunden vom sechsten Stock ins Parterre geschossen ist.

»Du konntest nicht abstimmen. Hättest auch gar nicht zurückkommen dürfen. Sie sind aufgenommen und fertig.«

Danny kapitulierte mit einem Achselzucken. Die anderen waren jetzt erst recht sauer auf ihn.

An einem graupeligen Tag ging ich gerade die Marmortreppe hinauf zum Büro des Pfarrers, als ich Danny herunterkommen sah. Er nahm an allen Treffen der Wacht teil, ohne ein Wort, und die einzige Spur von Leben in seinem reglosen, in sich zusammengesunkenen Körper war der blaue Dunst, der ihm in diesen Januarnächten an den Lippen hing. Er saß nur da und beobachtete unsere Spiele mit der spöttischen Miene eines Menschen, der nicht mehr an sie glaubt, aber alles dafür geben würde, wenn er es noch einmal könnte.

In dem Moment, als ich an ihm vorbeikam, streckte er das Bein aus, und ich knallte auf die Stufen. Der Atem gestockt, in der Kehle Blut und Stein. Danny ging ungerührt weiter. Ein andermal zog er mir den Stuhl weg, als ich mich setzen wollte. Oder er stieß mir den Zirkel in die Hand. Ich ging nicht länger zu den Treffen der Wacht. Momo machte es wie ich, klar. Fouine, Edison und Souzix baten uns inständig, wieder hochzukommen, Sinatra war das egal. Und die Wacht fand zurück in ihre alten Bahnen, mit ihrem gekitteten Helden, aber ohne uns. Danny ließ mich seine Ablehnung weiterhin spüren, seine Gemeinheiten kamen in den unerwartetsten Momenten. Tag für Tag trampelte dieses aus dem Boden gekrochene Monster auf dem bisschen Freude herum, das ich angespart hatte, ausgesiebt und gewaschen in dem schlammigen Fluss, der mich an einem Abend im Mai fortgeschwemmt hatte.

Am 1. Februar legte sich ein märchenhafter Schnee über das Confinium. Alles wurde weiß, geschminkt wie für einen Ballabend. Der Schnee verlangsamte unsere

Bewegungen, unsere Herzen, unseren Hass. Nur nicht den Hass, den Rose und ich füreinander empfanden und der uns jeden Samstag verband, radioaktiv, nuklear, eine strahlende Erdkugel, der die Kälte nichts anhaben konnte. Er hielt mich den ganzen Winter warm.

Eines Morgens kam Grenouille in die Klasse und holte Sinatra heraus. Eine Stunde später erschien unser Freund wieder und zeigte angeberisch einen roten Fleck an seiner Armbeuge. Ein amerikanischer Arzt war gekommen, mit einer Krankenschwester, die so schön war, dass ihm noch die Augen flimmerten, und hatte ihm Blut abgenommen. Sie hatten ihm geraten, sich zu gedulden, es würde eine Weile dauern, bis die Ergebnisse vorlägen. Frank nahm die Sache offenbar ernst, ein Irrtum musste ausgeschlossen werden.

Am Abend von Mariä Lichtmess – dabei fällt mir ein, dass es an dem Tag immer Crêpes gab, und jetzt gab es keine – ging ich auf den Hof, nachdem ich die Korrespondenz des Pfarrers erledigt hatte. Etwas Schweres fiel auf mich und warf mich in den Schnee. Schläge hagelten herab, auf meine Schultern, auf meinen Bauch, ich erkannte Dannys Gesicht im Licht der Außentreppe, seine eisverkrusteten Augen, seine gleichgültigen Augen. Und seine Gewalt schoss mir in die Adern, es war die Gewalt von Generationen zerkratzter, zerschürfter, zerschundener, mit Kies und Blut vertrauter Waisenkinder. Ich versuchte nicht länger, seinen Fäusten auszuweichen, und schloss die Hände um seinen Hals. Das Manöver überraschte ihn, er wollte zurückweichen, stolperte. Ich ließ nicht los. Er schlug mit dem

Kopf gegen eine Stufe. Ich drückte weiter zu, kein bisschen aufgewühlt.

In Gefängnissen welkt alles dahin, das Herz, die Seele, alles, nur nicht die Kraft, die wächst. Danny war robust. Er hätte kämpfen können. Aber er öffnete seine Fäuste und ließ mich gewähren, hielt den Mund aufgesperrt, keine Luft drang herein. Seine Augen waren ruhig, fast heiter. So friedlich, dass ich sofort losließ. Danny starrte in den Himmel, die Lippen vorgestülpt. Dann fuhr er hoch und entriss der Nacht einen langen Schwall. Er atmete wieder.

Ich war als Erster auf den Beinen, und ich versprach ihm eins:

»Irgendwann bringe ich dich um.«

Danny sah mich an, auf seinen langen Wimpern reihten sich die Flocken wie Perlen aneinander.

»Danke.«

ALLES BEGANN 2003 IN ENGLAND. In Sheffield, um genau zu sein, noch genauer: in der Sharrow Vale Road. Eines Tages im Juni – das exakte Datum ist in Vergessenheit geraten, aber ich mag den Gedanken, dass es Juni war – ließ ein Anwohner auf der Straße ein Klavier stehen, weil er es nicht die Treppe zu seiner neuen Wohnung hochbekam. Er deckte es mit einer Plane ab. Und hängte einen Zettel hin, eine Einladung, darauf zu spielen, sofern Passanten dies wünschten. Das öffentliche Klavier war geboren. Besser gesagt, die Idee eines öffentlichen Klaviers: ein an einem Durchgangsort aufgestelltes Instrument, das allen und niemandem gehört.

Aber ein Klavier muss nicht an der Straße stehen, in einem Flughafen, einem Bahnhof, ein Klavier muss nicht *draußen* stehen, um öffentlich zu sein. Eine offene Tür genügt. Der Beweis: Durch die offene Tür eines Musikinstrumentengeschäfts in New York, 211 W 58th Street, hörte ein Mann mich eines Nachmittags im September 1981 spielen. Es war Spätsommer, »Indian Summer«, eine Jahreszeit, wie nur Amerika sie kennt, mit verspielten rosa Schatten, die entwischen, sobald man nicht hinsieht. Der Mann kam herein, ohne seinen Hut abzunehmen, einen Trilby aus Wolle. Er war groß und in Begleitung einer Frau, einer atemberaubenden, durchgeknallten Frau, von der ich später erfuhr, dass sie hundertzwanzig Katzen hatte und Pannonica hieß – bis heute frage ich mich, welche der beiden Tatsachen mich am meisten verwundert. Er trat an das Klavier heran, das ich auf Wunsch eines Freundes ausprobierte. Wir unterhielten uns nur kurz, zumindest kam es mir so vor, denn nachher versicherte man mir, er sei sehr gesprächig gewesen. Der Mann legte mir die Hand auf die Schulter. Er sprach mit einem leichten Zischen.

»Your old man taught you to play?«

Ob mein alter Herr mir das Klavierspielen beigebracht hätte? *Oh, no*, antwortete ich, *I'm an orphan.*

»You play like that, you ain't an orphan no more.«

Wenn du so spielst, bist du keine Waise mehr. Er ging, die Frau lächelte mir zu und folgte ihm.

Ein paar Monate darauf starb Thelonious Monk. Ich erkannte ihn in den Zeitungen. Er war ein Jazz-Genie, und manche nannten ihn verrückt. Das Publikum, die Kollegen. Verrückt, weil er imstande war, mitten im Konzert abzuhauen, über den Tasten einzuschlafen. Verrückt wegen seiner Phrasierung, seiner ungewöhnlichen Akkorde und schrillen Intervalle, seiner seltsamen Hüte, seiner Blicke ins Leere und seiner langen Abwesenheiten. Verrückt, weil er, das Genie, der Virtuose, seit sechs Jahren kein Klavier mehr angerührt hatte. Viele dachten, er hätte dem Instrument den Rücken gekehrt.

Heute weiß ich, dass er nie aufgehört hatte zu spielen. Er brauchte einfach keine Tasten mehr.

VIELLEICHT WAR ES DER KAMPF im Schnee mit Danny, der den Ausschlag gab, die Angst, die über mich kam, als mir bewusst wurde, dass ich einen Menschen töten konnte, selbst wenn dieser Mensch sterben wollte. Nach vierundzwanzig Samstagen jedenfalls, vierundzwanzig leeren Stunden, die ich darauf wartete, dass Rose mich hereinließ, ein ganzer Tag meines kurzen Lebens vertan auf einer Bank in einem dunklen Flur und vor Blumen, die seit zweihundert Jahren tot waren, nach vierundzwanzig Samstagen hatte ich die Nase voll. Am 7. Februar 1970 ging ich, ohne zu warten, schnurstracks in den Salon und dachte, ich würde Rose dort antreffen, abgetaucht in ein Buch, während die Stunde ächzte.

Im Zimmer war niemand. Das Säuseln der Holztäfelung, die knirschenden Schatten, alles flüsterte mir zu, dass ich nicht am richtigen Ort war. Ich machte rasch kehrt, nahm den falschen Flur. Ich bog ab, verirrte mich. Der Atem des Hauses ging heftiger, ein Stöhnen, hörbar jetzt, *hhaaam, hhaaam*, ein dösendes Tier. Eine Stimme ließ mich zusammenfahren, hundertfach widerhallend in dem Labyrinth. *Hhaaam, hhaaam*. Ich ging zurück, folgte meinen Ohren, kam zu einer angelehnten Tür. Das Atmen kam von dort.

Es war ein Zimmer, so viel konnte ich erkennen, als ich mein Auge an den Spalt drückte. Ein Strauß Wiesenblumen, diesmal echte, wollte die Atmosphäre aufheitern, vermochte die hoffnungslose, den Wänden entströmende Traurigkeit aber nicht zu vertreiben, die Erinnerung an wohlsituierte Witwen, die dort einmal gelebt hatten. Der graue Mann, den ich vor ein paar Monaten im Flur gesehen hatte, stand neben einem Fabelwesen, halb Frau, halb Elefant: Rose, sie trug ein altes Beinkleid und als Oberteil nur einen Büstenhalter, der nicht viel zu halten hatte. Auf ihrem Gesicht eine Maske, über einen Rüssel verbunden mit einem seltsamen Gerät, einem Blasebalg in einem eisernen Gestell, das sich auf und ab bewegte, während der Mann, Stethoskop um den Hals, Messungen vornahm und sie von Zeit zu Zeit abhorchte.

Rose hatte Mühe, den Blasebalg allein mit ihrer Atmung in Gang zu setzen, auf der blutleeren Stirn lag ein Glanz von Schweiß. Ich ertappte mich dabei, wie ich den Atem anhielt, ehe ich ihn zusammen mit ihr entließ. Sie hatte mich also nicht umsonst warten lassen. Sie war krank. Und unter Kranken hilft man sich.

Ich hatte eine solche Apparatur einmal bei unserem Hausarzt gesehen. *Tuberkulose*. Und ohne Vorwarnung bekam mein Hass einen Knacks, ich wollte ihn festhalten, mit beiden Händen, aber zu spät. Risse durchzogen ihn, wie die Risse in Fouines Zimmer eines Heiligabends, große Stücke platzten schon ab und zersprangen zu einem giftigen feinen Sand, die Rohrleitungen knickten um, Sturzbäche schossen heraus und erfassten alles auf ihrem Weg, ein letzter Seufzer, und der Rest krachte zusammen. Ich tat, was jeder vernünftige Mensch getan hätte: Ich rannte weg.

Als die Hauslehrerin mich fand, saß ich auf der Außentreppe, durchgefroren in dem Wollmantel, den man uns für den Winter gab. Sie war aufgebracht – »Ich habe Sie überall gesucht« –, und mit ihrem fürchterlichen Getrippel ging sie voran zum Salon. Rose, am Klavier, trug jetzt ein Kleid aus Cloqué-Seide, besetzt mit einem Quadrat aus vier schwarzen Knöpfen, zwei auf den Schultern, zwei unter der Brust. Wieder Marc Bohan. Ich glaube sagen zu können, dass Bohan genau wie Monk den Rhythmus gefunden hatte. Geschaffen mit Nadeln und Jersey vielleicht, ein Rhythmus aber trotzdem.

»Du kommst zu spät«, wies sie mich zurecht. »Als hätte ich nichts anderes zu tun.«

»Von wegen. Du hast nichts anderes zu tun.«

In den dreißig Minuten, die ich in der Kälte gehockt hatte, war es mir gelungen, meinen Hass wieder aufzubauen oder zumindest eine Ringmauer zu ziehen, ein rasches Provisorium, ausreichend für die Dauer des Unterrichts. Im Waisenhaus hätte ich eine Woche Zeit, das Gemäuer abzusichern und die notwendigen Verstärkungen anzubringen. Roses Hass dagegen war unversehrt. Ein Hass aus reichem Hause, purer Marmor, aber nicht irgendwelcher: italienischer Marmor, der Marmor der Borgia, der Medici. Doch etwas in der Chemie der Luft, in der zarten Kraft, die den permanenten Zusammenstoß unserer Wut in der Balance hielt, änderte sich an diesem 7. Februar.

Rose stand auf und blieb einen Meter vor mir stehen, die Nase hoch.

»Du hast kein Recht, so mit mir zu reden.«

»Ich rede mit dir, wie …«

Sie gab mir eine charmante Ohrfeige. Dann wollte sie zurück ans Klavier, aber ich packte sie am Arm. Rose löste sich mit einem Ruck.

»Fass mich nicht an!«

»Sonst?«

»Sonst schreie ich, ich werde vergewaltigt!«

»Du vergewaltigt? Eine Tuberkulosekranke?«

Im Jahr 1908 verwüstete in Sibirien eine Druckwelle mysteriöser Herkunft die Landschaft, knickte sechzig Millionen Bäume um, blies auf hundert Kilometern fort, was sich fortblasen ließ. Ein Wirbel aus Staub und Asche wehte bis nach Spanien. Man fand nicht die geringste Spur eines Einschlags, nicht das kleinste Trümmerteil. Jüngste wissenschaftliche Erklärungen führen das Phänomen auf die Explosion eines Meteoriten in weniger als zehn Kilometer Höhe zurück. Ich weiß, dass das nicht stimmt. Dass dort am Ufer der Tunguska ein Mann eine Frau beleidigt hat.

»Wer hat dir das gesagt?«, fragte sie mit kaum hörbarer Stimme.

»Ich … ich habe es gesehen. Zufällig! Ich war auf der Suche nach dem Salon, habe mich verlaufen, und da …«

»Sei still.«

Klar, sie würde ihren Vater rufen. Würde mich rauswerfen lassen. Der Graf würde alles Grenouille erzählen, und der würde Augen machen, dass ich so böse sein konnte, so fies, würde mir auf die Schulter klopfen, Glückwunsch, ehe er mich dem Pfarrer übergab.

Rose setzte sich wieder ans Klavier.

»Ich bin froh, dass ich deinen Brief am Ende doch nicht abgeschickt habe.«

»Du hast unseren Brief nicht abgeschickt?«

»Nein.«

»Wieso nicht?«

»Ich habe ihn gelesen.«

»Was?«

»Für Papas Geschäfte wäre das bestimmt nicht gut, wenn es zu einem Skandal käme, wo er euch so viel gespendet hat«, erklärte sie. »Bitte sehr. Sind wir quitt. Machen wir jetzt Klavier?«

Ich ging zu ihr, fassungslos, wütend – fragte sich nur, auf wen. Sie schlug die Noten auf. Beethovens Klaviersonate Nr. 1, ein Frühwerk, in dem Ludwig, verkleidet als Mozart, noch nicht recht in Erscheinung trat. Aber das Kostüm knirschte unter dem mächtigen, kraftvollen Körper, der noch nichts wusste von den kommenden Qualen, den Qualen des Genies und der Taubheit, wobei nicht sicher ist, ob Letzteres das Schlimmere war. Ich spielte vom Blatt, mechanisch. Nach ein paar Takten schlug Rose den Deckel zu. Ich konnte gerade noch meine Finger zurückziehen.

»Ich bin nicht tuberkulosekrank. Ich *hatte* Tuberkulose. Vor fast einem Jahr. Die Antibiotika haben gewirkt, ich bin geheilt. Aber ich bin immer noch kurzatmig, die Ärzte wissen nicht, warum. Sie sagen, ich brauche frische Luft, deshalb sind wir hier. Ich muss Atemübungen machen, um das Lungenvolumen zu erhöhen. Bitte sehr, zufrieden?«

»Ich wollte nicht …«

»Doch, wolltest du. Du wolltest es wissen. Oder mir wehtun, das ist das Gleiche.«

»Du hättest mir nicht verheimlichen müssen, dass du die … dass du krank warst.«

»Ich habe dir nichts verheimlicht. Du hattest es vor deiner Nase. Hörst du nicht, wie ich atme?«

Sie ließ sich auf das Sofa fallen, auf dem sie sonst immer las.

»Diese Wacht, was ist das? Von der in dem Brief die Rede ist.«

»Eine Geheimgesellschaft.«

Sie lachte, ein sprudelndes Lachen, wie ich es von ihr nicht kannte.

»Dann ist sie jetzt nicht mehr geheim, du hast ja davon gesprochen. Und wozu ist sie gut, diese Geheimgesellschaft?«

»Zu nichts.«

»Und warum gibt es sie dann?«

»Darum. Um etwas tun zu können, was zu nichts gut ist.«

Sie nickte, fingerte an ihrem Buch, schlug es aber nicht auf.

»Tut mir leid. Ich schicke euren Brief ab, versprochen.«

»Ist ja nicht schlimm. Der Brief ändert sowieso nichts.«

»Ich schicke ihn trotzdem ab.«

Dann warf sie mir ihr Buch zu. *Das Leben der großen Heiligen*.

»Ich tu so, als würde ich das lesen, für meine Eltern. Stinklangweilig… Kennst du irgendwelche Geschichten?«

»Traurige Geschichten. Wir haben einen Wettbewerb gemacht.«

»Erzähl.«

»Sollten wir nicht Klavier spielen?«

»Wenn jemand sich wundert, sagen wir, du hast mir Theorieunterricht gegeben.«

Rose klopfte auf das Sofa, auf den leeren Platz neben sich.

»Erzähl, habe ich gesagt. Und wehe, du langweilst mich.«

Ich erzählte ihr von Sinatra, Fouine, Edison, Souzix und wie das Licht auf tausend Arten verlöschen konnte. Erzählte ihr von Danny, denn das waren die einzigen Geschichten, die mir geblieben waren. Die anderen waren in einer Wolke von Kerosin verbrannt. Rose hörte mir zu, hingesunken auf die Lehne, ein schlanker Finger am Nasenrücken, ernste Miene.

»Nicht schlecht«, sagte sie schließlich. »Ich kenne auch eine traurige Geschichte. Trauriger als alle deine zusammen. Sie beginnt so: ›Es war einmal ein junger Torero.‹ Willst du sie hören?«

Und ich Idiot sagte Ja.

Es war einmal ein junger Torero. Das war in Sevilla, zu Beginn des Bürgerkriegs. Alle waren sich einig, dass er Talent hatte, dass er den Todesstoß versetzen konnte wie kein zweiter, abgesehen vom Tod selbst. Aber wegen des Kriegs gab es immer weniger Corridas, und der Torero verbrachte seine Zeit mit der Suche nach dem gefährlichsten *toro*, dem wildesten, dem Stier, der ihm in einem einzigen Kampf zum ewigen Ruhm verhelfen sollte.

Der Torero hatte eine Frau, die war unglaublich schön und unglaublich zärtlich. Er liebte sie mehr als alles auf der Welt, außer der *muleta* vielleicht, dem roten Tuch, mit dem er den Tieren unter der Nase wedelte. »Du brauchst keine Arena«, sagte sie zu ihm. »Du brauchst kein Kostüm. Du brauchst nichts, denn du hast mich und ich habe dich.« Der Torero antwortete: »Ich will dich mit Schmuck behängen, dich in funkelndes Licht kleiden wie mich selbst, ich werde Manolete ebenbürtig sein, diesem Jungen, der in Madrid in aller Munde ist. Ich werde in Sand baden, werde in Blut baden, werde berühmt sein, wenn ich zurückkehre, und auch du wirst es sein.«

Der Krieg ging weiter, die junge Frau wurde schwer krank – Tuberkulose. Der Torero hatte nur wenig Geld, weil er auf der Suche nach einem würdigen Gegner alle Tage durch die Gegend zog. Aber er hatte Freunde, und die trugen eine Summe zusammen, die ausreichte, um seine Frau in ein Land zu schicken, wo es ein Gebirge gab. Der Torero blieb in Sevilla. Zwei Monate vergingen, Neuigkeiten von seiner Frau waren rar, der Krieg schnitt die Wege ab. Eines Tages erreichte ihn eine Nachricht aus der Umgebung von Granada. Ein Züchter hatte von dem Torero gehört, er denke, er habe das Tier, nach dem er suche.

Der Torero begab sich sofort auf die Reise. Als er an kam, erlebte er ein Schauspiel ohnegleichen. Auf einer eingezäunten Weide stand ein Jungstier, vollkommen weiß. Der Torero machte große Augen, und kaum trat er heran, stürzte das seltenfarbene Tier mit gesenktem Kopf auf das Gatter zu, das sie voneinander trennte, und drückte es fast ein. Der Torero hatte seinen Gegner gefunden.

Er kehrte zurück und bot sein Haus zum Verkauf an, um den Erwerb des Stiers zu finanzieren, gegen den er, sobald das Tier erwachsen war, kämpfen wollte. Kurz darauf erreichte ihn ein Brief, halb zerrissen. Er trug das Datum von vor zwei Wochen, seine Frau hatte, weitab in den Bergen, ihren letzten Atemzug getan. Der Torero trauerte lange um sie und machte sich bittere Vorwürfe, seine Eitelkeit hatte ihn von der Frau entfernt, die er mehr als alles auf der Welt liebte, außer der *muleta* vielleicht. Seine Freunde trösteten ihn, mahnten ihn, an die Zukunft zu denken, sich auf den Kampf seines Lebens vorzubereiten. Also geduldete sich der Torero, vier lange Jahre. Er heiratete wieder, ein Mädchen aus dem Dorf, das er von früher kannte. Der *novillo* wuchs heran, wurde zum *toro*. Ganz Sevilla fand sich ein, um den weißen Stier kämpfen zu sehen – bisher hatte man ihn von der Arena ferngehalten. Kaum tauchte das Tier aus dem Zwinger hervor, kaum sah es seinen Matador, stürzte es sich auf ihn. Der Torero machte ein paar Figuren und schätzte diesen seltsamen Gegner ab, der jedes Mal, wenn er ihm auswich, verdutzt stehen blieb. Im zweiten *tercio* platzierte der Matador drei Paar Banderillas im Rücken des Tiers. Und das schöne Weiß, längst getilgt vom Staub, färbte sich karminrot. Immer wieder kam der Stier zurück, wollte nicht ablassen, kam jedes Mal näher und erschwerte die Ausführung der Figuren. Aber der Torero hatte nicht umsonst vier Jahre hart gearbeitet. Als das erschöpfte Tier am Ende der *faena* mit gesenktem Kopf voranlief, ließ der Matador es unter dem Jubel der Menge seine Brust streifen. Und versetzte ihm den Todesstoß. Der weiße Stier sank auf die Knie, doch noch gab er sich nicht geschlagen und stieß, ein letztes Mal, mit seinem Maul gegen die Waden des Siegers. Die frenetische Menge trug den Torero auf Schultern durch die Stadt. Der legendäre Kampf verhalf ihm zu Ruhm und Reichtum. Viele Jahre ging er seinem Beruf nach, und erst mit siebzig setzte er sich zur Ruhe, unbesiegt und umgeben von seiner Frau, seinen Kindern und Enkelkindern. Und wenn er auf sein Leben zurückblickte, bedauerte er nur, dass er der Frau, die er mehr als alles auf der Welt liebte – vielleicht sogar mehr als die *muleta*, sagte er sich mittlerweile –, nicht zur Seite gestanden hatte, als sie in einem fernen Gebirge ihren letzten Atemzug tat.

Er war achtzig Jahre alt und spürte, dass seine Tage gezählt waren, als ein Brief eintraf. Es war ein Brief aus den Tiefen der Zeit, gelblich, knistrig, gestempelt 1940, man hatte ihn bei der Renovierung eines Madrider Postamts hinter einem Sortierschrank gefunden. Ein Brief, den ihm seine Frau aus dem Sanatorium in der Schweiz geschrieben hatte und worin es hieß:

Mir bleibt nicht mehr viel Kraft, ich weiß, dass ich bald gehen werde. Aber sei nicht traurig. Gestern Abend hatte ich einen Traum. Du weißt, dass meine Großmutter ein bisschen hexen konnte und dass ich an so etwas glaube. Und in diesem Traum sagte mir meine Großmutter, dass ich nicht sterbe, nicht wirklich sterbe, ich würde in einer anderen Form weiterleben: als Stier, aber nicht wie die anderen Stiere, sondern ganz weiß. Sollten sich unsere Wege eines Tages zufällig wieder kreuzen, wundere dich also nicht, mein Schatz, wenn dir ein großer weißer Stier entgegenläuft.

»Und?«, fragte Rose.

Und ich gab ihr einen Kuss.

»HAST DU IHR DIE ZUNGE REINGESTECKT?«

Meine Freunde durchschauten mich sofort. An meinen roten Wangen und meinem verwirrten Blick sahen sie, dass etwas passiert war. Ich gestand alles. Wie ich Rose in meinen Armen nach hinten gebeugt hatte, à la Rhett Butler. Wie ich sie mit einem langen Kuss bezaubert hatte. Wie ich sie aufs Sofa gelegt hatte, weil sie sich nicht mehr auf den Beinen halten konnte, der Atem zu kurz, verbraucht, aufgezehrt von meinem Feuer. Sie hatte kaum die Kraft gehabt, »Noch mal« zu hauchen. Das mit der Zunge ging die anderen nichts an. Die Wahrheit interessierte im Confinium ohnehin keinen.

Umso besser. In Wahrheit war es so.

»Und?«, fragte Rose.

Und ich gab ihr einen Kuss.

Sie stieß mich fort, gab mir zum zweiten Mal an diesem Tag eine Ohrfeige.

»Spinnst du? Für wen hältst du dich?«

Dann gab sie mir selber einen Kuss, und wie. Damals lernte ich, dass Frauen kompliziert sind. Therese von Braunschweig, Giulietta Guicciardi, Anna Margarete von Browne, Antonie Brentano – kein Wunder, dass

Beethoven ihnen seine Werke widmete, wo er auch nicht gerade einfach war.

»Findest du mich schön, Joseph?«

»Klar.«

»›Klar.‹ Lebst du in der Steinzeit oder was? Hat dir niemand beigebracht, wie man mit einer Frau spricht?«

»Ja, ich finde dich schön.«

»Wie schön?«

»Wie c-Moll.«

C-Moll, Beethovens Lieblingstonart. Eine Tonart, in der die Schönheit unter dem Sturm dahinstreicht. Das eine war ohne das andere nicht zu haben. Rose starrte mich perplex an, schwieg.

»Das sagt mein Klavierlehrer zu seiner Frau. Dass sie so schön ist wie c-Moll.«

»Und? Ist sie schön?«

Ich musste an Mina denken, an ihre zu großen Kleider, die Arme bis zum Ellenbogen in einer Schüssel mit Spülwasser oder im Arsch einer gerupften Gans, dachte an diese vom Leben, vom Wind, vom Licht ausgebleichte Königin. Nein, sie war nicht schön, nicht so, wie Rose das verstand.

»Sie ist wunderschön.«

Rose schmiegte sich in meine Arme. Ich hatte gelernt, mit einer Frau zu sprechen.

Winter 1970. Fünf Samstage. Fünf punktierte Viertelpausen in unseren Kakofonien. Sobald die Hauslehrerin uns allein ließ, rutschten Rose und ich auf der Klavierbank näher zusammen, ein wenig nervös, und taten, als würden wir spielen. Unsere Hände berührten sich über den Tasten, flitzten davon wie aufgeschreckte Spinnen, sie zu den hohen Tönen, ich zu den tiefen, trafen sich wieder in der Mitte.

Abends, im Confinium, erzählte ich alles den anderen. Ich log, dass sich die Balken bogen, ich, der Latin Lover, der unerschrockene Held, log, ohne zu lügen, denn was zählte schon unser Zögern, unsere Unbeholfenheit, der Rest stimmte. Meine Freunde brauchten nicht zu wissen, dass *sie* mir die Zunge zuerst reingesteckt hatte, dass ich wie der letzte Trottel zusammengezuckt war. Brauchten nicht zu wissen, dass sie mich, als ich ihr die Hand auf die rechte Brust legte, wieder geohrfeigt hatte, worauf sie meine Hand nahm und noch einmal auf dieselbe Stelle legte. Meine Kameraden hörten zu, beglückwünschten mich zu meinen Großtaten. Nur Danny kicherte in seiner Ecke und sagte kein Wort. Außer einmal, als er mich fragte, was Rose anhatte. Die anderen bedachten ihn mit komischen Blicken, und wir hörten nichts mehr von ihm.

Wegen Souzix hätte ich um ein Haar alles verdorben. Er wollte wissen, ob ich Rose heirate, und ich lachte ihm ins Gesicht. Doch bei meinem nächsten Besuch im Herrenhaus murmelte ich, nach einem besonders gelungenen Kuss:

»Glaubst du, dass wir einmal heiraten?«

»Ganz sicher nicht. Sei nicht so stinkbürgerlich.«

»Ich und *stinkbürgerlich*? Ich schlafe mit vierzig schnarchenden Typen in einem Zimmer.«

 »Das Bürgerliche steckt im Kopf.«

Ich war tödlich beleidigt, zuckte aber nur gleichgültig mit den Schultern.

»Du hast recht. Wir kennen uns ja kaum.«

»Im Gegenteil, Joseph. Seit wir uns zum ersten Mal begegnet sind, wissen wir alles voneinander, wir haben es nur vergessen. Und jetzt versuchen wir die ganze Zeit, es wiederzufinden.«

Sie sprach wie Rothenberg. Ich wusste nicht, ob ich lachen oder weinen sollte.

»Ich werde niemals heiraten. Weder dich noch sonst wen. Nimm's nicht persönlich.«

»Warum nicht?«

»Ist nun mal so, das ist alles. Reden oder küssen?«

Wir küssten uns. Immer wieder, achteten darauf, nebenbei ein paar Akkorde hinzuwerfen. Meine gute Laune griff auf das Waisenhaus über. Kinder lächelten, einfach so, ohne Grund, angesteckt von dieser unsichtbaren Freude, die die Luft erfüllte. Selbst Grenouille pfiff ein Liedchen, wenn er bei den Duschen patrouillierte, schenkte uns hier und da einen bedeutsamen Blick, machte sarkastische oder bewundernde Bemerkungen darüber, wie die Natur uns ausgestattet hatte, belustigte uns mit einer breiten Palette an Argotausdrücken zum Thema Schwule.

An einem Tag im März kündigte Sénac beim Abendessen eine große Überraschung für Ende der Woche an. Die Überraschung war die Lieferung eines nagelneuen Metallschilds mit der Aufschrift *Departementsdirektion für Gesundheit und Soziales – Confinium*. Es sollte den verwitterten hölzernen Pfeil ersetzen, der, an einen Pfosten genagelt, zum Boden zeigte und lediglich besagte: *Waisenhaus*. Erst hieß es, für das Aufstellen bemühe man sich um den Parlamentsabgeordneten, aber der Parlamentsabgeordnete war nicht abkömmlich. Dann dachte man an den Präfekten, dann an den Leiter des Schulamts, dann an den Bürgermeister. Niemand kam, und Grenouille stellte das Schild schließlich selbst auf. Er selbst, was bedeutete, dass er rauchend dastand und die vier Waisenjungs beaufsichtigte, darunter Edison und Souzix, die dazu auserkoren waren, zwei Löcher zu graben, zweihundert Kilo Beton anzumischen, den Grenouille jedoch für zu klumpig befand, dann noch einmal zweihundert Kilo, die er unter Gemurre guthieß, und das Ganze einzubetonieren. Sénac versammelte die Confinianer um sich, schwenkte einen Weihwasserwedel und betrachtete für einen langen Moment sein Schild, die Augen feucht vor Rührung.

Mir war das alles schnuppe. Jeden Samstag küsste ich Rose. Wenn wir uns mal nicht küssten, quetschte sie mich aus. Sie wollte alles von mir wissen, was ich gesehen hatte, was ich gefühlt hatte, ständig stellte sie mir Fragen zu dem Flugzeugabsturz meiner Eltern, als würde sie mich beneiden. Ich weigerte mich zu antworten. Und am nächsten Samstag ging es wieder los. Ich verdankte ihr das Feuer, das Gold, die alchemistischen Geheimnisse. Sie war anstrengend. Aber sie lohnte es mir mit einem Flattern ihrer Wimpern.

Ich küsste Rose, und dann sagten wir uns: »Alles wird gut«, und in diesem *wird gut* lag die einzige Zukunft, über die zu sprechen wir uns trauten.

ROTHENBERG ERBLICKTE DAS KLAVIER, kaum dass er den Saal verließ, wie ein Adler eine Maus. Ein kurzsichtiger, sentimentaler Adler vielleicht, ein Adler aber gleichwohl. Vom Foyer separiert mit einer schweren Samtkordel, sollte das Instrument offenbar aufgestellt oder abgeholt werden. Ein Schild warnte allzu Neugierige davor, es anzufassen.

Es war Pause. Mein Lehrer hatte mich in die Salle Pleyel mitgenommen, um einen jungen Wunderknaben zu hören, den Namen habe ich vergessen. Der Pianist hatte seine Lieblingssonate zur Strecke gebracht, die Nr. 29, die Hammerklaviersonate. Mina begleitete uns, sie lugte gerade so aus einem falschen Pelzmantel heraus. Als sie ihrem Mann ein Bier holen ging, zog der mich am Ärmel, stieg über die Absperrung und setzte sich ans Klavier. Das Schild wischte er beiseite.

»Ich glaube nicht, dass wir das dürfen, Monsieur Rothenberg …«

»Und der Knabe, den wir eben gehört haben, der darf das? Wie ein Boxer spielt der. Aber nicht wie Muhammad Ali. Wie ein *schlechter* Boxer. Ein Elefant. Hast du die ersten Akkorde gehört? Er spielt so.«

Er hämmerte auf das Klavier ein, das Barpublikum bekam einen Schreck. Dann drehte er sich zu mir um.

»Aber, Monsieur Rothenberg …«

»Ja bitte, Monsieur Marty?«

»Das Stück heißt ›Hammerklaviersonate‹.«

»Und?«

»Wenn schon ›Hammer‹, dann muss man es auch so spielen, oder?«

Rothenberg schlug sich an die Stirn.

»*Oy vey*. ›Hammerklavier‹ bedeutet, dass die Saiten durch Hämmer angeschlagen werden, auf Italienisch nennt man es ›piano-forte‹. Es ist eine Aufforderung, auf einem Instrument zu spielen, dessen Saiten angeschlagen werden und nicht angezupft. *Spielt meine Musik nicht auf einem Cembalo*, sagt Ludwig uns, *sondern auf einem Pianoforte*. Das heißt eben nicht, dass man auf das Instrument einprügeln soll! Hier, das Adagio, bekommst du da Lust, jemanden zu verprügeln? Siehst du irgendwo Hämmer?«

Er spielte, und die Stille erfasste mich, die Stille erfasste die Bar, die Rue du Faubourg-Saint-Honoré, die ganze Stadt. Wahrscheinlich war selbst auf Alpha Centauri Schweigen, wenn es dort Münder gab. Rothenberg spielte das ganze Adagio, mit synkopischer Sanftheit, die Salle Pleyel war weit weg. Und er tat, was er selten tat, denn gleichzeitig sprach er mit mir.

»Willst du auch einmal so spielen, mein kleiner Joe?«

»Ja, Monsieur Rothenberg.«

»Dann musst du sie hören, *bubele*. Die Stimme deines Volkes.«

»Ich bin kein Jude, Monsieur Rothenberg.«

Er lachte laut.

»Natürlich bist du kein Jude. Für einen Juden bist du viel zu dumm. Aber du bist ein Mensch, nicht wahr? Auch wenn ich mich das manchmal frage.«

Das gesamte Publikum hatte sich um ihn versammelt. Schminke zerlief. Männer, die die Woche über gemordet, gekreuzigt hatten, taten, als hätten sie ein Staubkorn im Auge.

»Beug dich vor, *bubele*«, flüsterte der alte Leopard. »Wir verderben ihnen noch die Musik, wenn wir so laut sprechen. Ja, so. Ich werde nicht immer da sein, das weißt du.«

»Ach, Monsieur Rothenberg …«

»Still. Wenn ich einmal nicht mehr da bin und du nicht weißt, wie du eine Sonate angehen sollst, hör dir Kempff an. Er ist der Größte. Selbst wenn er sich irrt, hat er recht.«

»Ich verstehe nicht, Monsieur Rothenberg.«

»Weil du nicht hörst. Beethoven war längst taub, als er das Stück schrieb. Aber er *hörte* es. Was ich spiele, und ich spiele dir eines der schönsten Adagios der Geschichte vor – sieh dir die Figuren an, wenn du mir nicht glaubst –, was ich dir vorspiele, suche ich nicht in mir. In meinem Inneren bin ich alt, krank, in meinem Inneren bin ich leer, andere haben dort Wache gehalten, in meinem Inneren bin ich schmutzig. Um so zu spielen, musst du Gefallen finden am Draußen. Dort wirst du den Rhythmus finden.«

Die letzten Töne klangen lange aus. Die Stille eingefangen. Jemand rief Bravo. Der Applaus übertönte die Klingel, die die Leute auf ihre Plätze rief. Mina stand neben ihrem Mann und strahlte. Und eine Regung, der Freude nicht unähnlich, glättete das Gesicht meines Lehrers, na ja, für eine Sekunde vielleicht. Die Leute verlangten eine Zugabe, er gab sie ihnen, dann noch eine. Der Direktor des Konzertsaals forderte Rothenberg unter Buhrufen auf, Schluss zu machen. Er wurde hart angegangen, und schließlich trat er, in zerzausten Zustand und mit schiefer Fliege, den Rückzug an.

Und es passierte, was immer passiert auf Erden, wenn die Schönheit durch eine trübe Nacht streicht. Man rief die Polizei.

ES WAR DER SAMSTAG zwei Wochen vor Ostern, und ich sah sofort, dass etwas nicht stimmte. Rose erwartete mich in einem grünen Kleid, war angespannt. Dior steht dir nur, wenn du es lässig trägst, sagte Mama immer. Ich konnte mir die Bemerkung nicht verkneifen.

»Das ist nicht Dior«, erwiderte sie schroff. »Das ist Balenciaga.«

Sie schien sauer zu sein, dabei hatte ich ihr gar nichts getan. Ich hatte noch nicht diese Weisheit der reiferen Männer, die wissen, dass es sich mit Frauen in puncto Empfindlichkeit nicht anders verhält als mit der Kirche. Dass man zwangsläufig gesündigt hat, in Gedanken, Worten und Werken, und dass man um Vergebung bitten muss, selbst wenn man nichts getan hat, wer wollte sich auch einem göttlichen Beschluss widersetzen. Ihre Hände flohen vor den meinen über die Tasten. Als ich mich zu ihr beugte, die Lippen zu einem Kuss gespitzt, wich sie zurück.

»Wir hätten das nicht tun sollen, Joseph.«

»Was?«

»Wo soll das Ganze hinführen? Nirgendwohin, das weißt du so gut wie ich.«

»Ja. Verstehe.«

»Du verstehst? Und bist nicht wütend? Ich sage dir, dass es vorbei ist, und du *verstehst*?«

»Ein Mädchen wie du, so schön, und jemand wie ich, so … Schon verstanden.«

Aber dann hatte sie Mitleid mit mir, mit meinem ewigen Blick eines geprügelten Hundes, und legte mir die Hand auf die Wange.

»Entschuldige. Ich hatte gehofft, dass wir uns streiten. Dass es einfacher wäre. Mein Vater hat gestern angerufen. Wir fahren zurück nach Paris.«

»Du findest mich also nicht hässlich?«

»Natürlich nicht. Ich finde dich schön, und noch schöner, wenn du Klavier spielst. Auch wenn du nie wieder so gespielt hast wie beim ersten Mal.«

»Ich tue es auch wieder. Das schwöre ich. Sobald ich herausgefunden habe, wie mir das gelungen ist.«

»Hast du gehört, was ich gesagt habe? Nächste Woche fahre ich zurück nach Paris. Es ist vorbei. Wir werden uns nicht wiedersehen.«

Zum ersten Mal seit dem 2. Mai 1969, 18 Uhr 14, sah ich alles klar vor mir.

»Es ist nicht vorbei.«

»Was soll das heißen?«

»Wo wohnst du in Paris?«

»Rue de Passy, wieso?«

»Ich haue hier ab. Weg vom Confinium. Und dann finde ich dich.«

»Red keinen Unsinn. Du haust nicht ab.«

»Werden wir ja sehen.«

Ich ging raus, rannte fast. Rose holte mich auf dem Flur ein, vor dem Herbarium mit den dunklen Rahmen, in denen die Blumen niemals welkten.

»Willst du wirklich abhauen?«

»Ja.«

»Dann gehe ich mit dir.«

Ich starrte sie verdutzt an, Rose mit ihren kostbaren Kleidern und ihrem porzellanenen Wesen.

»Ich weiß, was du jetzt denkst, Joseph. Du irrst dich. Ich denke schon lange daran, wegzugehen. Meinst du, ich will so werden wie meine Mutter?«

»Ich weiß nicht, ich kenne sie nicht ...«

»Da gibt es nichts zu kennen. Weil es sie nicht gibt. Sie ist nur ein braves Ehefrauchen. Was glaubst du, warum mein Vater die Woche über in Paris ist? Wegen seiner *Freundinnen*. Was glaubst du, warum ich Klavier lerne? Damit ich später auch einmal ein braves Ehefrauchen werde, eine Frau, die niemals muckst und die weiß, wie man Kunden empfängt, Kollegen, Finanziers. Die Sorte Ehefrau, die ein Notizbuch führt, in das sie ihre Menüs einträgt, damit sie demselben Gast nicht zweimal dasselbe Gericht auftischt. Deshalb verstecken sie mich hier und warten, bis ich auskuriert bin. Eine Ex-Tuberkulöse ist auf dem Markt der braven Ehefrauen undenkbar. Glaubst du, von so einem Leben träume ich?«

»Wovon träumst du denn?«

Reisen. Sie wollte Inkapaläste im Regen sehen, bittere Pilze kauen und zum Adler werden, zum Wolf, zum Wiesel, an einem sizilianischen Morgen herzhaft in reifbedeckte Zitronen beißen, das Gesicht verziehen, alles ausspucken, sich die Lunge versengen an der Luft überm Packeis, ihre blasse Kehle dem Maul der Vulkane darbieten. Sie hatte gehört, dass aus dem Mund mancher Menschen, wenn sie sangen, zwei Stimmen ertönten. Sie wollte Diplomat werden, falls die Viets, die Grenouille in seinen Liedern mit Maschinengewehren, Flammenwerfern, Granaten beschoss, zufällig mal ein Wörtchen mitzureden hätten. Sie hielt es für klüger, miteinander auszukommen, sich zu arrangieren, *kratz mir den Rücken, ein bisschen höher links, ich kratz dir dann deinen*, und wenn nichts mehr juckte, wären alle glücklich. Sie betonte, dass diejenigen, die eine Fahne schwenkten und sie für einzigartig hielten, alle dieselbe schwenkten. Das alles sagte sie, und ich wünschte mir nichts lieber, als ihr zu glauben, auch wenn wir noch nie einen weiblichen Diplomaten gesehen hatten.

»Ich gehe mit dir, Joseph. Und nur zur Klarstellung: Ich bitte dich nicht um Erlaubnis.«

»Das ist zu riskant.«

»Glaub mir, ich habe lange darüber nachgedacht. Ich habe einen Plan.«

Seit Monaten lernte Rose heimlich Autofahren. Sie hatte den neuen Gärtner überredet, es ihr zu zeigen, wenn die Eltern nicht da waren. Und sie waren oft nicht da, wegen der *Freundinnen* ihres Vaters und der *guten Werke* ihrer Mutter. Der Gärtner hatte das »junge Fräulein«, dieses Mädchen mit den entrückten Augen, das sich »offenbar langweilt«, liebgewonnen – vielleicht auch ein bisschen mehr als das. Rose war eine gute Schülerin, sie hatte nur noch ein wenig Mühe, den zweiten Gang einzulegen, der sich immer verhakte. Der Plan war einfach: Sie würde gegen Mitternacht losfahren, wenn ihre Mutter, benommen vom Valium, im Bett lag und schlief. Sobald ich ausgerissen war, müsste ich nur zu ihr kommen. Sie würde an der großen Kurve auf mich warten, vom Confinium etwa eine halbe Stunde zu Fuß. Bei Tagesanbruch wären wir weit weg.

»Wo weit weg?«

»In Spanien.«

»Die werden uns an der Grenze stoppen.«

Rose lachte.

»Die Grenze ist für Dummköpfe. Meine Mutter ist aus der Gegend, wir haben hier immer die Ferien verbracht. Ich kenne einen Weg. Alles auf einer Karte überprüft.«

»Und was machen wir in Spanien?«

»Arbeiten, bis wir volljährig sind. Ich nehme mir etwas Geld aus Mamas Brieftasche, aber wir werden uns unseren Lebensunterhalt verdienen müssen. Später gehe ich drüben auf die Universität und werde Diplomat. Du spielst Klavier. Zuerst in Bars, und irgendwann wird ein Künstleragent auf dich aufmerksam und du wirst eine internationale Berühmtheit.«

»Kannst du Spanisch?«

»Kein Wort. Wir lernen es. Ein Diplomat sollte sowieso mehrere Sprachen sprechen.«

»Das schaffen wir nie. Du träumst.«

»Ja, Joseph. Ich träume. Ich bin sechzehn.«

»Unwahrscheinlich, dass dein Plan klappt.«

»Unwahrscheinlich, dass ein Flugzeug abstürzt.«

Ich dachte, sie würde mich um Entschuldigung bitten.

Aber Rose bat nie um Entschuldigung. Sie drehte sich zur Wand, suchte im Dunkeln nach einem Bild. Ihre Finger fanden eine strahlende Blume, ein Wirbel aus Elfenbein und Gold vor einer Krone aus Feuer.

»Die *Selenicereus*. Meine Lieblingsblume. Wir sind beide wie sie. Wir blühen in der Nacht.«

Sie hatte recht: Ich hätte darauf hören sollen, wie sie atmete. Der Atem eines Waisenkinds, hohl, dämmrig, ein Atem, der mangels Platz, um sich zu entfalten, den Raum verzehrte, den er mit Leben erfüllen sollte. Sie war eine von uns. Fliehen, ich, sie, wir. Von Rose sprechen und *wir* sagen.

»Wir könnten irgendwann nach Las Vegas gehen. Ich kenne da vielleicht jemanden.«

»Wenn du möchtest. Aber wie willst du *vielleicht* jemanden kennen?«

»Das ist recht kompliziert. Ich haue morgen Abend ab, nach dem Treffen der Wacht. Ich muss es ihnen sagen.«

»Nein, morgen Abend ist mein Vater da. Montag. Noch etwas …«

»Ja?«

»Ich werde niemals ein braves Ehefrauchen sein. Ich gehe nicht wegen dir. Ich gehe *mit* dir.«

Sie begleitete mich im Dunkeln bis zur Tür, und mich durchfuhr es, als sie meine Hand nahm. Ein schwarzer Regen schlug Löcher in die Erde, häckselte die Blätter und die Knospen, die so verwegen waren, mit den ersten Vorboten des Frühlings zu sprießen. Auf der Schwelle hielt Rose mich an den Fingern zurück, eine Sekunde nur.

»Sieh mal, es regnet. Glaubst du, das ist wegen dir, Joseph?«

»Wegen mir? Nein, das ist doch absurd.«

»Du bist also nicht der Grund für den Regen.«

»Natürlich nicht.«

»Wenn du nicht der Grund für den Regen bist, dann auch nicht für die Flugzeuge, die vom Himmel fallen.«

ALLE WOLLTEN ES MIR AUSREDEN. Ich war verrückt. Ich würde umkommen. Selbst Momo wirkte traurig. Bis Danny, der an seinem üblichen Platz am Mäuerchen saß, den Mund aufzumachen beschloss.

»Wenn er unbedingt gehen will, lasst ihn doch. Wenigstens einer mit Eiern.«

»*Ich* habe Eier!«, protestierte Souzix.

»Jaja, mit Haaren drauf«, sagte Danny.

Souzix war still. Danny stand auf, deutete auf das Dach an der Rückseite des Hauses und folgte mit dem Finger einem Fallrohr, der Regenrinne, zeigte mir die Schwachstellen.

»Du musst von der Nordseite zur Ostseite des Hauses, dann kommst du an die Stelle, wo du über den Zaun springen kannst. Einfach dem Verlauf der Dachrinne folgen. Aber Vorsicht: Dort hinten, wo sie um die Ecke biegt, da ist es am gefährlichsten. Da fehlt eine Halterung. Wenn du dich mit deinem Gewicht draufstellst, reißt sie ab. Und draufstellen musst du dich, sonst kommst du nicht um die Ecke.«

»Wie hast du das geschafft?«

»Weiß ich nicht mehr.«

»Willst du wirklich gehen?«, fragte Souzix. »So schlecht ist es hier auch wieder nicht.«

Er hielt die Tränen zurück, biss die Zähne zusammen, damit seine Lippen nicht zitterten, biss so fest, dass sein restlicher Körper einen Tanz aufführte. Marie-Ange sprach ein wenig zu uns, aber das Einzige, was wir an diesem Abend hörten, war endlose Stille zwischen den Worten. Selbst sie wirkte müde, erschöpft von den nächtlichen Stunden live auf Sendung, um allein mit ihrer Stimme allen Lahmen auf der Erde eine Stütze zu sein. Wir schalteten das Gerät aus, schlenderten zwischen Las Vegas und der Milchstraße, zögerten es so lange wie möglich hinaus. Die Nacht kondensierte, gefror um uns herum. Wir mussten hineingehen.

»Ich schreibe euch.«

»Mach keine Versprechungen, die du nicht halten kannst«, sagte Fouine.

Er reichte mir die Hand.

»Vergiss uns nicht, das wär schon mal was.«

Es schneite heftig an diesem Montag. Der Winter war zurück, eine klare Ansage, mir mein Vorhaben zu erschweren. Das Waisenhaus schlief, der Atem wie aus einem Mund. Ein kalter Lufthauch wehte über die Körper, er fiel von einem kleinen Fenster herab, das Grenouille offen gelassen hatte, »und wer das zumacht, kriegt es mit mir zu tun«. Fouine, eingemummt unter seinem Bett, zwinkerte mir zu und flüsterte: »Viel Glück.«

Ich hatte keine Handschuhe. Das glühende Metall, die schneidende Nacht, alles war nichts als Schmerz.

Mein Atem erstarrte zu blauen Wolken, die reglos vor mir hängen blieben, auch sie verblüfft über die Kälte. Das alte Gemäuer knackte, alles andere ebenfalls: die Berge ringsum unter dem Druck des Eises, das Regenrohr. Besonders das Regenrohr. Als ich mich daran festklammerte, protestierte es mit all seinem Zink. Das Haus hatte vier Stockwerke. Ich brauchte zehn Minuten für die wenigen Meter hinunter bis zum dritten, mein Kopf schwebte in den Wattebäuschen, die ich immer rascher ausstieß, die Lunge ein Brennen, die Muskeln verkrampft. Mein Wollmantel verfing sich zwischen den Beinen. Vor einem Fenster mit offenen Klappläden machte ich eine Pause, den Raum dahinter kannte ich nicht. Der Mond beschien einen Spielzeugfriedhof, Kuscheltiere mit vergessenen Namen, Eisenbahnen, deren Holzräder sie nirgends mehr hinfuhren, konfisziert bei der Ankunft der Heimkinder. Momo hatte Glück gehabt, dass er Asinus behalten durfte. Ein Bär mit abgerissenem Ohr warf mir einen flehentlichen Blick zu. Ich setzte meinen Abstieg fort, *jeder für sich*.

Die Hälfte geschafft. Unter meinen Füßen ein Sims, handbreit, an manchen Stellen überzogen von glänzendem Eis. Darunter der Abgrund, ein Stück weiter die Pfähle des rostigen Drahtzauns, der am Haus entlanglief. Hinter dem Zaun die Sackgasse, der Fels, hundert Meter in die Höhe.

Beruhige dich, mein Junge. Du verbrauchst zu viel Sauerstoff.

Sind Sie da, Michael Collins? Ich weiß, unter Männern sagt man so etwas nicht, aber das freut mich wahnsinnig. Wenn ich in letzter Zeit nicht viel mit Ihnen gesprochen habe, dann weil ich Freunde gefunden habe. Bitte entschuldigen Sie. Aber die hätten mich für verrückt gehalten. Die halten mich schon für verrückt.

Was dachtest du? Ich würde dich im Stich lassen? In dem Moment, wo du zur Erde zurückkehrst? Keep your eyes on the prize, son. *Verlier nicht dein Ziel aus den Augen. Ein Astronaut gerät niemals in Panik. Er analysiert ein Problem und löst es.*

Und an die Wand gedrückt, an den von Jahren des Sturms blank geschliffenen Stein, rückte ich auf die Ecke zu. Dort war nur die Rinne, sie hing lose, die Halterung gebrochen. Danny hatte recht: unmöglich, sich darauf zu verlassen, wenn man um die Ecke des Hauses kommen wollte. Ein samtiges Lüftchen strich mir über die Wange, fast hätte ich losgelassen. Ein Uhu flog seelenruhig weiter, vielleicht hatte er mich, hoch oben in seinem Reich, mit seinesgleichen verwechselt. *Das Problem analysieren.* Danny, ja, der war rübergekommen. Wind kam auf, scharrte am Außenputz. Ich beugte mich vor und sah die beiden Löcher in der Wand, halb gefüllt mit Schnee, auf der Ostseite. Daumen und Zeigefinger der linken Hand konnte ich tief hineinstecken. Die beiden Finger wären meine einzige Absicherung.

Die Finger der linken Hand, klar. Der Hand des Rhythmus, auf der alles ruht, wie in der Sonate Nr. 15, die Rothenberg so schätzte. Es war die Bewegung eines Musikers, ein schöpferischer Akt. Daumen, Zeigefinger. Den Körper verlassen. Zwei Finger gegen die Leere. Meine Beine zitterten. Zwei Finger gegen den Absturz.

Mein linker Fuß setzte hinüber, erreichte den Wandvorsprung an der Ostseite. Zwei Finger gegen ein gebrochenes Genick oder Schlimmeres, aufgespießt von einem Zaunpfahl. Ich stand genau an der Ecke des Hauses, ein Fuß auf jeder Seite, und mit seiner kalten Kante drückte mir das Confinium in die Brust, als wollte es mich spalten. Das war der Moment. Ich ließ alles los, bis auf die beiden Finger, und fügte mich auf der anderen Seite wieder zusammen. Ich war drüben.

In dem Moment sah ich Grenouille. Direkt unter mir, fünf Meter tiefer. Er rauchte, summte vor sich hin – er hatte mich nicht bemerkt. Mein rechter Fuß rutschte ab. Ich ließ ihn sausen, verankert an der Fassade mit meinen beiden Fingern und meinem linken Fuß. Ein Häuflein Neuschnee löste sich vom Sims, wirbelte auf Grenouille hinunter und zerstob auf wundersame Weise in einem Windstoß, ehe der Schnee seinen Kopf erreichte. Der Aufseher warf die Zigarette weg, spuckte einen gelben Schleimklumpen aus und entfernte sich, die Hände in den Taschen.

Mein Fuß, schwer wie ein Holzklotz, fand den Vorsprung wieder. Auf dieser Seite war ebenfalls ein Regenrohr, sicher befestigt. Ich zwang mich, bis hundert zu zählen, stellte mir vor, wie Grenouille zurück auf sein Zimmer ging – er musste jetzt dort sein –, und noch einmal bis hundert, falls er unterwegs stehen geblieben war. Dann ließ ich mich hinunter, so leise wie möglich, rückte vor über einen weiteren Sims. Als ich an die Stelle kam, wo der Zaun das Waisenhaus streifte, stieß ich mich mit aller Kraft von der Wand ab. Und landete drei Meter weiter unten in einer Schneewehe. Benommen, frei. Irgendwo in der tintenschwarzen Nacht schüttelte der Uhu seine vollen Augenbrauen und fragte sich, wie man nur so schlecht fliegen konnte.

Bravo, mein Junge. Mission erfüllt. Zeit jetzt, nach Hause zu gehen. Wenn du mal nach Houston kommst, wenn du dich mal einsam fühlst, und der Tag wird kommen, klingel an der Tür. Meine Frau und ich werden uns freuen, dich zu empfangen. Dann reden wir über die guten alten Zeiten, bis tief in die Nacht. Wir unterhalten uns unter alten Mondgefährten, nur wir beide, denn niemand sonst wird gesehen haben, was wir gesehen haben.

Ich warf einen letzten Blick auf das Confinium, bis ich wieder bei Atem war. Eine halbe Stunde von hier, an der großen Kurve, wartete Rose auf mich. Der Hof erloschen, alles schlief. Ich rannte los. Zuerst drei- oder vierhundert Meter durch den Wald, in fast völliger Dunkelheit, dann über den Fahrweg hinunter in Richtung Dorf. Ich kannte die Strecke auswendig. Da, die große schiefe Buche. Das Schild *Confinium*, stolz hingepflanzt auf seinen Füßen aus klumpenfreiem Beton. Noch hundert Meter über den unbefestigten Teil, dann käme der Asphalt, die Freiheit. Dort war bestimmt Glatteis. Ich verlangsamte das Tempo.

Vor mir erschien die Straße. Die Straße und ein Auto, mitten auf der Fahrbahn, geduckt in die Nacht. Die Scheinwerfer leuchteten auf. Am Steuer erwartete mich der Pfarrer, das runde, von der Kälte konservierte Gesicht zwischen mir und der Freiheit. Ich bog ab, ohne nachzudenken, tauchte wieder ein in den Wald, um dem Lichtstrahl zu entgehen. Ein flinkes Rascheln folgte mir, die Masse eines Raubtiers, das alles andere verstummen ließ. Erst in meinem Rücken, dann zu beiden Seiten. Wieder abbiegen, wohin auch immer. Ich sprang über den Stamm eines gefällten Baums, sauste einen Hang hinunter, fiel hin, schlug mir das Knie an einem Stein auf, hielt nicht an, kam wieder hoch. Ein Bach. Dem Wasserlauf folgen, um die Hunde zu verwirren. Aber da waren keine Hunde. Rüber auf die andere Seite, die Wangen zerkratzt, der Mantel verfangen im Geäst. Die Bäume hielten mich zurück, eifersüchtig auf meine Freiheit, sie selbst würden dieses dunkle Tal niemals verlassen. Grenouille tauchte hinter einer Kiefer hervor, direkt vor mir, das pure Leben, die helle Freude. Er war hier zu Hause. Halb Mensch, halb Tier, von einer seltenen Schönheit, die zu erkennen Indochina nicht verstanden hatte. In Cao Bang war ich ihm entkommen. In Dien Bien Phu war ich ihm entkommen. Endlich hatte er mich.

Ich warf mich ihm in die Arme, spürte die feige Erleichterung der Beute, das Glück des fest Umschlossenen. Dann ließ ich mich hängen, um es ihm nicht zu einfach zu machen, ein Haufen Lumpen, der eine Tonne wog – Souzix' Technik. Grenouille schleifte mich mit lockerer Hand zur Straße, hocherfreut, dass er sein Spiel mit mir getrieben hatte, wie nebenbei verpasste er mir ein paar Tritte.

Es tat weh, aber nicht an den Stellen, wo er mich traf.
 Ein Schmerz fern seiner Tritte, ein Schmerz in mir. Ich

dachte an Rose, die auf mich wartete und im Rückspiegel die Nacht absuchte, das tat weh. Aber ferner, tiefer noch stach ein weißer Schmerz mir seine Nadeln in den Magen.

Ich hatte niemandem von meiner Flucht erzählt, nur meinen Freunden.

Es gab einen Verräter in der Wacht.

ICH WEISS, SIE WERDEN nicht mehr antworten. Dafür bin ich zu weit weg. Ich zeichne diese Nachricht auf und vertraue sie dem Zufall an, den Sternwinden, damit Sie wissen, was schiefgegangen ist. Es war ein Fehler, mir zu vertrauen. Ich habe das letzte Manöver vermasselt, das wichtigste, das Rendezvous. Ich versinke im tiefen Indigogrund, wirble herum, ohne Ziel, unter den geduldigen Blicken Weißer Zwerge, Roter oder Blauer Riesen. Mit meinem bestirnten Visier, in den Handschuhhänden die Seide der Kometen, tanze ich allein auf einem Sternenparkett. Nichts hallt hier wider, nichts als der Atem und die Schläge des Herzens. Wenn jemand eines fernen Tages meinen leeren Raumanzug findet, auf der Rückseite einer Nova, wird er nicht ahnen, dass diese verrückte Reise einem Mädchen galt. Aber Sie, Michael Collins, Sie sollen das wissen.

Die Tür zur Versenkung schloss sich für mich am 16. März 1970. Grenouille hatte mir den Kopf geschoren. Der Pfarrer hatte mir einen *Büßermarsch* auferlegt, durch ein Ehrenspalier wie bei Dannys Auszug, nur unter umgekehrtem Vorzeichen. Ich musste allen, selbst den Kleinsten, die Hand geben und einen jeden um Vergebung bitten. Sie starrten mich neugierig an, außer den Jungs von der Wacht, die schauten zu Boden. Als Danny meine Hand nahm, riss er mich an sich und presste die Lippen an mein Ohr.

»Willkommen bei der Wacht.«

Momo weigerte sich, mich loszulassen. Er verstand nicht, was ich dort drinnen zu suchen hatte. Ich wollte mich von ihm lösen, flüsterte ihm zu, alles werde gut, aber er schüttelte nur noch heftiger den Kopf und jammerte. Grenouille gab ihm eine so gewaltige Ohrfeige, dass Asinus durch die Luft flog. Momo nahm die Beine unter die Arme, versteckte sich, wo er dachte, dass niemand ihn fände, tief in sich selbst, ein Refugium aus Starrkrampf, Speichel und Fingern, die sich um die Leere krallten. Grenouille trug ihn fort. Auf keinen Fall durfte ein epileptischer Vogel Strauß die Feierlichkeit des Augenblicks verderben.

Bevor der Pfarrer die Tür schloss, murmelte er:

»Psalm 68,7, Joseph: ›Im dürren Lande verbleiben nur die Empörer.‹«

Und die Dunkelheit kam über mich.

Rose hatte recht. Ich war nicht verantwortlich für den Tod meiner Eltern. Und auch wenn ich dachte, ich hätte den Unfall überlebt, war ich das Hauptopfer. Die Explosion hatte mich fortgeblasen, zu einem menschlichen Geschoss gemacht, das immer weiter ins All raste. Die einzige Möglichkeit, zur Erde zurückzukehren, wäre, an etwas Hartem abzuprallen.

Der Pfarrer kam immer mitten in der Nacht – glaube ich zumindest, denn alles war Nacht – und las mir eine Stelle aus der Heiligen Schrift vor. Jedes Mal durch die Tür. Zu sehen bekam ich nur Grenouille, er brachte mir zwei Mahlzeiten am Tag und holte mich einmal heraus, um mich zum Klo zu bringen, zu einem alten, in einem der Seitengelasse installierten Keramikbecken. Ich musste mein Geschäft bei offener Tür verrichten, unter seiner Aufsicht. Er besaß nicht einmal so viel Feingefühl, sich umzudrehen, und schaute mir direkt in die Augen. Eine ganze Woche hatte ich Verstopfung. Dann kam, ob in die Augen geschaut oder nicht, alles raus. Ich konnte noch nicht wissen, welchen Luxus ich genoss.

Sénac war über alles informiert gewesen, er kannte den Plan, wie ich ihn der Wacht erzählt hatte. Rose hatte am Straßenrand gewartet, als man sie aufspürte. Sie hatte noch versucht zu fliehen und war fünfzig Meter weiter, ohne einen Kratzer am Wagen, im Graben gelandet – der verdammte zweite Gang, der nie reinwollte. Die Gendarmen hatten sie nach Hause gebracht, ihr Vater war eiligst aus Paris gekommen. Bis nach Lourdes hatte es sich herumgesprochen.

»Um uns weitere Unannehmlichkeiten zu ersparen, habe ich Roses Familie mitgeteilt, dass du nach eurer letzten Klavierstunde zu mir gekommen bist, um zu beichten. Dass du mir euren Fluchtplan anvertraut hast, weil du es inzwischen bereutest, und dass du mich um geistlichen Beistand gebeten hast.«

Rose dachte, ich hätte sie im Stich gelassen.

Sie musste mich verflucht haben, bis sie keine Luft

mehr bekam, und genau das kann ich Sénac heute vielleicht am wenigsten verzeihen. Es ging weiter mit der Dunkelheit, der Stille, der Einsamkeit eines Adam, der Einsamkeit von Michael Collins bei seinem Flug über die erdabgewandte Seite des Mondes. Mehrere Male tat ich mir die Schmach an und bat den Pfarrer um Vergebung für das, was ich getan hatte.

»Und was hast du getan?«, fragte er durch die Tür.

»Ich bin weggelaufen. Ich war ungehorsam.«

»Das ist nicht deine größte Sünde.«

Sünden konnte ich mir zuhauf ausdenken, da war ich guter Katholik. Aber egal wie ich mich schlug, egal welche erfundenen Taten ich gestand, um der Vergebung teilhaftig zu werden, so wie man sonntags zwischen großen blauen Walzen sein Auto wäscht, bevor man auf verschlammten Wegen wieder in die Woche fährt, nichts stellte Sénac zufrieden. Ich schlief in kurzen Schüben, spielte Notenblätter rauf und runter und runter und rauf. Ich machte Körperübungen, ließ es bleiben. Ich scheue mich nicht zu sagen, dass ich Hass empfunden habe, Hass auf Sénac, mehr noch als auf Grenouille.

Der Verräter trieb mich um. Wer hatte geplappert? Einer, bei dem es auf der Hand lag? Danny, um mich zu testen? Sinatra, der mich nicht sonderlich mochte? Fouine, dem seine eigenen Interessen über alles gingen? Meine Großmutter hatte mir Agatha Christie in die Hand gedrückt. »Wenn du nur ein Buch liest, lies Agatha«, riet sie mir mit diesem ungehemmten, deliranten Chauvinismus der Engländer. Bei Agatha Christie war der Täter immer der am wenigsten Verdächtige. Souzix, weil er schwach war? Edison, weil man ihm all die Bücher über Mathematik, Physik und Chemie versprochen hatte, von denen er träumte? *Nein, nein,* wetterte Poirot, *Sie sehen das Offensichtliche nicht: Die am wenigsten verdächtige Person ist Rose!*

Ich wurde verrückt, Tropfen für Tropfen, Perlen der Vernunft, die mir aus den Poren quollen, aus den Ohren, den Augen. Den Augen vor allem.

Eines Nachts sagte der Pfarrer:

»Ich habe den Koffer aufgemacht, mit dem du hier angekommen bist.«

Mir war das egal, sollte er ihn aufmachen. Ich drehte mich zur Wand, eingewickelt in die Decke auf meinem rostigen Bettgestell. Alle meine Koffer hätte ich gegeben, hätte ich mit Rose sprechen können, eine Minute nur, um ihr zu sagen, dass ich sie nicht verraten hatte, dass ich sie nie wirklich verabscheut hatte, oder nur auf eine merkwürdige Art, bei der mir heiß wurde, und dass ich sie schon lange hatte küssen wollen, seit dem ersten Feuer, seit den tanzenden Bisons auf den Felsbildern. Den Koffer hatte unsere Nachbarin gepackt, vor meinem Aufbruch zum Mond. Madame Desmaret musste hineingestopft haben, was sie in meinem Zimmer fand. Ich hatte die Sachen kaum benutzt, denn wo immer ich hinkam, gab man mir genügend Kleidung. Ich hatte nur ein paar Pullover herausgenommen und mein Waschzeug.

»Auf dem Boden deines Koffers habe ich eine Schallplatte gefunden.«

Ich schlug die Augen auf. Ein Geräusch, der Pfarrer hantierte mit etwas – er nahm seine Lesebrille. Ich legte das Ohr an die Tür.

»*Sympathy for the Devil*. Von den Rolling ... Rolling Stones.«

Das konnte nicht sein. Die Platte hatte ich gar nicht. Die einzige, die ich kannte, gehörte Henri Fournier. Oder hatte er sie Madame Desmaret anvertraut mit der Bitte, sie mir zu geben? Eine letzte Geste, ein Geschenk aus einer anderen Welt, um mir zu sagen, dass ich für ihn, auch wenn er mich nicht mehr sah, weiterhin zählte? Ein wenig Verstand perlte mir noch aus den Augen.

»Wie ich sehe, magst du ›Rockmusik‹, so heißt das doch, oder?«

»Ja. Aber eigentlich ist es ein Samba-Rhythmus.«

»Samba. Und du hast Sympathie für den Teufel, Joseph? Ist das so?«

»Mitleid«, verbesserte ich prompt.

»Wie bitte?«

»*Sympathy*, im Englischen heißt das ›Mitleid‹. Es kann auch Sympathie bedeuten, aber hier ist es, denke ich, Mitleid.«

»Das ändert nicht viel.«

»Das ändert eine Menge. Ich habe keine Sympathie für den Teufel, aber ich habe Mitleid mit ihm.«

»Warum das?«

»Gut möglich, dass der Teufel gar nicht böse sein wollte. Gut möglich, dass er gar nicht als Teufel geboren wurde, dass er ein rosiges Baby war wie alle anderen.

Vielleicht hat er seine Eltern verloren, und man hat ihn in ein Waisenhaus gesteckt, und erst da ist er zum Teufel geworden.«

Es folgte eine lange Stille, aufgeladen nur vom Knistern der Glühbirnen im Gang. Das Lichtfädchen am Boden verschwand. In der Ferne knarrten Scharniere. Dass ich Sénac durch eine doppelt verschlossene Tür und zu Samba-Klängen diesen Schlag versetzt habe, ist die vielleicht größte Befriedigung meines Lebens.

Am nächsten Tag gab es kein Frühstück. Ich bekam nie wieder Frühstück in der Versenkung und musste mich mit einer Mahlzeit am Tag begnügen. Ich durfte nicht mehr hinaus, um aufs WC zu gehen. Grenouille gab mir einen Eimer, den eine Schwester jeden Tag leerte. Sénac besuchte mich nicht mehr.

Eines Morgens, ich erkannte es an einem leichten Ergrauen der Dunkelheit, fragte ich die Schwester, wie lange ich schon hier sei. Sie nahm offenbar Anteil an meinem Schicksal, denn sie schaute sich ängstlich um und flüsterte: »Drei Wochen.«

Drei Wochen. Nur drei Wochen in dieser Ewigkeit, drei Wochen, in die allein der gelbe Schimmer des Lichts auf dem Gang eine Lücke schlug. Die Tür schloss sich hinter meiner Wirbelfahrt, meiner indigoblauen Reise, meinen Driften im Sternenmeer.

Zwei oder drei Tage waren nach meinen Berechnungen vergangen, als ich derselben Schwester dieselbe Frage noch einmal stellte, und erneut sah sie sich um und sagte: »Fünf Wochen.« Eines Nachts kam der Pfarrer wieder, in einer Nacht, die noch kompakter war als die anderen, einer Nacht wie ein Kohleflöz.

»Ich weiß, was du empfindest, Joseph. Ich weiß, dass du mich verabscheust, so wie ich meine Lehrer verabscheut habe. Aber dank ihnen bin ich heute hier.«

»Sie sind auch ein Waisenkind, Herr Pfarrer, nicht wahr?«

Irgendwo zwischen Jupiter und Saturn, im rasenden Flug zu den Grenzen unserer Galaxie, war es mir bewusst geworden. Es hatte eine Weile gedauert. Dabei hatte ich das Zeichen schon gesehen, das Zeichen, das niemals trügt. Seine Hände, sie zitterten.

»Ich sagte es dir bereits: Es gibt keine Waisen, denn wir haben einen Vater. Und dieser Vater hat mir einen Auftrag gegeben: dich zu erziehen. Die Welt, die dich draußen erwartet, ist hart und bestimmt von Regeln. Jedem der Platz, den der Herr ihm zugeteilt hat. Wenn wir uns diesem Platz verweigern, was dann? Was wirst du sagen, wenn deine Frau dir eines Tages nicht gehorcht? Deine Kinder? Du wirst Strenge walten lassen, auch du. Höre, was Samuel uns sagt: ›Wenn ihr aber auf die Stimme des Herrn nicht hört, wird die Hand des Herrn gegen euch sein wie gegen eure Väter.‹ Zwinge Gott nicht, dich zu bestrafen, wie er deine Eltern bestraft hat, Joseph. Denk an die Zukunft.«

Nein, Herr Pfarrer, die Zukunft habe ich gesehen. Das ist eine bessere Welt, mit fliegenden Wagen und himmlischen Verbindungen, mit Männern, die sich in Tiere verwandeln, vielleicht sogar in Frauen, mit gütigen Vulkanen und reifbedeckten Zitronen, eine Welt der eingeholten Fahnen, denn dank Rose werden Fahnen nichts mehr bedeuten. Eine Welt, in der die Eltern nicht sterben, nicht so früh. Die Zukunft habe ich gesehen, und das ist eine andere als die Zukunft, die Sie mir bieten.

»Joseph, hörst du mir zu?«

»Christus hat sich nicht an die Regeln gehalten.«

»Nein, Christus hat sich nicht an die Regeln gehalten. Aber er war Christus. Und sein Kommen war vorhergesagt von Propheten. Dein Kommen hat niemand vorhergesagt, Joseph.«

»Aber wenn Gott uns nach seinem Bild geschaffen hat, *sind* wir Christus, jeder von uns.«

»Ein spitzfindiges Argument, das dir der Teufel diktiert hat, und den kennst du ja gut. Setz deine Intelligenz sinnvoller ein, im Dienste des Glaubens. Dann ergeht es dir besser.«

Die Tür an der Treppe schlug zu, das Licht verlosch. Ich hielt es nach Kräften in meiner Netzhaut fest, ein gelbes Rund, das schließlich ebenfalls schrumpfte, bis es zu einem Punkt wurde, dann nichts mehr. Ich kämpfte nicht länger und überließ mich der Einsamkeit, der Stille der angehaltenen Uhrzeiger.

Eli, Eli, lama sabachthani?

Einmal hatte der Pfarrer sich schon verabschiedet, da sagte er, als wäre ihm noch eine Kleinigkeit eingefallen, fast unhörbar durch die Tür:

»Dein Klavierlehrer, von dem du mir erzählt hast…«

 »Rothenberg?«

»Ja, der. Er ist gestorben.«

Meine erste Reaktion war ein Lachen. Nein, mein alter Lehrer war natürlich nicht gestorben. Dafür hatte er mir noch zu viele Sachen zu erklären. Etwa, was er damit meinte, wenn er sagte:

»Verwechsle nicht Rhythmus mit Tempo, du Esel. Rhythmus ist keine horizontale, sondern eine vertikale Struktur. Er ist der Tau, der aus der Erde aufsteigt, ist das, was von einer Glocke bleibt, wenn sie aufhört zu läuten, kapiert?«

»Nein, Monsieur Rothenberg.«

»Alle italienischen Maler haben den Rhythmus gefunden, eine Handvoll anderer auch, ihre Namen beginnen fast immer mit ›van‹ – van Gogh, van Eyck, van Rijn, van der Weyden –, sie haben ihn gefunden und in ihren Gemälden verborgen. Jetzt kapiert?«

Auch ich hatte ihm noch manches zu sagen. Dass ich endlich verstand, warum das Wort *Glück* bei ihm so düster klang, wenn sich sein Blick trübte und er sagte: »Ich habe Glück gehabt.« Ein Glück, wie auch ich es hatte, als ich zu Hause blieb, statt ins Flugzeug zu steigen. Und dass ich ein Mädchen kennengelernt hatte, eine Königin des Südens. Dass ich mit ihr, so wie er und Mina, zerknittern wollte.

»Nimm die Eleganz der Tschechen und die Verrücktheit der Russen, den Humor der Italiener, die Tragik der Deutschen, die Arroganz der Franzosen – das alles brauchst du, mein Junge, wenn du darauf hoffen willst, ein passabler Pianist zu werden.«

»Und die Engländer, Monsieur Rothenberg?«

»Die Engländer? Wenn sie dir applaudieren, weißt du, dass du ein passabler Pianist bist.«

Rothenberg konnte nicht tot sein. Er musste am Leben bleiben, um mich einen Schwachkopf zu nennen, einen Idioten, einen Trottel, denn niemand sagte das so schön wie er.

»Nein, Herr Pfarrer. Das kann nur ein Irrtum sein.«

»Das ist kein Irrtum. Er ist gestorben.«

Es war urplötzlich passiert. Rothenberg war mitten in der Nacht aufgestanden, hatte überall in der kleinen Wohnung Licht gemacht, und als seine Frau sich wunderte, erklärte er: »Ich habe eine sonderbare Melodie gehört.« Er hatte sich ans Klavier gesetzt und gespielt, leise, während seine Frau wieder einschlief. Und dort am Klavier hatte sie ihn am nächsten Morgen gefunden, mit einem Lächeln auf den Lippen, die Hände auf den Tasten. Seine schönen faltigen Hände, noch voller Klapse auf den Hinterkopf, die er nicht mehr austeilen würde.

Wilhelmina Rothenberg hatte im Confinium angerufen, um mir die Nachricht mitzuteilen. Sie hatte angeboten, mich nach Paris zu holen, auf eigene Kosten, damit ich an der Beerdigung meines alten Lehrers teilnehmen konnte. Sénac hatte geantwortet, ich sei leider an jeglicher Reisetätigkeit gehindert, da ich das Bett hüten müsse.

»Lassen Sie mich fahren, Herr Pfarrer. Ich schwöre Ihnen, ich komme zurück. Ich werde auch nichts sagen.«

»Nichts sagen? Worüber?«

»Egal worüber, ich sage nichts, Herr Pfarrer.«

»Zu spät, das war vor zwei Wochen. Du solltest mir

dankbar sein, dass ich die wahren Gründe für deine Verhinderung verschwiegen habe. Außerdem haben diese Leute ihre Marotten. Sie begraben ihre Toten so schnell, dass ich nicht weiß, ob du rechtzeitig eingetroffen wärst.«

»Diese Leute?«

»Die Juden eben.«

»Sie also auch.«

»Was heißt das, ich auch?«

»Wenn ich Jude wäre, wäre das schlimm?«

»Du bist aber keiner, soweit ich weiß.«

»Nein.«

»Dann ist ja alles gut. Alles bestens. Gute Nacht, Joseph.«

Mein längstes Gespräch mit Sénac.

»Ich verstehe das nicht, Herr Pfarrer.«

»Was verstehst du nicht, Joseph?«

»Warum Sie das tun.«

»Habe ich dir etwas getan?«

»Sie beschützen Grenouille und …«

»Monsieur Marthod. Ich will gerne zugeben, dass er ein schwieriger Mensch ist. Aber man muss Verständnis für ihn haben. Er hat Dinge erlebt, an denen auch härtere Männer zerbrochen wären. Wie seine Kameraden an den Ufern vergifteter Flüsse gefallen sind. Was glaubst du, warum er im obersten Stock wohnt, wo niemand ihn hört? Oder stehst du nachts auf, wenn er schreit, Joseph? Um ihm die Stirn zu kühlen und das bittere Gift herauszuziehen, das seinen Schlaf verdirbt?

Also ja, ich beschütze ihn. Ich beschütze euch alle. Aber lassen wir für einen Moment Monsieur Marthod. Was habe *ich* dir getan?«

»Sie haben mich eingesperrt!«

»Du bist nicht eingesperrt, Joseph.«

»Dann kann ich raus?«

»Natürlich kannst du raus. Du hast den Schlüssel. Und der Schlüssel heißt Demut.«

»Sie sind ein Monster. Ohne Liebe. Ohne Zärtlichkeit.«

»Ich erinnere mich kaum an meinen eigenen Vater, aber ich erinnere mich an einen Mann mit einem harten Herzen, einen Musiker, der es schaffte, die lieblichste Musik zu spielen, nachdem er meine Mutter, meine Brüder, meine Schwestern geschlagen hatte. Du wirst mir also verzeihen, wenn ich nicht an deine Zärtlichkeit glaube, so wie ich auch den Klang des Klaviers nicht ertrage. Du denkst, ich schenke euch keine Liebe? Ich schenke euch die Liebe Gottes zu seinen Kindern. Die Liebe Gottes ist die Liebe eines Diamanten. Sie ist rein, sie ist kalt. Sie schneidet. Als ich in deinem Alter war, habe ich aufbegehrt. Ich wollte Gaukler werden, Feuerschlucker, aber meine Lehrer haben in ihrer Wachsamkeit nicht nachgelassen. Das Gleiche tue ich für dich und für deine Kameraden. Was meine Lehrer mir gegeben haben, gebe ich weiter an euch. Weil die Welt auf Feuerschlucker gut verzichten kann.«

»Es muss einen anderen Weg geben.«

»Das glaube ich nicht, Joseph. Das würde heißen, dass meine Lehrer sich geirrt haben, genau wie deren Lehrer und die Lehrer davor.«

Mein längstes Gespräch mit dem Pfarrer, und es hat nie stattgefunden, nur in meinem Kopf.

Deswegen ist es nicht weniger wahr.

Das war das Harte, woran ich abprallte. Vielleicht begann ich auch einfach zu hören, schließlich ist diese Geschichte von Anfang an eine Sache des Ohrs. Und als ich aufwachte, begriff ich, was meine größte Sünde war. Sie stand mir vor Augen, schwebte dort, schillernd in allen Farben vor einem apokalyptischen Schwarz.

Der Verräter hatte meinen Plan von A bis Z ausgeplaudert. Der Pfarrer und Grenouille hätten mich stoppen können, als ich den Schlafsaal verließ. Aber sie hatten mich klettern lassen, aufs Dach hinauf, Fallrohre hinunter, über klapprige Regenrinnen, vereiste Simse, mit meinen steifen Fingern, in den Gliedmaßen lange Kältestacheln. Ich hatte der Logik gespottet, der Statistik, der Schwerkraft, diesen Mimosen. Ja, sie hatten es gewusst und mich gehen lassen, obwohl ihnen klar war, was ein Absturz bedeutet hätte – irgendwer bei der Departementsdirektion hätte ein Auge aufgemacht, gegähnt, vielleicht beschlossen, sich für die Vorgänge im Confinium zu interessieren. Sie hatten mich einem Gottesurteil ausgesetzt, Eis und schwindelnder Tiefe, weil Sénac mit dem glühenden Eifer der Missionare früherer Zeiten *glaubte*, es sei zu meinem Besten. Sénac *glaubte* an die sündige Natur der Waisen, der Juden, von allem, was den Gewissheiten widersprach, die ihm ein anderer Pfarrer, ein anderer Grenouille mit Fäusten eingebläut hatte. Ungeheuer schaffen Ungeheuer, die Ungeheuer schaffen. Sénac war perfide. Sénac war böse. Aber er war es auf ehrliche Weise, mit jeder Faser seines kranken Herzens.

Als er an diesem Abend noch einmal zurückkam, drückte ich meine Lippen an das Schloss.

»Ich bitte um Vergebung, Herr Pfarrer.«

»Vergebung wofür, Joseph?«

»Dass ich Sie gezwungen habe, mich zu bestrafen. Denn Sie sind ein guter Mensch. Meine Strafe ist auch Ihre Strafe, vor allem Ihre. Sie leiden noch mehr als ich, und das ist meine größte Sünde.«

Ich hielt den Atem an.

Das Licht ging aus, die Treppentür knarrte.

Am nächsten Morgen gab meine Zelle den Blick frei auf Grenouilles gelbe Zähne.

»In einer Stunde hast du Unterricht. Also besser kein Getrödel unter der Dusche. Aber spar nicht an der Seife, du stinkst.«

Nach fünfundsechzig Tagen Isolation kam ich heraus. Wenn meine Augen manchmal ein wenig davonschweifen, verzeihen Sie mir. Sie haben zu lange auf vergessene Reiche gestarrt.

EINEN JACKPOT würde es nicht geben. Keine Jetons als Trinkgeld für blasierte Croupiers. Kein Schlendern über die Tropicana Avenue, zwischen Sand und Asphalt, um auf einen Drink die nächste Bar zu besuchen, die eine Stunde später die vorherige wäre. Es würde keine Cabriolets geben, keine schattenlosen Palmen vor greller Nachtkulisse. Auch keinen Tisch direkt an der Bühne, überhaupt keine Bühne. Wir würden nicht nach Las Vegas gehen.

Der Verräter war Sinatra. Er hatte das Confinium schon vor fast einem Monat verlassen, als ich, schwankend und geblendet, von meiner Reise in den Untergrund zurückkehrte und gleich beim Betreten der Klasse ohnmächtig wurde. Ich hatte noch meine Winteraugen. Und auf einmal war Frühling, ein gleißender Aufstand, Klingen aus purem Gold, die mir gegen die Schläfen schmetterten. Eine Woche blieb ich im Krankenzimmer, dann musste es geräumt werden für einen kleinen Jungen, der unter Brechanfällen litt.

Sinatra hatte uns bereits angelogen, als der Pfarrer ihn zum ersten Mal zu sich rief. Frank hatte keinen Experten geschickt, keinen einzigen seiner versponnenen

Briefe beantwortet. Sénac hatte ihm an jenem Tag mitgeteilt, dass sein leiblicher Vater sich gemeldet und alle notwendigen Schritte unternommen habe, um ihn aus dem Confinium herauszuholen. Sein Vater, ein Metzger aus der Nähe von Cahors, dessen Name auf Sinatras Geburtsurkunde stand. Es gab nicht den kleinsten Test zu machen, nicht den leisesten Zweifel, an den er sich hätte klammern können. Sinatra hatte sich mit dem Zirkel in den Arm gestochen, um einen Einstich vorzutäuschen. Aus Scham. Weil er sich schämte für den Metzger vom Ufer des Lot, den er sich als romantischen Sänger in Las Vegas erträumte. In den Monaten des Papierkriegs, die seinem Auszug vorangingen, hatte er den Pfarrer angefleht, es niemandem zu sagen. Sénac hatte zugestimmt, eine Hand wäscht die andere, unter der Bedingung, dass Sinatra ihm berichtete, was im Waisenhaus hinter seinem Rücken vor sich ging. »Und keine Lappalien.« Der Pfarrer wollte Gewichtigeres. Sinatra hatte die Wacht hergegeben.

Und mit der Geduld einer Spinne ließ Sénac uns gewähren und wartete auf eine schwerere Sünde, ein Vergehen, das es wert war: meins. Sinatra hatte Fouine unter Tränen alles gestanden, am Tag vor seiner Abfahrt, als er unmöglich noch länger hätte lügen können, alle würden ja sehen, wie dieser kleine und dickliche, glatzköpfige Typ in seinem Lieferwagen mit der Aufschrift *Pferdefleisch, zum Wiehern frisch!* vorfuhr und ausstieg, würden aus nächster Nähe sehen, wie er auf Sinatra zuging und ihm in steifer Verlegenheit die Hand schüttelte, ehe er ihn auf der Beifahrerseite einsteigen ließ. Sinatra war gegangen, wie er gekommen war, die Augen gesenkt. Mitleid hatte ich nicht. Eines Tages, das schwor ich mir, würde ich ihm die Visage polieren.

Unsere Geheimgesellschaft gab es nicht mehr. Die Tür, die zum Dach hinaufführte, war verriegelt, Edisons Radiogerät konfisziert, Marie-Ange in ihrem Tal eingesperrt. Die Mitglieder der Wacht ächzten unter dem Joch der Dienste, am Rande der Erschöpfung. Niemand war mehr dort oben, keine Späher trotzten den Sternenstürmen, um das Confinium zu beschützen und über den Planeten zu wachen. Es war ein Jahr der Massaker, der entführten Flugzeuge, der Menschen, die wegen ihrer Hautfarbe – niemals die richtige, wenn sie nicht weiß war – getötet wurden, das Jahr, in dem die Beatles sich trennten. Alles Zufall, vielleicht. Rose hatte kurz nach meinem Abstieg in die Versenkung die Gegend verlassen. Das wussten wir von Étienne, der den Gärtner kannte.

Grenouille hatte seine Anweisungen: striktes Verbot für die ehemaligen Mitglieder der Wacht, miteinander zu kommunizieren. Nachts kam er unversehens in den Schlafsaal, um sich zu vergewissern, dass wir auf oder unter unseren Betten lagen. Fouine widmete sich seinen Geschäften, Souzix gab inmitten der Kleinen den Rohrspatz, Edison dachte darüber nach, wie sich die Lichtgeschwindigkeit am besten übertreffen ließ. Danny starrte weiterhin ins Leere und sprach mit niemandem. Seit unserer letzten Auseinandersetzung hatte er zumindest aufgehört, mich zu attackieren. Nur Momo durfte sich mir nähern, *selig die Armen im Geiste*, Matthäus 5,3, denn die Armen sind nicht gefährlich. Der Pfarrer hatte sich einen anderen Sekretär genommen, einen vierzehnjährigen Blondschopf, der ziemlich dicketat.

Ich kehrte langsam zurück in mein Halbdasein als Waise. Und wurde mir der hin- und herfliegenden Blicke bewusst, der Codes, der Zettel, die in Sekundenschnelle von Hand zu Hand gingen. Eines Morgens erschien Grenouille nicht. Wie es hieß, hatte man ihn nach Lourdes ins Krankenhaus gebracht, wo er über Nacht zur Beobachtung bleibe. Ein Unfall. Er hatte sich einen Stromschlag geholt, als er aus seinem Zimmer kam und an den Lichtschalter im Flur fasste. Dummerweise hatte das Phasenkabel sich selbstständig gemacht und war mit dem Metallrahmen des Schalters in Kontakt gekommen. Zweihundertzwanzig Volt hatten Grenouille an die Wand gegenüber geschleudert, bester Pyrenäenstrom, dessen Spannung manchmal schwankte und je nach Durchfluss am Staudamm bis zu zweihundertfünfzig Volt betrug. Ausreichend, um den Körper auf die eine Seite und die Seele auf die andere zu befördern. Da Grenouille keine Seele besaß, hatte er überlebt. Edison zeigte den ganzen Tag ein fröhliches Gesicht. Manche Waisenkinder sind eben doch hervorragende Elektriker.

Fouine weckte mich um Mitternacht, Zeigefinger an den Lippen. Was von der Wacht geblieben war, wartete hinter dem Samtvorhang auf mich, im Schlafbereich der Kleinen. Fouine drückte einem Kind ein Stück Poulain-Schokolade in die Hand, worauf der Junge zur Tür des Schlafsaals lief, um aufzupassen, auch wenn das Risiko ohne Grenouille, der sich auf seinem Krankenhausbett langsam entlud, minimal war. Den wenigen Köpfen, die sich aufrichteten und nach uns schauten, machte Fouine klar:

»Der Erste, der muckst, wacht morgen tot auf.«

Die Köpfe schliefen sofort wieder ein. Der Schlafbereich für die Kleinen führte zum Duschraum. Die letzte der Kabinen empfing uns hinter ihrer morschen Tür zu unserem ersten heimlichen Treffen seit drei Monaten.

»Wir sind die Wacht«, eröffnete Danny.

Und wir wiederholten, nicht ohne ein komisches Gefühl:

»Wir sind die Wacht.«

»Wir hauen hier ab.«

»Du spinnst. Hat dir das letzte Mal nicht gereicht?«, fragte Fouine, dann schaute er zu mir. »Dir auch nicht?«

»Macht, was ihr wollt. Ich gehe. Joseph auch.«

Danny hatte mich nicht nach meiner Meinung gefragt. Etwas Starkes verband uns. Wir waren Brüder in der Dunkelheit.

»Unmöglich.« Fouine ließ nicht locker. »Das Haupttor ist mit einem Vorhängeschloss gesichert. Und der Pfarrer hat den Teil der Regenrinne, der am Zaun entlangführt, abmontieren lassen. Selbst wenn wir rauskämen, würden wir es durch den Felsenkessel nicht schaffen, die würden uns auf der Straße schnappen.«

»Wir nehmen weder die Felswand noch die Straße.«

»Ach ja? Und wie dann? Fliegen?«

»Durch den Tunnel. Den für die Züge. In Spanien wird niemand nach uns suchen.«

Wir waren sprachlos. Jeder stellte sich das Innere des Tunnels vor, das Gewölbe, bestrichen mit dem Blut der armen Schweine, die dieselbe Idee gehabt hatten. Danny gab Edison ein Zeichen. Der entfaltete ein Blatt Papier mit Skizzen und Berechnungen und ergriff das Wort:

»Étienne sagt, der Tunnel ist fünf Kilometer lang. Die Züge fahren alle dreißig Minuten hinein, erst in die eine, dann in die andere Richtung. Für die Durchfahrt brauchen sie vier Minuten. Ich stoppe die Zeit seit zwei Monaten, die Abweichung beträgt etwa dreißig Sekunden. Es können also dreißig Sekunden mehr sein. Oder weniger. Das heißt, je nachdem, ob der Zug aus Spanien herauskommt oder aus Frankreich hineinfährt, haben wir etwa fünfundzwanzig bis neunundzwanzig Minuten, um die andere Seite zu erreichen, bevor der nächste Zug kommt und uns plattmacht. Sagen wir, maximal achtundzwanzig, zur Sicherheit, hinter einem Zug von der französischen Seite. Achtundzwanzig Minuten.«

Edison sprach schnell, und wie ein General auf dem Feldzug fuhr er mit dem Finger über seine Zeichnungen, eine Mischung aus Strichmännchen, monströsen Lokomotiven und Zahlen, immer wieder durchgestrichen und neu berechnet, um alle Eventualitäten zu berücksichtigen.

»Wir warten also auf einen Zug, der von der französischen Seite in den Tunnel fährt, und rennen hinterher, gleich nach dem letzten Waggon. Bis zum Ausgang fünf Kilometer. Rachid sagt, dass ein Erwachsener, der nicht sonderlich trainiert ist, aber in Form, über eine solche Strecke im Schnitt mit zehn Stundenkilometern läuft. Er käme also, wenn er das Tempo ein bisschen anzieht, in den zur Verfügung stehenden achtundzwanzig Minuten durch. Das Problem ist, dass wir weder die Muskelmasse noch die Ausdauer eines Erwachsenen haben. Was bedeutet, dass wir, um den Tunnel zu durchqueren, bevor auf der anderen Seite ein Zug einfährt, für unser Alter übertrainiert sein müssen. Noch Fragen?«

Ich zeigte auf, die anderen mussten lächeln.

»Wenn ein Zug für die Durchfahrt vier Minuten braucht, warum schicken sie dann nur alle halbe Stunde einen rein? Was, wenn jemand auf die Idee kommt, noch weitere fahren zu lassen?«

»Das habe ich Étienne gefragt. Eine Sicherheitsmaßnahme. Einmal ist der spanische Weichenwärter pinkeln gegangen. Als er zurückkam, dachte er, der Zug aus Frankreich wäre schon durchgefahren, und hat seinen Zug losgeschickt. Nur war der französische Zug mit einem Defekt im Tunnel liegen geblieben. Der Lokführer rannte noch auf den Ausgang zu, zum Notruftelefon. Ein Blutbad. Der Tunnel ist alt, gefährlich, ohne Sicherheitsvorrichtungen. Die dreißig Minuten, damit es nicht wieder zu einem Unfall kommt.«

Fouine schüttelte den Kopf.

»Alles schön und gut. Aber angenommen, wir dekorieren nicht die Front einer Lok, was machen wir, wenn wir in Spanien sind?«

Diesen Teil des Plans kannte ich, dank Rose.

»Dort wird niemand nach uns suchen. Wir verhalten uns unauffällig, nehmen kleinere Arbeiten an, bis wir volljährig sind. Danach sind wir frei.«

»Also, wer kommt mit?«, fragte Danny in die Runde.

Ich hob die Hand. Momo machte es mir nach. Fouine

zögerte erst, schloss sich aber an. Souzix hatte seine beiden Arme schon lange oben.

»Du nicht«, sagte Danny. »Du bist zu klein.«

»Ich bin jetzt schon zehn! Ihr lasst mich nicht hier, ihr Scheißkerle!«

»Wenn du krepieren willst. Mir egal. Ist deine Entscheidung.«

Edison kniete sich vor ihn.

»Hör gut zu. Danny hat recht. Du kannst nicht so schnell laufen. Wir wissen ja selber nicht, ob wir durchkommen. Wozu soll das gut sein, wenn du stirbst? Wenn du hierbleibst, wirst du Chef der Wacht. Du suchst dir neue Mitglieder und sorgst dafür, dass die Legende weiterlebt. Meinst du, du schaffst das?«

Souzix dachte nach, kaute mit seiner Zahnlücke auf der Lippe.

»Chef der Wacht, hm.«

Er streckte die Brust raus.

»Einverstanden. Mit euch trainieren kann ich trotzdem?«

»Wenn du willst.«

»Wir brechen auf, sobald wir bereit sind«, schloss Danny. »Eins noch: Wenn wir im Tunnel sind, wird nicht mehr angehalten. Nicht eine Sekunde. Nicht zum Verschnaufen, nicht um einem Kollegen zu helfen. Wozu sollen zwei Männer sterben, wenn einer reicht. Denkt an unseren Wahlspruch.«

Die Hände legten sich übereinander. Unter der feuchtblauen Decke ertönte unser Schwur.

 »Jeder für sich.«

FALLS RACHID SICH WUNDERTE, als wir ihn baten, uns im Langstreckenlauf zu trainieren, zeigte er es nicht. Die Turnstunden, die früher ein trostloses Gebummel waren, wurden zu Momenten tiefer Konzentration, die Zähne zusammengebissen, die Wangen bleich, ein Unwohlsein in luftiger Höhe, die Leistungsgrenzen hinausgeschoben im Takt von Schultern, die von Tag zu Tag breiter wurden. Zur allgemeinen Überraschung war Momo der Beste von uns. Ich weiß nicht, welchem Traum er hinterherlief, ob er den tristen Hof mit seinem rostigen Zaun sah oder einen fahlroten Strand in Algerien, ein Mädchen, das sich ihm lachend entzog und ihn immer weiter mitriss, dorthin, wo der Sand ins Violette spielt. Wenn ich schon auf allen vieren ging und mein Frühstück auskotzte, rannte er noch. Danny trainierte mental, wie losgelöst von seinem Körper. Fouine, Edison und ich legten uns ins Zeug. Souzix hechelte uns hinterher und rief: »Wartet auf mich, wartet doch!« Ging es die Treppe hoch, nahmen wir mehrere Stufen auf einmal. Nachts weckte Danny uns, damit wir Liegestütze machten, Ausfallschritte, Kniebeugen. Das Waisenhaus reüssierte, wo mein Handbuch der Kalisthenie versagt hatte. Nach ein paar Wochen, Anfang Juli 1970, erkannte ich mich in dem fleckigen Spiegel im Duschraum nicht wieder. Ich wurde zu einem Athleten.

Trotz allen Eifers war für uns auf längeren Strecken bei acht Stundenkilometern Schluss. Nur Momo kam an die elf heran. Nachts schimpfte Danny mit uns. Fouine weitete seine Geschäftstätigkeit aus, überschwemmte den Markt mit Poulain-Schokolade, und die Küchendienstler schleusten einen Nachschlag heraus. Wir aßen zweimal zu Abend, bei Tisch und im Bett. Übergeben mussten wir uns beim Training nicht mehr. Unsere Muskeln, schwellend vor jugendlicher Kraft, spielten mit und verlangten nach mehr. Manchmal wachte ich mitten in der Nacht auf, ich konnte es kaum erwarten. Dann machte ich Klimmzüge an der Vorhangstange im Schlafsaal.

Die Marke von zehn Stundenkilometern blieb uneinnehmbar. Bei den Ausflügen auf die Alm rannten wir hoch. Um keinen Verdacht zu erregen, liefen wir immer wieder zurück zur Gruppe. Danny erreichte die angepeilte Geschwindigkeit als Erster, was uns so wurmte, dass wir es bald ebenfalls schafften. Allerdings nur auf kürzeren Strecken. Unsere Berechnungen beruhten auf allgemeinen Schlussfolgerungen, und es war schwer, unser tatsächliches Leistungsvermögen auf der Tunnelstrecke einzuschätzen. Edison führte ein geheimes Tagebuch über unsere Fortschritte, versteckt in guter Gesellschaft – zusammen mit unserer Seite aus der Enzyklopädie – hinter einem Heiligenbild an der Wand des Schlafsaals, einer übellaunigen Jungfrau, die niemand je berührte und vor der Grenouille sich offenbar fürchtete, denn wann immer er daran vorbeimusste, machte er einen Umweg. Edison schätzte, dass wir noch zwei Monate intensiven Trainings benötigten, ehe wir unser Glück versuchen konnten. *Zwölf Kilometer pro Stunde.* Das war die Geschwindigkeit, wenn es gelingen sollte. Fouine jammerte.

»Sénac ahnt bestimmt schon was. Neulich habe ich gesehen, wie er uns von seinem Bürofenster aus beim Laufen beobachtet hat.«

»Zwei Monate«, stellte Edison klar. »Frühestens Ende September.«

An einem Morgen im Juli, ein Jahr nachdem Michael Collins auf die dunkle Seite des Mondes gestarrt hatte, während seine Freunde, auf der anderen Seite, zusahen, wie die Erde aufging, hörten wir ein Lärmen im Hof und liefen hin. Grenouille hielt mit der einen Hand Asinus in die Höhe, mit der anderen stieß er Momo von sich. Momo schrie, weinte, streckte die Arme nach seinem Esel aus. Sein Schnurrbart war kräftig gewachsen, er war jetzt siebzehn. Aber Grenouille war stark und hielt ihn auf Abstand, die Hand auf Momos Gesicht, als wollte er eine verunglückte Zeichnung, etwas Hingekritzeltes auswischen.

»Schämst du dich nicht, in deinem Alter ein Kuscheltier? Weißt du, was man mit Typen wie dir draußen macht? Und wie das Ding stinkt. In die Mülltonne damit, meinst du nicht?«

Momo brüllte, weinte noch jämmerlicher, gnadenlos

getilgt von Grenouilles Hand. Fouine und ich wechselten einen Blick, Danny schüttelte den Kopf.

»Jeder für sich«, sagte er. »Bloß nicht so kurz vorm Ziel alles verderben. Da muss er allein durch.«

Danny hatte recht. An diesem Ort und zu diesem Zeitpunkt stimmte das, deshalb mussten wir auch dort weg und in ein Land, in dem er nicht recht hätte. Wir wollten schon gehen, als wie aus dem Nichts Rachid erschien, auf Grenouille zuschoss und ihm eine donnernde Ohrfeige verpasste. Asinus wirbelte durch die Luft – mit seinen ausgebreiteten Ohren sah er aus wie ein Flugwesen – und landete wieder in Momos Armen. Grenouille schwankte, hielt sich aber auf den Beinen. Er war weit über fünfzig, war dick, aber er hatte diese verblüffende Widerstandskraft der Skorpione, der Kolonisatoren. Er ging auf Rachid los, der stoppte ihn mit einem Leberhaken. Grenouille krümmte sich, lief rot an vor Schmerz, schaffte es, Rachid in den Schwitzkasten zu nehmen, worauf beide zu Boden gingen. Ein paar der Kleinen fingen an zu heulen, eine Schwester schrie. Alarmiert von dem Tumult, kam Sénac in den Hof.

Er trat langsam auf die Kämpfer zu, raffte die Soutane. Die beiden Männer gingen sofort auseinander, schüttelten sich in ihrem gegenseitigen Hass. Grenouille hatte eine aufgeplatzte Augenbraue, auf der Wange den hellroten Abdruck einer Hand, das prachtvolle Faksimile einer Höhlenmalerei. Rachid blutete aus der Nase. Hinter Sénac verschwanden sie ins Haus.

Rachid wurde noch am selben Tag entlassen. Er durfte sich nicht einmal von uns verabschieden. Ein

Junge, der Unkrautdienst hatte, sah ihn ins Auto steigen und schwor, er habe geweint. Wir haben ihn nie wiedergesehen. Rachid weiß nichts davon, aber wir haben ihn einstimmig zum Ehrenmitglied der Wacht ernannt.

Am selben Abend, nur ein paar Tage vor meinem siebzehnten Geburtstag, weckte Danny uns um Mitternacht.

»Es ist so weit.«

DER SPANISCHE ZUG kam herausgefahren und schaukelte seine Kesselwagen mit Benzin. Dahinter ein schwerer Geruch von Schmieröl, unheimlich wie ein Schwarm Geier. Mir drehte sich der Magen um. Fouine schimmerte in der Nacht, so sehr schwitzte er. Souzix hatte darauf bestanden, dabei zu sein, wenn wir losliefen, er war leichenblass.

»Nein, das ist zu früh«, sagte Edison und schüttelte den Kopf. »Wir sind noch nicht bereit. Wir brauchen zwei weitere Monate. Über die Strecke halten wir nicht durch.«

Danny stieg aufs Gleisbett, seine Augen wanderten durch die Nacht. Eine Nacht der großen Chance. Unter keinem guten Stern.

»Ohne Rachid können wir den Sportunterricht für lange Zeit vergessen. Trainieren kommt nicht infrage, wir machen uns nur verdächtig. Also jetzt oder nie.«

Ein Quietschen war zu hören, Danny sprang von den Gleisen herunter. Fouine rann der Schweiß. Ich krümmte mich, wollte mich übergeben – nichts kam heraus. In der Ferne der klappernde Tanz eines eisernen Skeletts. Unser Zug näherte sich und schwang seine rostigen Knochen.

»Sobald der letzte Wagen durch ist«, gab Edison das Kommando, »lauft! *Zwischen* den Schienen, nicht an den Seiten, verstanden? An den Tunnelwänden sind Lämpchen, lasst sie nicht aus den Augen. Gebt alles!«

Momo legte mir die Hand auf die Schulter. Er lächelte, wie immer, schüttelte aber den Kopf. Asinus' große Ohren wackelten mit. Wir konnten jetzt miteinander sprechen, ohne dass es der Worte bedurfte, ohne alles Platte und Offensichtliche, das ihnen anhing.

»Du kommst nicht mit, richtig?«

Er schüttelte weiter den Kopf.

»Du hattest nie die Absicht.«

Da stieß er die beiden einzigen Wörter hervor, die ich je von ihm gehört habe, mangels Gebrauch ein wenig verzerrt, hastig geformt in den Tiefen seiner Kehle, um uns den Abschied zu erleichtern.

»Besser … hier …«

Wir spürten das Herannahen des Zugs in unseren Körpern, an der verdrängten Luft. *Besser hier.* Momo war das Confinium lieber als das Leben, das ihn draußen erwartete. Seit meiner Ankunft hatte ich über meinen Status als Ausgestoßener, als Paria geklagt. Zwei Wörter, *besser hier*, genügten, und ich begriff, dass wir Glück hatten. Dass es Schlimmeres gab, als elternlose Waisen zu sein, nämlich verwaist von sich selbst. Ich nahm Momo in die Arme, flüsterte ihm ins Ohr:

»Später komme ich und hole dich.«

Er tat, als würde er mir glauben. Die Scheinwerfer der Lok tauchten auf, schoben ein Rechteck aus Licht vor sich her. Ein Ingenieur und Dichter hatte sie A1A-

A1A 68000 getauft. Wenn schon von einem Zug überfahren, wäre mir ein *California Zephyr* lieber gewesen, ein *Empire Builder*, ein *Capitol Limited* oder irgendein anderer amerikanischer Zug mit denkwürdigem Namen.

Wir schauten zu Souzix. Er streckte die offene Hand aus, Handfläche nach unten.

»Wir sind die Wacht.«

»*Du* bist die Wacht«, korrigierte Danny.

Die Waggons zogen vorbei und stießen in das geschwärzte Tunnelgewölbe, ein Donnern wie die Hämmer eines Schmiedewerks. Das Ende des Zugs erschien, gejagt von der Dunkelheit, die nach ihm schnappte.

»Macht euch bereit!«, rief Edison.

Im selben Moment kam Étienne aus seiner Hütte, Zigarette im Mund. Der Hausmeister machte ein verdutztes Gesicht, sah den Zug, schaute zu der Gruppe erstarrter Waisenjungen, und ihm war alles klar. Der letzte Waggon zog vorbei. Étienne tat den Mund auf, schloss ihn wieder, drehte um und ging zurück in seine Hütte.

Ich konnte nicht laufen. Unmöglich. Ich spürte meine Beine nicht mehr.

»JETZT!«, brüllte Edison.

Er verschwand als Erster im Tunnel. Dann Fouine, dann Danny. Ich schließlich auch.

Souzix, der die Hand zum Abschied erhoben hatte, ließ den Arm langsam sinken. Und stürzte uns hinterher, rannte, so schnell ihn seine zehnjährigen Beine trugen.

ICH WOLLTE UMKEHREN. Dannys Hand packte mich, krallte sich ein Stück Stoff und Schulter.

»Tot ist er schon. Und du hast gerade zehn Sekunden verloren, Blödmann.«

Jeder für sich. Ich rannte weiter, rannte, wie ich noch nie gerannt war, rannte weg vom Confinium, rannte, um dem zehnjährigen Toten zu entkommen, der uns hinterherlief. Verurteilen Sie mich nicht. Jeder für sich war kein egoistisches Motto. Damit sagten wir nur, wenn sonst nichts mehr zählte, zählten *wir*. Wir waren etwas wert, denn egal wie zugerichtet, und sei es in tausend Stücken, hatten wir dieses Selbst, das es zu bewahren galt. Dieses Selbst, das Momo nicht mehr hatte, nicht mehr ganz und gar.

Die roten Lichter am Ende des Zugs waren verschwunden. Lämpchen auf Lämpchen rollte einen Ariadnefaden aus, hin zu einem fernen Ausgang, den es vielleicht nur in unseren Köpfen gab. Vor mir flackerten die Umrisse von Edison und Fouine, taumelnd an den Grenzen der vollkommensten Dunkelheit. Meine Lunge brannte. Der Tunnel hatte etwas Vertrautes. Die Versenkung, klar. Die Versenkung mit ihrer gedehnten

Zeit. Unmöglich zu sagen, wie lange ich schon lief. Zwei Minuten. Zwei Jahrhunderte. Irgendwer weinte und schrie, beides gleichzeitig. Meine Lunge. Unter unseren Füßen die Schwellen, das Knirschen des Schotters, in der Nase der erstickende Geruch des Teeröls. Langsamer laufen. Ich hatte ein zu hohes Tempo angeschlagen, zu hoch, um über die Strecke durchzuhalten. Anfängerfehler. Edison und Fouine waren verschwunden. Danny war irgendwo hinter mir. Oder vor mir. Wieder meine Lunge. Wo war mein Atem geblieben? Ich entriss dieser geizigen Schwärze ein Atom Sauerstoff. Die Zunge pelzig, ein Geschmack von Nacht.

Stunde um Stunde laufen. Beten, wozu. Der Ruf würde gegen das Gewölbe stoßen. *Aber trotzdem, wenn da oben jemand ist, helfen Sie uns. Amen.*

Dann ein Laut, ein metallenes Wiegenlied. *Nein, viel zu früh.* Das Gleis bebte. Auf der anderen Seite war ein verpennter Typ pinkeln gegangen, war zurückgekommen, ohne sich auch nur die Hände zu waschen, hatte sich seine Pfeife angezündet und langsam, das heiße Wurzelholz zwischen die Finger geklemmt, den Weichenhebel umgelegt. Die Sinne waren mir voraus, ich sah die Szene mit der Klarheit einer Halluzination: den Alten, wie er sich auf seinen verdammten Hebel stützte, unrasiert, die Mütze schief, ein Bild aus dem Industriezeitalter in einem Gestöber von Phosphenen, unterlegt mit Rumpeln und Quietschen, wundem Schnaufen und singenden Schienen. In meinem Gesicht ein Schwall Luft. Etwas Riesiges hatte sich in Bewegung gesetzt, weit vor mir. Ein Monster.

Einmal noch die Beine nach vorn geworfen, und ich müsste aufgeben. Komm schon, einmal noch. Die Umrisse von Edison und Fouine erschienen wieder, jetzt vor einem Sternengrund. Der Ausgang. In der Ferne brüllte ein zweitöniges Signalhorn, das Monster markierte sein Revier. *Noch dreihundert Meter. Ein Laufschritt gleich ein Meter. Dreihundert Schritte. Vielleicht ist ein Laufschritt aber auch gleich ein Meter fünfzig.* Die Nacht breitete ihre Ladung vor mir aus. *Nicht zählen.*

Lauf.

Aus dem Tunnel tauchte ich hinein in die Milchstraße, an einem Abend in Spanien, der mir innerhalb einer Sekunde den Flamenco begreiflich machte, den *duende*, ein Wort, das nur wenige Ausländer verstehen. Ich warf mich auf die Seite, kugelte einen Grashang hinunter, das einzige Fleckchen Grün in diesem roten Aragon. Unten standen Fouine und Edison und spuckten ihre Lungen aus. Der Zug erschien, auf einem Hügel in vierhundert Meter Entfernung. Ein einzigartiger Leuchtturm, das Maul eines wütenden Zyklopen. Er nahm Fahrt auf, um die erforderlichen achtzig Stundenkilometer zu erreichen. Und Danny kam nicht heraus.

Zweihundert Meter.

Er musste gestolpert sein.

Hundert Meter.

Da begriff ich: Danny hatte, als er in den Tunnel lief, nicht die Absicht gehabt, dort wieder herauszukommen. Jedenfalls nicht in Spanien. Ich wedelte dem Lokführer zu und schrie: »Stopp, stopp, stehen bleiben!« Es war dunkel, wir befanden uns am Fuß einer Böschung. Der Lokführer sah nichts.

Mit wildem Geschrei kam Danny aus dem Tunnel herausgeschossen, ein buckliges Tier, keine Sekunde bevor der Zug hineinraste. Er stürzte die Böschung hinunter, trennte sich von seinem Buckel – Souzix. Sie landeten beide zu meinen Füßen. Dannys Stirn pulsierte, die Adern zum Bersten geschwollen, schwarzblau vor Anstrengung. Souzix lag im Gras und lachte, lachte mit seinem ganzen Wesen. Danny starrte in das Sternengold des Himmels, und für einen Moment dachte ich, er sei tot. Dann stieg dieser seltsame Ton auf, aus den Tiefen seiner Brust. Er lachte ebenfalls. Danny lachte.

Der Rhythmus. Endlich verstand ich ihn. Es begann mit Dannys Lachen. Er hatte kehrtgemacht, um Souzix auf den Rücken zu nehmen, eine dieser Taten, aus denen die modernen Mythen sind, wie eine Mutter, die das Auto anhebt, unter dem ihr Baby eingeklemmt ist. Dann Roses Herz, das neben meinem schlug, ein Vögelchen in einer Rüstung von Dior. Und der Wind, der gewaltige Raum zwischen den Tönen, der strahlende Souzix, der zum ersten Mal in seinem Leben keine Mauern und keine Zäune mehr sah. Eine Freude, die ungefiltert hervorsprudelte, sich auch mal verirrte und Flugzeuge zum Explodieren brachte, alles war miteinander verbunden, alles war da, alles in Reichweite des Ohrs.

Der Rhythmus, er war das, was alles hielt, was unser Leben aufrecht hielt. Und ich wusste, diesmal würde ich ihn nicht vergessen.

IN DEN ZWEI JAHREN DANACH habe ich kein einziges Klavier angerührt. Wie von Rose vorhergesagt, musste ich erst achtzehn werden, ehe ich zum ersten Mal wieder spielte, in einer Spelunke, wo man mich engagiert hatte, um »für ein bisschen Stimmung zu sorgen«. Meine Finger waren kaum eingerostet, und alles schwieg still. Die Leute waren echte Kenner. Es war das Land des *cante jondo*, aber so tief und innig hatten sie diesen Gesang selten gehört. Ich spielte Aragon, sein Ocker, aus dem die Menschen und die Kirchen gemacht sind. Spielte diesen Landstrich der langsamen Hochzeitsmorgen, wo die Pflüge manchmal auf ermordete Dichter stoßen.

Souzix wurde sechs Monate nach unserer Flucht aufgegriffen und wieder in sein Heimatland geschickt, ein endloses bürokratisches Hickhack. Für Fouine, Danny, Edison und mich war die Sache einfacher. Wir waren junge Männer, konnten zupacken, und da unsere Arbeitskraft nicht teuer war, fragte niemand nach dem Alter. Wir zogen als Tagelöhner weiter, bis in den Süden und immer in Bewegung, um das Confinium hinter uns zu lassen.

In Sevilla trennten sich unsere Wege. Mit einundzwanzig kehrte ich zurück nach Frankreich. Ich erfuhr, dass man das Confinium kurz nach unserem Verschwinden geschlossen hatte, offiziell wegen »Baufälligkeit«. Nur erfuhr ich nie, ob der Grund unser Brief war, ob Rose ihn abgeschickt hatte, ob unser Rundfunkidol ihn gelesen und Alarm geschlagen hatte. Ich trat meine Erbschaft an, hatte Geld für drei Leben. Ich wurde Klavierlehrer, nahm aber nur Schüler, für die ich mich interessierte, ob in Frankreich oder anderswo. In aller Bescheidenheit kann ich sagen, dass ich sehr gefragt war. Heute habe ich nur noch einen Schüler – die meiste Zeit verbringe ich draußen. Der Schüler ist ein vielversprechender Junge, ein nerviger, talentierter Trottel, ab und zu gebe ich ihm einen Klaps auf den Hinterkopf.

Mit meinem Geld hatte ich das nötige Schmiermittel, um Hebel in Bewegung zu setzen. Momo schien nicht überrascht, als ich eines Tages in dem Heim auftauchte, wo er, zusammen mit anderen von sich selbst Verwaisten, Plastikverschlüsse recycelte. Ich hatte versprochen, ihn zu holen, er hatte mir geglaubt. Ich brachte ihn in meiner Nachbarwohnung unter, auf der Etage gegenüber, und engagierte eine Betreuung für ihn. Nicht aus Großzügigkeit, aber Momo hat mir das Leben gerettet, ich stehe in seiner Schuld.

Trotz aller Bemühungen wollte es mir nicht gelingen, Rose aufzuspüren. Ich wusste ihren vollen Namen nicht, die Rue de Passy war lang, und einen Grafen schien dort niemand zu kennen. Doch dann, 1984 – warum in diesem Jahr, kann ich nicht sagen –, verstand ich, was mir zu verstehen geblieben war. »Ich bin nicht adlig«, hatte Rose mir zugeraunt. Ja, Rose Leconte, Tochter von Monsieur Leconte. Ich besorgte mir ein Telefonbuch von 1969, und tatsächlich hatte es einmal ein Ehepaar Leconte in der Rue de Passy Nummer 46 gegeben. Ich befragte alle Bewohner des Hauses, niemand kannte sie. Der Lebensmittelhändler im Erdgeschoss aber erinnerte sich gut, an die kleine Rose auch, er hatte sie aufwachsen sehen. Mitte der Siebzigerjahre war die Familie fortgezogen, wohl ins Ausland. Rose hatte sich noch von ihm verabschiedet. Als ich ihn fragte, wie sie geatmet habe, sah er mich komisch an.

In dieser Zeit fing ich an, auf allen möglichen Klavieren zu spielen, durch alle offenen Türen, alle offenen Fenster, wo immer sie mich vielleicht hörte. Dass die öffentlichen Klaviere in Mode kamen, eröffnete mir ein weites Feld. *Würdest du noch einmal so spielen, und könnte ich dich hören, ich würde dich selbst vom Ende der Welt aus wiedererkennen.* Heute tu ich genau das, *so spielen* wie bei unserer ersten Begegnung, denn ich spiele nicht mehr für mich. Ich habe Geschmack gefunden am Draußen. Ich spiele unsere Geschichte. Spiele meine Schwester mit ihren übertausend Tagen, spiele eine Platte der Stones in einem Koffer, den Hass auf die Amphibien, das Herbarium, das im Schatten der Pyrenäen vor sich hin dorrt, den Duft von Lippen, die ich kaum berührt habe, Rothenbergs fleckige Hände, für immer reglos in den fleckigen Händen von Mina, das Aufstoßen des Magmas, die Sonnenwinde, spiele Souzix, der rennt, bis ihm die Lunge aus dem Hals hängt, Danny, der haltmacht, damit sie zu zweit sterben, spiele das Leben und den Tod, als wären sie nichts, und das sind sie auch, nichts. Ich spiele die großen weißen Stiere, spiele das Böse und die Freude, die Melodie unseres Lebens. Spiele meine Klaviere in New York, Moskau, London, Valparaíso.

Rose ist Diplomat geworden, da bin ich mir sicher. Sie reist, und ich schwöre, eines Tages wird sie, an einer Fußgängerbrücke, bei der Ankunft eines Flugzeugs oder einer Bahn, abgespannt und als Botschafterin, zusammenzucken. Sie wird aus Istanbul kommen, aus Canberra, aus Vancouver. Aus Tokio oder Tel Aviv. Auf ihrem Weg wird sie mich finden. Sie wird meine Stimme wiedererkennen. Wird den Rhythmus wiedererkennen. Ich warte, dass ihre Hand sich auf meine Schulter legt.

Und dann weiß ich, dass sie es ist. Ich muss mich nicht umdrehen, sie muss kein Wort sagen, denn ich bin nicht mehr taub.

Ich höre alles.

JOHANN SEBASTIAN BACH: Waise. Caravaggio: Waise. Ella Fitzgerald, Coco Chanel: Waisen. Anton Bruckner, Louis Armstrong, Ray Charles, John Lennon, Billy the Kid, Tolstoi, Chaplin: Waisen. Und in ebendieser Minute weitere Gesichter, Tausende, die wir nicht kennen oder noch nicht kennen und die sich an trübe Fensterscheiben drücken: Waisen.

Ich fuhr zu Sinatra, um ihm die Visage zu polieren. Edgar Calmet mit richtigem Namen. Das war Anfang der Neunziger, glaube ich, an einem Tag im Herbst. Es regnete auf sein Dorf im Departement Lot, ein Quecksilberhimmel überzog das Schaufenster der Pferdemetzgerei, eingezwängt zwischen einer Bäckerei und einem aufgegebenen Lebensmittelladen. Nur eine Kundin war im Geschäft. Durch die beschlagene Scheibe erkannte ich ihn zunächst nicht. Er hatte zugenommen, ein langer, vom Fleisch verschmierter Kittel wölbte sich über seinem Bauch. Unter der Stirnglatze traurige Augen. Er hob den Kopf, und für eine Sekunde begegneten sich unsere Blicke. Ich drehte um, ging nicht hinein, polierte ihm nicht die Visage. Ich weiß nicht, ob er mich erkannt hat.

Pater Armand Sénac erhielt die Medaille für besondere Verdienste um das Bildungswesen und zog in ein Altenheim für Priester. Jahre später besuchte ich ihn, mein Name sagte ihm nichts. Er saß an der Fensterbank und fütterte einen Spatz, Krümel für Krümel. Mit seinem zerzausten weißen Haar, seinen vom Alter aufgezehrten Wangen und einem Bart, der sich mit dem Wachsen schwertat, wollte er wissen, ob ich der Friseur sei, den man ihm so lange versprochen habe und der nie komme. Ich bin mir nicht sicher, ob ich ihm, diesem alten Sohn von niemandem, am meisten böse bin. Für die schlimmste Gewalt gibt es immer eine Entschuldigung. Die wahren Schuldigen sind die, die einen wie ihn an die Spitze des Confiniums gestellt haben, und sie werden es wieder tun. Die Schuldigen sind die Söhne von jemandem, der blitzblanke Schuhe trägt.

François Marthod alias Grenouille verschwand nach der Schließung des Confiniums ohne jede Spur. Zu wissen, dass er tot ist – er müsste sonst hundert Jahre alt sein –, ist mir keine Genugtuung, sehr wohl aber eine kleine Beruhigung.

Jean-Michel Carpentier alias Souzix ist heute Filmvorführer in einem Kino im Departement Hautes-Alpes, wo es schon lange keinen Projektor mehr gibt, zumindest nicht so wie früher. Vor dem Kino war das Gefängnis. Darüber redet er nicht gern, belassen wir es dabei. Ich sehe Jean-Michel jedes Jahr. Man muss laut sprechen, auf dem rechten Ohr ist er stocktaub. Keine seiner drei Ehen hat den Wunsch überlebt, eine gewisse enzyklopädische Neugier zu befriedigen. Letztes Jahr, zu seinem sechzigsten Geburtstag, haben wir uns in seinem kleinen Kino *Mary Poppins* angesehen. Wie er mir gestand, war er ein paar Monate sauer auf mich, als ihm klar wurde, dass ich ihn angelogen hatte. Gut möglich, dass er immer noch sauer ist.

Edison Diouf, unser Genie, ist in sein Dorf im Jura zurückgekehrt und hat ein kleines Reparaturgeschäft für Elektrogeräte aller Art aufgemacht. Niemand konnte ihm das Wasser reichen, wenn es darum ging, die Leseköpfe der VHS-Videorekorder auszurichten. VHS, sagte er, sei eine Technik, die leicht hätte verbessert werden können, und er ließ es sich nicht nehmen, mit einem Lötkolben den Beweis anzutreten. Er sah nicht die Zukunft, sah nicht die silbernen Scheiben aus Polykarbonat, die auf die Kassette folgten, nicht die Nullen und Einsen, die, unglaublicher noch, durch Glasfaserstränge schießen. Edison ist mit zweiunddreißig Jahren bei einem Jagdunfall ums Leben gekommen. Er war mit seinem Fahrrad im Wald unterwegs, trug eine gelbe Jacke, einen orangen Helm und Sonnenbrille. Der Jäger gab an, er habe ihn für einen Hirsch gehalten. Einen Hirsch auf einem Fahrrad mit gelber Jacke und orangem Helm.

Antoine Loubet alias Fouine hat sein Glück im Import-Export gemacht. Ich habe nie verstanden, was er importierte-exportierte. Er lebt in London, wohlhabender noch als ich. Von Zeit zu Zeit besuche ich ihn – das Klavier im Bahnhof St Pancras ist einer meiner Favoriten. Als Einziger von uns hat er Kinder, zwei hübsche Mädchen. Seit Kurzem ist er Großvater. Antoine geht es nicht gut, in der Lunge das Haus, das über seiner Kindheit eingestürzt ist und eine Lücke in die Straße geschlagen hat, die Bronchien verklebt von dieser Abwesenheit, die ihn bald zu sich nehmen wird, und dann werden wir sagen können, dass das Haus alle seine Bewohner getötet hat.

Daniel Minotti alias Danny ist seit unserer Flucht permanent auf Achse. Er zieht kreuz und quer über den Planeten, haut sich irgendwo hin, arbeitet oder lebt von dem, was die Leute ihm zuwerfen, macht sich wieder auf. Manchmal strandet er vor meiner Tür. Er schwört, dass es mit dem Vagabundieren vorbei ist, dass er es nicht mehr aushält, diesmal wird er sesshaft, wirklich. Manchmal weint er, einfach so, ohne Grund, vor allem, wenn wir ein bisschen getrunken haben. Dann murmelt er: »Weißt du…«, aber den Satz beendet er nie. In aller Frühe höre ich die Tür. Danny geht wieder. Irgendwann wird er nicht mehr kommen.

Maurice Noguès, mein alter Momo, wohnt heute noch gegenüber von mir. Seine Pflegerin ist bei ihm eingezogen und betreut ihn ganztags. Weise Menschen altern schneller, und in seinen Augen senkt sich der Abend über eine azurblaue Kindheit. Die epileptischen Anfälle haben aufgehört, aber er kann sich kaum bewegen, mit seinem großen Körper sitzt er zusammengesunken in einem Samtsessel, auf dem Schoß ein Häuflein grauer Fetzen, die einmal ein Esel waren.

Es wird spät, Madame, Monsieur. Die Geschichte kommt an ihr Ende. Eins noch.

 Gehen Sie bitte zu Momo. Besuchen Sie ihn, bevor es

zu spät ist. Und fragen Sie ihn, ob es stimmt, was dieser ältere Herr Ihnen erzählt hat, der auf Bahnhöfen, auf Flughäfen Klavier spielt, an allen Orten, wo Menschen kommen und gehen. Er wird lächeln und nicken.

Der letzte Zug ist eingefahren, der 0 Uhr 35 aus Barcelona. Sie ist nicht unter den Fahrgästen. Die Cafés schließen, die Rollgitter werden heruntergelassen. Die Welt ist still und verwaist. Wir werden uns trennen müssen.

Morgen beginne ich früh.

Der Autor dankt dem Centre National du Livre für die Unterstützung beim Schreiben dieses Romans; Laurent Perez del Mar für seine Freundschaft, seine Musik, und für »Les Adieux«, gespielt am Telefon; Daniel Glet für die großzügige Ausführung der ersten Takte von Beethovens Opus 27 Nr. 2.

Für Gérard P.
und alle, die nicht haben entkommen können

Die französische Originalausgabe erschien 2021 unter dem Titel
»Des diables et des saints« bei L'Iconoclaste, Paris.

FSC
www.fsc.org
MIX
Papier | Fördert
gute Waldnutzung
FSC® C083411

Penguin Random House Verlagsgruppe FSC® N001967

2. Auflage
Erstveröffentlichung Oktober 2022

Covergestaltung: semper smile, München
nach einem nach einem Entwurf von Quintin Leeds unter
Verwendung eines Motivs von © DEEPOL by plainpicture
Satz: Uhl + Massopust, Aalen
Druck und Einband: CPI books GmbH, Leck

Klü · Herstellung: sc
Printed in the EU
ISBN 978-3-442-77265-0

www.btb-verlag.de
www.facebook.com/btbverlag